용기 있는 지혜

용기 있는 지혜

김영근 옮김

발타자르 그라시안
Balthasar Gracian

경영자료사

발타자르 그라시안은 1601년 스페인 아라곤 지방의 칼라유드 지방에서 태어났다. 그에 대한 기록은 잘 알려져 있지 않고 다만 하층 귀족 가문의 출신이라고만 전해진다. 그들 형제는 의사인 아버지의 권유에 따라 신부가 되었고 발타자르 그라시안 역시 신부가 되었다.

그라시안은 1619년 18세 되던 해 예수회 교단에서 사제수업을 받기 시작했으며 이후 사라고사 대학에서 신학을 공부하고 사제 서품을 받은 뒤 칼라유드로 돌아와 인문학과 문법을 가르쳤다. 그러다 1636년 아라곤 지방의 우에스카에 강론 담당 신부로 부임하였다.

그라시안은 생애 첫 저서인 『영웅론』을 시작으로 통치자가 지녀야 할 덕목과 행동 규범을 제시한 『정치가』, 사회에서 성공하기를 바라는 사람들이 갖추어야 할 덕성들을 제시한 『사려 깊은 자』, 아포리즘 형식으로 된 일반적 삶의 지혜를 다룬 『사려와 지혜의 책』, 총 3부로 나뉘어 출간된 『비판자』 등을 출간하였으며 이런 집필 과정을 거치는 동안 사제들과의 끝없는 마찰을 겪었으며 그 갈등은 그의 인생 전반에 커다란 영향을 끼치게 되었다.

그가 바라보는 시각에서 세상은 대단히 부정적이었고 위선과 기만으로 가득찼다. 성공과 실패가 바뀌고 이겨야 할 사람이 패배하고 진실한 사람이 외면당하는 그런 세상이었다. 이런 모순의 세상에서 살아가야 할 힘은 모든 일에 신중하라는 것이었으며 이런 그의 세계관은 그가 몸담고 있던 교단과의 충돌을 피할 수 없게 되었다.

이 책은 발타자르 그라시안의 총체적 정신세계를 보여주는 아포리즘의 내용들로서 전 세계 독자들에게 이만큼 사랑을 받은 책이 있을까를 생각할 정도로 큰 사랑을 받고 있다. 우리는 오늘 발타자르 그라시안의 생각 속으로 들어가 그를 만나본다. 그것은 인생 전반에서 쉽지 않은 경험과 행운으로 남게 될 것이다.

제1부

선택의 지혜

표적을 벗어나지 않게 하라

표적을 백 번 맞히기보다 한 번이라도 표적에서 벗어나지 않게 하는 것이 중요하다. 태양을 정면으로 쳐다볼 수 있는 사람은 없다. 그러나 일식 현상 때 달이 해와 지구 사이에 들어가 햇빛이 가려지면 누구나 태양을 마주 볼 수가 있다. 사람들이 거듭 성공을 거두어도 대중들은 별다른 관심을 나타내지 않는다. 그러나 그 사람이 한 번이라도 실패를 하면 사람들의 주목을 받게 된다. 훌륭한 업적이나 선행보다도 실책이나 어리석은 짓을 하는 쪽에 대중의 시선이 모아지고 세상의 화젯거리가 되기 쉬운 법이다.

사람은 무엇인가 대실수나 추태를 연출하였을 때 비로소 그 인물이 세상에 알려지게 되는 수가 많다. 수없이 성공을 거둔 사람도 단 한 번이라도 실수를 하면 세상 사람들의 눈을 피할 수 없다.

악의를 품은 사람은 남의 장점은 조금도 마음에 새겨두지 않고 결점에만 눈을 돌리는 법이다.

누구에게나 사랑받는 사람이 되라

누구에게나 호의로 대해주는 사람이 되도록 하자.

세상에는 자기 자신의 판단으로 행동하기보다 누군가의 장단에 맞추어 살아가는 사람이 많다. 남을 보는 눈도 그렇고 생각도 그렇다. 좋지 않은 스캔들을 들으면 금방 믿어버린다. 타당성이 없는 이야기인데도 좋지 않은 소문일수록 정말이라고 생각하기 쉽다.

성공이나 명성은 남에게 존경을 받느냐 받지 못하느냐로 결정된다. 올바른 일만 하면 된다고 생각하는 사람도 있으나 그것만으로는 충분하지가 않다. 사람들에게 호의를 얻도록 노력하지 않으면 안 된다.

상대방을 기쁘게 해주는 일은 대개가 밑천은 들지 않지만 거기에서 얻는 바는 크다. 친절한 행동도 말로 사는 것이다.

'세계' 라는 집안의 도구 중에 도움이 되지 않는 것은 하나도 없다. 어떠한 도구이든 적어도 일 년에 한 번쯤은 필요한 때가 있다. 뜻밖에 생각지도 않은 도구로 미움을 받게 되는 경우도 있게 마련이다. 세상 사람들이 남의 소문을 낼 때는 자신의 좋고 싫은 감정을 실어 말한다는 것이다.

문제가 있을 땐 내일 생각하라

해결하기 힘든 문제에 이르렀을 때는 깊이 생각하고 또 생각을 하라. 하지만 머리를 쉬게 하는 베개가 입이 없는 예언자가 될 수도 있다는 사실을 잊어서는 안 된다. 궁지에 몰려 미처 좋은 생각이 떠오르지 않을 때에는 몸을 이리저리 뒤척이며 생각만 하고 있지 말고 잠을 푹 자두는 것이 좋다.

잠을 자고나면 좋은 생각이 떠오르는 수가 많다. 우리들 주위에는 흔히 생각하는 것은 뒤로 미루고 곧바로 행동에 옮기려는 사람이 있다. 그들은 일의 결과에 대해서는 책임지려 하지 않고 변명거리만 찾고 있는 사람들이다.

상대방은 당신을 밀어내려 한다

당신을 음지로 밀어내려 하는 사람과는 결코 가까이 하지 말라.

당신에게 빛을 밝혀주려는 사람과 손을 잡아라.

당신을 어둠속으로 밀어내려는 사람은 당신보다 고결하건 천박하건 간에 세상 사람들에게 다 높은 평가를 받는다. 그는 주인공이 되어 당신으로 하여금 그를 지지했던 과거를 후회하게 만든다. 가령 그의 공이 당신 노력의 산물이고 당연히 그 공이 당신에게 돌아와야 함에도 불구하고 세상 사람들 눈에는 그 사람이 노력한 대가로 보인다.

누군가의 뒤에 숨어 있으면 남의 인정도 주목도 받질 못한다. 남의 밑에 있어도 빛을 낼 수 있는 자리를 찾아야 한다.

남에게 너무 큰 기대는 하지 말라

일을 시작하면서 남에게 지나치게 큰 기대를 갖지 않도록 하자. 칭찬을 많이 받으면 자칫 기대를 저버리기 쉽다.

생각했던 대로 되지 않는 것이 현실이다. 머릿속으로는 잘 될 것으로 생각되었던 일도 막상 실제로 하는 단계에 못 미치는 결과가 오면 실망을 하게 된다. 결과가 잘 되었어도 대부분은 기대에 못 미치기 때문이다. 그렇게 되면 훌륭하게 이루어진 일에도 실망감을 느끼게 마련이어서 여간해서는 칭찬의 소리가 나오지 않는다.

이러한 갭을 초래하는 원흉은 희망이다. 양식을 작용시켜 희망에 브레이크를 걸도록 할 일이다. 그렇게 하면 희망하고 있는 이상의 기쁨을 얻을 수 있는 것이다.

처음에는 사람들의 호기심을 부추길 정도면 되는 것이다. 기대를 너무 크게 가져서는 안 된다. 그러다 예상 밖으로 생각했던 이상의 결과가 나온다면 그 때 충분히 기뻐하면 되는 것이다.

이러한 사고방식과 행동방식은 나쁜 일에는 들어맞지 않는다.

상대방의 부실을 자신의 경고로 받아들여라

세상은 어지럽다.

사람과 사람 사이의 존경심이 무너져 내리고, 진실한 우정은 발붙일 곳이 없다. 진리는 점차 사라지고 성실하게 살아가고 일하는 사람은 대가를 받지 못하며 오히려 부정한 자들이 득세하고 있다.

모든 나라의 국민들은 사악한 술책에 빠져 헤어 나오질 못한다. 그러하기 때문에 사람들은 누구에게는 불안감을 느끼고 또 다른 사람에게는 불신감을 갖게 되고, 또 누군가에게는 배신당할까봐 두려워한다.

현실이 그렇다면, 남의 부실을 탓하기 전에 이를 오히려 자신에 대한 경고로 받아들여라. 세상에 감추어진 진짜 위험은 최선이 아닌 것을 받아들이고, 남의 어리석음을 지나치게 덮어주며, 무능을 허용하고, 타락한 자들과 한 패거리가 되어 자신의 고결함을 잃어버리는 것이다. 그러나 굳은 신념을 갖고 있으면, 남의 행동을 정확하게 판단할 수 있게 되고 자신을 잃어버릴 염려가 없다.

자신의 말은
결국 자신에게 돌아온다

적을 대할 때에는 절도를 지키기 위해서도 말을 삼가라. 예리한 칼날과 같은 말이 만든 상처는 의사도 고칠 수 없다.

말은 얼마든지 엿가락처럼 늘릴 수 있지만, 한 번 뱉어낸 말은 다시 거두어들일 수 없다. 성서에도 쓰여 있듯이 말수가 적으면 적을수록 감당해야 할 결과도 적어진다. 자신이 한 말은 결국 자신에게 되돌아온다는 점을 명심하라. 바람은 한쪽으로만 불지 않기 때문이다. 아무리 말을 많이 해도 손해될 것이 없다고 생각하는 사람들이 있으나 그런 사람들은 상대방으로부터 벌금을 요구받고 나서야 자신의 잘못된 생각을 깨닫는다. 통찰력이 뛰어난 사람은 부드러운 말과 예리한 논리를 적절하게 사용한다. 말과 돌멩이는 한번 던지면 돌이킬 수 없기 때문이다.

명예가 걸린 일은 남에게 맡기지 말라

믿을 수 없는 상대에게 자신의 명예가 걸린 중대한 일을 맡겨선 안 된다.

침묵이 주는 이점과 침묵을 깨는 데에서 오는 위험에 대해서 항상 동등한 입장을 취하라. 따라서 신분이 비슷한 사람과 어울리는 것이 좋다.

너무 높은 지위에 있는 사람과 행동을 같이 하면, 마음속에 남모르게 시기와 적의를 품게 되고 또 성공하지 못한 사람이 성공한 사람과 자리를 함께 하면, 제아무리 세심한 대접을 받아도 마음이 편할 리 없다.

가능한 한 자신의 진지에서 승부를 겨루어라. 자신에게 명예가 걸린 일은 절대로 남에게 맡기지 마라. 어쩔 수 없는 경우에 처했을 때라면 지력을 사용하기 전에 먼저 경계심을 늦추지 말고 상황을 통찰할 필요가 있다. 이럴 때는 예상되는 문제나 위험도 서로 나누어 맡아야 한다. 서로 간에 서로 불리한 증언자가 되지 않기 위해서이다.

남의 말을 경청할 줄 아는 사람이 되라

시장에서는 수요가 가치의 척도가 된다. 수요가 없으면 어떤 귀중품도 가치가 떨어진다.

초대를 받는 사람도 마찬가지이다. 재치와 지혜가 풍부한 사람은 자주 초대를 받는다. 그러나 그러한 재능이 없더라도 남의 말을 경청할 줄 아는 사람이면 환대를 받는다.

특별히 뛰어난 지성을 갖추고 있지 않더라도 거실의 분위기를 상쾌하게 해주면 환영을 받는다. 남의 말을 경청할 줄 아는 사람은 잔잔하고 조용한 바다와 같다.

또 남의 집에서 식사를 할 때, 공복을 채우는 것도 좋지만 몸이 불편할 정도로 배불리 먹는 것은 사양해야 한다. 맛있는 것만 열심히 골라 먹으면 대식가라는 인상을 준다. 초대자를 즐겁게 하려면, 그와 동료들이 권하는 대로 따르고 어느 정도 식욕을 남겨 두는 편이 좋다.

천재는 대중과 다른 길을 걷는다

대다수의 평범한 사람들 중에도 천재성은 존재한다. 그러나 무언가 새로운 것을 발견하는 재능은 대중과는 다른 길을 선택한 사람들에게만 두드러지게 나타난다. 따라서 발명에 재능을 가진 사람은 천재로서 평가받는 동시에 때로는 본인 스스로도 인정하듯이 조금 특별한 사람으로 취급당한다.

그들의 창조력이 어디서 유래하는지는 아무도 모른다. 신에게서 비롯되었는지 아니면 광대한 우주에서 내려오는 것인지 철학자들도 그 연원을 모르는 것이다. 어쨌든 평범한 사람들은 중도에서 단념해 버리는 일을 천재들은 창조적인 사고력과 탐구욕을 무한히 펼쳐 기적을 낳는다.

지나친 물질은 보이지 않는 적을 만든다

호화스러운 재물에 둘러싸여 방탕한 생활을 하는 사람은 생각해 볼 필요가 있다. 그런 재물들은 자신이 소유하고 있을 때보다 남이 소유하고 있을 때 즐거움을 준다. 물론 처음에는 가진 사람에게도 즐거움을 주겠지만 결국 남을 기쁘게 할 뿐이다.

유복한 사람의 재물이라고 해서 특별히 남다른 재물인 것은 아니다. 재물은 단지 재물일 뿐이다. 그리고 그 물건이 남에게 칭찬을 받지 못하면 그 물건이 있는지 조차도 잊어버리고 만다. 그러나 남의 소유물은 배로 즐길 수 있다. 왜냐하면 그 물건이 주는 매력은 가끔 그 집에 방문할 때 이외에는 느낄 수 없기 때문이다. 또 그때그때 신선한 눈으로 감상할 수 있다.

그러나 소유자는 이런 기쁨을 느끼지 못한다. 사치품을 자기 소유로 한다는 것은 그것을 감상하는 즐거움을 감소시킬뿐더러, 때로는 남의 시기심과 반감을 사게 되고 별로 유쾌하지 못한 기분을 느끼게 한다. 지나치게 물질적인 혜택을 누리면 진실한 친구들로부터 보이지 않는 적이 많아진다.

손바닥을 보이지 말라

사업과 예술의 세계에서 정상에 오르면 발밑이 걸리지 않도록 조심하라.

지위를 빼앗으려 노리는 자들에게는 어떠한 정보도 주면 안 된다. 그래야 자신의 특권을 지킬 수 있다.

장인들은 제자들에게 깊은 기술을 가르치지 않는다. 부하의 상상력을 키워주고 기대감을 만족시켜 주어라. 그러나 기술을 전수하는 데에도 요령이 있다. 당신 자신만의 고유한 업적에 접근하려는 자들에게는 어느 정도 울타리를 쳐주지 않으면 안 된다. 손바닥 안쪽을 보여주지 않는 것이 인생, 그리고 정복의 철칙이다.

남을 비방하는 사람이 되지 말라

남이 부끄러워하는 것을 폭로하는 사람은 거꾸로 자신의 약점을 폭로하는 것과 다르지 않다. 어떤 사람은 남의 약점을 들추어냄으로써 자신의 약점을 덮으려 하고 그것을 위안거리로 삼는다. 그러나 남의 약점을 들먹이는 사람은 그 순간 자신의 몸에서도 악취가 풍긴다는 사실을 알아야 한다.

남의 오점을 깊이 파내면 파낼수록 자신의 몸도 또한 더러워진다. 누구나 살다보면, 과실이나 태만이 저지르는 죄악이 있게 마련이다. 죄를 짓지 않고 사는 사람은 극히 드물다. 단지 평범한 사람들이 저지르는 죄악은 뚜렷이 부각되지 않을 뿐이다.

세상 이치에 밝은 사람은 사악한 역할을 일부러 떠맡지 않으려고 조심한다. 그런 사람은 주변 사람들로부터 집중적으로 경멸당하기 때문이다. 남의 죄를 들추어내면 자신의 양심에 영원히 지울 수 없는 얼룩이 남게 된다.

말은 간결할수록 곧 훌륭한 웅변이다

하나의 화제에 대해 고정된 사고틀 안에서 장황하게 연설을 늘어놓으면 상대방이 쉽게 싫증을 느낀다. 간결한 말은 판에 박힌 일상사에 참신한 매력과 완결미를 주고 능력 부족을 화술로 보충해 준다.

말이 간결할수록 좋은 인상을 배가시킨다. 아무리 서툰 말일지라도 간결하면 할수록 그만큼 실점이 반으로 준다. 묽은 포도주도 손끝에 조금 묻히면 엑기스로 응결된다.

흔히 말하듯이 미사여구를 늘어놓으며 빙빙 돌려 말하는 사람치고 현명한 사람은 없다. 말은 장황하면 할수록 진지하게 귀담아 들을 수 없게 된다. 간결한 어법이야말로 웅변인 것이다.

바쁜 세상에 미혹 감을 떨치지 못하는 사람들의 의심스런 눈빛에도 아랑곳하지 않고 쓸데없는 말로 상대방의 귀를 번거롭게 하는 사람들이 있다. 이러한 사람들은 시간에 쫓기는 사람들에게 있어서 시간이 황금보다 더욱 귀중하다는 점을 깨달아야 한다. 이를 빼앗는 것은 용서할 수 없는 행위이다.

남의 불행에 깊이 빠져들지 말라

불행의 늪속에서 허우적거리며 아우성을 치는 사람을 경계하라. 그들은 불행의 하중을 함께 져주는 사람을 찾고 있다. 그들은 무언가 청하기만 하고 도움을 구하는 일에 양심의 가책을 느끼지 않는다. 이런 사람들은 설령 과거에 협박을 했거나 속인 적이 있는 상대에게도 인정이 많다고 느끼면 교묘하게 연을 맺어둔다.

우리의 몸을 위험에 노출하지 않고 늪에 빠진 사람을 구하려고 한다면 정말 침착하고 냉정하지 않으면 안 된다.

경험하지 못한 사람에게 일을 맡기지 말라

어떠한 일일지라도 경험이 없는 사람에게는 그 일을 시키지 않는 것이 중요하다. 그 사람의 능력보다도 일을 치밀하게 완수하는 것이 우선이기 때문이다.

맡은 바 임무에 필요한 전문적인 훈련을 받은 사람에게는 상상력을 십분 발휘하게 해야 하지만 아직 경험이 미숙한 사람에게 일을 맡기는 것은 자살행위로 치달을 지도 모른다. 항상 보증서가 붙어 다니는 것을 선택하라. 평가가 확립된 것은 무엇보다 틀림이 없다. 정석을 따르는 길은 검증이 끝난 길이고 누구나 추구하는 올바른 길이다. 대세를 따르는 것은 언제나 안정성을 보장해 준다.

남의 말을 받아들이는 여유를 가져라

처음 느끼는 인상만으로 사물을 판단해 버리는 사람이 있다. 그러나 처음 귀에 솔깃한 말에는 선동적인 경향이 많고 대개 자연스럽게 결점이 드러나게 마련이지만, 일단 그런 사태가 전개되면 사물의 본질마저도 혼란을 야기하고 만다.

보통 처음 본 것에 대한 기대감이나 처음 귀에 솔깃한 말에 대한 공감도 올바른 결론을 도출하기까지에는 미흡하기 때문에 다른 견해를 받아들일 만한 여유를 항상 남겨두어야 한다. 그러나 순진함에서 비롯되었든 아니면 강렬한 인상에서 비롯되었든 처음 마신 술맛을 끝내 잊지 못하는 사람들도 있다. 이처럼 조급한 성질 때문에 일을 그르치는 사람은 불순한 의도를 가지고 접근해 오는 사람에게 무방비 상태이다. 그런 사태에 빠져들어 가면 치명적인 낭패를 당할 수도 있다.

어떤 일이 있더라도 처음 보는 인상으로 판단하지 말고 제2, 제3의 정보를 받아들일 여유 있는 태세를 가져야 한다. 더 이상 좋은 대안이 없다고 판단할 때까지 숙고해야 한다.

남에게 절대로 우는 소리를 하지 말라

아무리 불평이 없는 좋은 사람일지라도 일단 불평불만을 늘어놓을 때에는 음울해지고 위축되어 버린다. 견디기 어려운 일이 생기더라도 절대로 남 앞에서 우는 소리를 하지 말라. 체면만 손상될 뿐 아무런 도움이 되지 않는다.

고통이 멀리 사라진다 해도 그 때 당한 일은 사람의 기억 속에 남기 마련이기 때문에 불평은 가능한 한 마음속에 깊이 묻어버리는 것이 후회 없이 사는 방법이다.

정치의 세계에서는 많은 사람들이 과거에 당한 부당한 대우에 항거하고 도움을 구한다든지 동정을 불러일으켜 부수적인 싸움을 촉발시킨다. 미사여구로 승자를 치장하기보다 관용을 칭송하는 편이 훨씬 좋다. 그렇게 되면 상대방도 더불어 관용을 베풀 수 있게 된다.

또 그 자리에 없는 사람으로부터 받은 친절한 행위를 열거함으로써, 자리를 함께 하고 있는 사람들로부터 똑같은 친절한 감정을 끌어낼 수 있다. 사람들은 그 말속에 들어 있는 존경심에 주목하기 때문이다. 그리고 분별 있는 사람은 남이 가한 무례함이나 부정한 행위에 의해 자

신의 이름을 알리는 것이 아니라 명예로운 행위에 의해서만 이름을 떨친다.

대세를 거르지 않는 편이 안전하다

많은 사람들에게 기쁨을 주는 것을 비난하지 않는 마음을 가져라. 설령 당신은 이해할 수 없을지라도 대중에게 만족을 주는 것에는 분명히 그들 마음에 드는 무언가가 있다.

항상 독단적인 행동을 취하고 완고하고 무지한 사람은 눈앞에 좋은 기회를 뻔히 보면서도 그대로 놓치고 만다. 결국 자신의 사업 안목도 의심하게 되고 판단력도 믿지 못하게 되어 초라한 자신만의 세계 속에 갇혀 버리게 될지도 모른다.

좋은 것이 있다면 어떻게 해서든 닮으려고 노력해야 한다. 이를 알 수 없다면 마침내 자신의 무지를 숨기게 되고 더 큰 비난을 예비해 두고 있는 것이다. 그릇된 선택은 대개 무지에서 나온다. 대중이 사랑하는 것은 비록 유행이고 낯선 것일지라도 그 시점에서는 엄연한 현실인 것이다.

세상의 변덕스러움에 휘둘리지 말라

인간의 이면을 보면 음울해질 수밖에 없다. 세상에는 거의가 어리석은 자들로 득실거리기 때문이다. 하지만 인간의 또 다른 면은 웃음거리를 제공해 준다.

선악의 판단은 모두 일시적인 변덕에 좌우된다. 누군가 거절하는 것을 또 다른 누구는 열심히 추구한다. 사람의 수만큼이나 두뇌 또한 많고 제각각 천차만별이기 때문이다. 우주가 자신의 뜻대로 움직여 주길 바라는 것은 어딘가 나사가 빠진 어리석은 사람이다.

나약성이라는 것도 그런대로 숭배자들이 생기게 마련이고 어떤 생활방식이 다른 집단에서는 불쾌하게 느껴지더라도 마침내 그것을 좋아하는 집단이 나타나게 된다. 또 그 반대의 경우도 있다. 당신의 강인한 기질이 세간에서 인정을 받고 으스댈 수는 있지만 그것은 어디까지나 일시적이다. 다른 쪽에서는 비난이 일게 마련이다.

본질적인 만족감은 지혜를 터득한 사람, 혹은 한 개의 분야에서 이름을 남기는 사람만이 맛볼 수 있다. 하나의 목소리, 하나의 습관, 하나의 시대만을 생활의 기준으로 삼아서는 안 된다.

귀가 엷은 사람은 마침내 표류하고 만다

새로운 뉴스를 들을 때마다 마음의 동요를 일으키고 이것에 끌려 우왕좌왕하는 사람이 있다. 그들은 쉽게 형체가 변하는 밀랍처럼 시류에 부화뇌동한다. 또 앞을 내다보는 비전이 없기 때문에 새로운 것이 나타나기만 하면 즉시 옛것을 버리고 새로운 것에 덤벼든다.

상품을 살 때도 마찬가지이다. 사리에 밝은 사람은 가격이 오르면 잠시 시세를 관망하든지 가격이 싼 다른 상품을 고른다. 하지만 그들은 더 이상 가격이 오를 수 없는 상황에서도 허둥대며 물건을 사버린다. 홍정을 할 때에도 담력이 작고 겁이 많아 마음이 쉽게 흔들리고, 주변에서 누가 어떤 말을 하여도 쉽게 영향을 받는다. 이런 사람은 어떤 상황에서도 제 몫을 다하지 못하기 때문에 동업자나 친구로서도 상대하기가 어렵다. 마치 어린아이처럼 생각이나 기분이 수시로 변하고 끊임없이 표류한다.

자기 생각을 모두 털어놓지 말라

남의 생각을 다 알려고 할 필요도 없으며 자기 생각을 모두 털어놓아서도 안 된다. 남에게 애정을 주는 것과 모든 것을 상대방에게 맡겨 버리는 것은 전혀 별개의 문제이기 때문이다.

아무리 가깝고 친밀한 사이라도 예외는 없다. 아무리 친숙한 사이에도 숨겨야 할 것이 있고, 가족에게도 비밀로 해야 할 것이 있다.

비밀의 종류에 따라서 이를 밝혀야 할 상대가 있고 숨겨야 할 상대가 있다. 어느 사람에게는 알려 준 일을 다른 사람에게는 숨기고, 또 어느 사람에게 비밀로 한 일을 다른 사람에게 모두 털어놓는다면 많은 것을 고백했으면서도 지켜야 할 비밀은 지킨 셈이 된다. 비밀을 털어놓을 상대는 알아서 결정할 일이다.

어깨를 나란히 하려면
두 배로 일해라

지금보다 높은 지위로 승진하려면 마음을 단단히 조여라. 그 격차를 메우는 일은 그리 쉬운 일이 아니다.

지나간 일은 현재 하는 일보다 더 잘 상기되는 법이다. 따라서 전임자와 똑같은 정도의 일을 하게 되면 주변에서는 만족을 못한다. 그의 평가는 전임자에게 돌아가기 때문이다. 만일 그런 상황에 놓이면 그 이상의 재능을 발휘하려고 해야지 남에 대해 이러쿵저러쿵 불평하는 마음자세를 가져서는 안 된다.

전임자와 어깨를 나란히 하려면 두 배로 일을 해야 한다. 자신의 지위를 다른 사람에게 넘겨 줄 때에는 주변 사람들이 당신을 애석하게 여기고 귀감으로 칭송하며 되돌아오길 바란다고 여기는 후계자를 선택하는 것이 현명하다.

항상 정당하고 두 개의 얼굴을 갖지 말라

누구든 각각의 이익에 부합하는 신념을 소유하고 있으며 제 나름의 입장에 대한 근거를 가지고 있다. 그러나 대개는 감정이 이성을 압도하고 지배적인 위치에 서게 된다. 결국 두 가지의 의견이 서로 대립할 경우에 양자는 서로 자기 쪽에 정당성이 있다고 고집한다.

그러나 정당성은 언제나 정당해야 하며 두 개의 얼굴을 가질 수 없다. 이러한 미묘한 상황에서는 양식을 사용하면 신중하게 대처할 수 있다. 즉 자신의 판단을 조금 누그러뜨리고 상대의 견해를 받아들이면서 자신의 판단에 불확실한 점이 있는지 없는지를 살펴야 한다. 이럴 때, 이쪽의 상상력이 상대방의 견해에까지 영향을 주는 것이다. 그렇게 하면, 균형 잡힌 검증과정을 거칠 수 있으며 서로의 사실은 사라지고 이성적인 방식으로 혼란과 분규의 원인을 찾아낼 수 있다.

검은 구름에 둘러싸여 있는 사람을 경계하라

어린 시절부터 어두운 성격이 발전하여 결국에는 햇빛을 멀리하게 된 사람들이 있다. 그들은 혼자 있는 데에서 위안을 찾고 애정을 주려는 사람들조차 피한다. 이러한 슬픈 성격의 소유자는 누가 무슨 짓을 했다는 이유로 또 누가 무슨 짓을 할지도 모른다는 이유로 사사건건 생트집을 잡는다. 이러한 사람들은 기분이 내키는 대로 행동하기 때문에, 어떤 때는 으스스할 정도로 입을 꾹 다물고 있다가도 또 어떤 때는 미친 듯이 상대방을 욕하기 시작한다.

신경이 날카로워지면 극단적인 행동마저 서슴없이 자행한다. 그래서 어제는 호화주택에 살고 있는가 하면 오늘은 감옥에 갇혀 있다. 얼음같이 찬 가슴을 지닌 이들은 많은 사람들을 협박하지만 결국에는 자기 자신을 더욱 학대하게 된다.

절망에 빠져들면, 마음이 넓은 사람에게 의지해 보려고 하지만 미묘한 관계를 유지하는 일이 너무도 부담스러워서 대개는 실패하고 만다. 그것은 자신을 둘러싸고 있는 검은 구름을 떨쳐버릴 수 있는 방법을 모르기 때문이다.

들을 귀가 남아 있다면 더 들어라

말은 그 사람의 마음의 상태를 나타내준다. 말은 야생동물과 같아서 한번 풀어놓으면 두 번 다시 잡기가 어렵다. 충동적으로 행동하고 한번 격분하면 자신을 완전히 잃어버리는, 그야말로 가장 억제가 필요한 사람일수록 막상 제일 먼저 자제심을 잃어버린다. 그저 남에게 강제로 들으라고 할 뿐 말한 뒤의 결과는 별로 책임지지 않는다. 이런 사람은 남의 말을 거의 들으려 하지 않는다.

질문이 채 끝나기도 전에 대답할 구실부터 찾고 있기 때문에 당연히 엉뚱한 대답을 한다. 게다가 상대방이 도저히 참을 수 없을 정도로 자신의 말에 도취되어 있기 때문에 자기 얘기를 들어줄 사람을 매일매일 바꾸지 않으면 안 된다. 쓸데없는 수다에 집중공격을 당하더라도 그때그때 한 사람에게만 당하면 그만이기 때문이다. 만일 그 사람에게 들을 귀가 남아 있다면 누구든지 그의 말을 가로막고 타일러 주어야 한다. 자신의 주인이 되려면 잡념과 격정에 사로잡혀 마음을 어지럽히지 말라고.

태도에 주의를 게을리 하지 마라

운명이란 약탈을 즐기고 잠자리를 습격하는가 하면 치밀한 계획마저도 단숨에 뒤집어 버린다. 절대로 방심해서는 안 된다. 정신과 사고, 인내심, 심지어 태도에 이르기까지 틈을 보여서는 안 된다. 이들을 돌보지 않는 바로 그 순간부터 운명이 장난을 부린다.

항상 주의를 게을리 하지 마라. 태만한 자에게는 몸이나 마음, 아니 몸과 마음 모두에 파멸이 닥친다. 경계를 풀면 기회를 노리고 있던 자들이 "이때다!" 하고 용서 없이 당신을 넘어뜨린다. 왕이 행차하는 날은 알고 있지만 어느 시간에 호위대열이 당신 앞을 지나가는지는 아무도 모른다.

감언이설에 귀 기울이지 말라

의견이 맞지 않아도 반대하지 않는 사람은 크게 신경 쓸 필요가 없다. 이런 사람은 당신에게 진정한 애정을 느껴서 반대를 하지 않는다기보다는 오히려 자신을 잘 보이려고 하는 것이다.

감언이설에 빠져들어 기분을 내면 안 된다. 상대방이 달콤한 말로 속삭이면 그 이면에 깔린 진짜 목적을 알아내야 한다. 또 상대방이 말하고 싶어 하는 것을 대신해서 그럴 듯하게 말해주는 사람이 있는데 이 또한 주의를 요한다. 그들은 마음에는 없지만 정말처럼 말하는 재능을 가진 사람들이다. 그리고 당신에 대해서 혹평을 가하는 사람들도 있다는 점을 명심해야 한다. 그 사람이 누구인지 알고 싶으면 당신 앞에서 남의 욕을 하는 사람을 찾으면 된다.

불운이 닥칠 때를 대비하라

순풍이 불 때, 폭풍우를 대비하라.

추수의 계절에 겨울을 나기 위한 식량을 부지런히 모으는 짐승들에게서 배워야 한다.

행운을 맞으면 친구들도 많이 생기고 누구나가 당신을 친절히 대한다. 이럴 때일수록 되도록 많이 저축하여 역경에 대비하라. 당신이 은혜를 베풀어 준 사람들을 잘 기억해 두어라. 언젠가는 당신에게 힘이 되어 줄 사람들이 필요하다.

유난히 독립심이 강해 오로지 남에게 은혜만 베풀고 살지만 진실한 친구가 없는 사람들도 있다. 그러나 은혜를 베풀고 살 때는 좋은 친구를 구별하지 못한다. 그러다가 불운이 닥치면 아무도 상대해 주지 않는 군중 속의 한 사람으로 되어 버리고 마는 것이다.

혼자 살려거든 신이 되든가 짐승이 되든가 하라

천재로 혼자 고독하게 사는 것보다는 보통 사람으로서 대중과 함께 섞여 사는 것이 행복하다. 따라서 어떤 의미에서는 무지하게 또는 무지한 척 사는 것이 위대한 지혜라고 말할 수 있다.

옛말에 이르기를, 이승에서 혼자이면 저승에서도 혼자인데 천국이 무슨 필요가 있느냐는 말이 있다. 고독은 정신을 좀먹는다. 균형 잡힌 생활을 하기 위해서는 많은 사람들의 생활방식을 이해할 필요가 있다. 남의 과오를 보면 자신의 과오를 쉽게 찾을 수 있다. 물론 양자의 경험 모두 중요한 것이다. 인간은 서로 부대끼면서 살아가도록 정해져 있다. 만일 혼자 살려면 신이 되든가 아니면 짐승이 되든가 두 가지 길밖에 없다.

행복과 불행은 함께 공존한다

행복에 이르는 길은 무수하게 많다. 대부분의 사람들은 직관적으로 자신의 길을 선택하나 사기꾼이나 욕심이 많은 자는 무수하게 많은 길을 헤맨다. 하지만 신조를 가진 사람은 좁은 길을 선택한다.

상황에 올바로 대처하기 위해서는 행복으로 가는 길이라고 해서 무조건 나서지 않는다. 모든 사물에는 행복과 불행이라는 두 가지 측면이 있다. 좋은 도구도 칼이 선 부분을 쥐면 상처를 입고 흉기도 자루 부분을 쥐면 몸을 보호하는 수단이 된다.

그 어떤 사물도 고통을 주든지 기쁨을 줄 수 있지만 고통도 보이기 따라서는 기쁨으로 변할 수 있다. 지혜는 빛의 방향을 변화시킬 수도 있다. 무엇이 행복이고 무엇이 불행인가는 분별하라. 모든 것에 만족할 줄 아는 사람이 있는가 하면 무엇을 보아도 슬픔만 느끼는 사람도 있다. 불운에 대처하는 최상의 방어이고 꼭 잊지 말아야 할 인생의 열쇠는 단 한 가지, 모든 사물에 행복의 빛을 전파하는 것이다.

먼저 그를 사랑하라

사람들에게 칭찬받는 일은 참으로 좋은 일이다. 그러나 더 좋은 일은 남에게 사랑을 받는 것이다. 남에게 사랑받는 일은 행운의 여신이 내리는 은총 때문인 경우도 있지만 그보다는 자신의 노력의 결과인 경우가 더 많다.

비록 행운의 여신이 인도해 주어 사랑을 받는다 할지라도 이를 끝끝내 유지시키려면 노력이 필요하다. 남보다 뛰어난 재능을 가지고 있다 해서 남의 호의를 계속 받는 건 아니다. 호의는 내가 남에게 어떻게 베푸느냐에 달려 있는 상대적인 일이다. 그러니 남에게 친절을 베풀어라. 한 마디 말이라도 조심해서 하고 평상시의 말과 행동에는 더욱 조심하라.

남에게 사랑을 받고 싶거든 내가 먼저 남을 사랑할 일이다.

상대방을 잘 관찰하고 맞추어 나가라

상대방에게 맞추어라. 이것은 프로테우스(그리스신화에 나오는 여러 가지 모습으로 둔갑할 수 있는 여러 가지 모습으로 둔갑할 수 있는 변장술과 예언력을 가진 바다의 신)의 지혜이다. 학자를 대할 때엔 학자에 맞추어서, 성인을 대할 때는 성인에 맞추어서 처신하는 것이다. 이런 재치는 상대방의 마음을 사로잡는 좋은 방법이다. 누구든지 자기와 비슷한 사람에게는 호감을 갖기 마련이다.

상대방을 잘 관찰하여 그가 어떤 기질을 가졌는지를 파악하고 거기에 자기 자신을 맞추는 것이다. 상대방이 근엄한 사람이든 아니면 명랑한 사람이든 간에 그때그때 상황에 맞게 임기응변을 하여 자신을 바꾸어 처신하는 것이다. 특히 다른 사람의 힘을 빌려야 할 사람은 더욱 그렇게 하지 않으면 안 된다.

자기만족은 타인의 경멸을 부른다

자기만족은 타인의 경멸을 자초할 뿐이다. 자기 자신을 추켜세우다 보면 자만이 쌓여 훗날 좋지 않는 보답을 받게 된다. 자신이 제안한 일에 자기 스스로 만족하고 감동해서는 일이 잘 될 리가 없다. 자아도취에 빠진 말을 하는 것은 어리석은 사람이 하는 짓인데 남들 앞에서 혼잣말을 하고 스스로 감동하고 있다는 것은 치료할 약이 없는 환자나 다름없다.

이야기를 할 때에 "그렇지 않습니까?" 하든가 "그렇지요?" 같은 동의를 구하는 투의 말을 하는 사람이 있다. 그건 자신의 판단에 자신감이 없어 상대방으로부터 동의나 동감 혹은 맞장구를 억지로라도 끌어내려는 속셈이 있는 것이다.

허영심이 많은 사람은 줄곧 상대방으로부터 메아리치듯 즉각 반응하는 동의를 구하려고 힘쓴다. 그런 사람의 이야기에는 도중 자신감이 없는 모습을 보이면 어리석은 사람은 "아, 맞습니다!" 하며 곧바로 맞장구를 쳐서 그의 허영심을 채워준다.

붙임성 있게 다가오는 사람을 경계하라

누구에게나 애교를 부리고 붙임성 있게 대하는 사람은 대부분 남을 속이려는 사람이다. 마법의 비약을 쓰지 않고도 사람들을 마법에 걸리게 하는 사람이 있다. 모자를 단정히 쓰고 점잖고 우아하게 고개를 끄덕여 가볍게 인사만 해보여도 어리석은 사람은 매료되어 버린다. 그들의 예의바른 행동이 그의 허영심을 들뜨게 한 것이다.

이러한 사람은 덮어놓고 아무에게나 붙임성 좋게 대하며 빚을 지고도 갚으려 하지 않고 그럴 듯한 변명으로 꾸며대어 얼렁뚱땅 넘어가 버리곤 한다. 무슨 일이든 쉽게 약속하고 그 약속을 제대로 지키는 일도 없다. 그들에게 약속 따위는 어리석은 사람을 속여 넘기는 덫에 지나지 않는다.

진심이 우러난 예의바른 행동에는 경의를 표해야 하지만 겉치레를 하는 예의에는 남을 속이려는 책략이 숨어 있다. 붙임성이 지나치게 많을 때에는 상대방을 좋게 생각하거나 공경해서가 아니라 무언가 자기 속셈이 있기 때문이다. 상대방에게 인사를 하고 있는 것이 아니라 그의 재산에 머리 숙여 인사하고 아첨하는 것이다. 그 사람의 훌륭한

인격에 감복하여 마음속으로 우러러 보는 것이 아니라 무언가 자신에게 되돌아 올 이득을 기대하고 있을 뿐인 것이다.

가장 확실한 길을 선택하여야 한다

확실한 방법을 선택하면 독창적이라는 평을 받지는 못하지만 건실하다는 평가는 얻을 수 있다. 모든 면에서 정통한 사람이라면 위험을 무릅쓰고라도 자기 자신의 꿈을 키워나갈 수 있을 것이다. 그러나 아무것도 알지 못하는 상태에서 위험을 무릅쓰고 어떤 일을 해나간다는 것은 스스로 파멸의 길로 뛰어드는 것이나 다름이 없다.

무슨 일이든 정도正道로 나가는 것이 좋다. 수많은 시행착오를 거쳐 확립된 길이라면 잘못될 일은 거의 없다. 그러한 길에 정통하지 못한 사람은 정도를 걸어 나가는 것이 좋은 방법이다. 지식이 있고 없고 간에 유별한 행동을 하기 보다는 확실한 길을 선택하는 편이 안전하다.

운명을 같이 할 생각은 버려라

자신의 잘못에 얽매여 꼼짝도 못하는 사람이 있다. 무엇인가 잘못을 저질러 놓고도 그 일을 끝까지 책임지거나 옳다고 주장하는 것이 자신의 성실함을 보이는 길이라고 생각하기 때문이다. 마음속으로는 자신의 잘못을 깨닫고 있으면서 주위 사람들에게는 자신의 행동을 변명한다. 어리석은 행동을 했더라도 처음에는 단순한 부주의에서 일어난 것이겠거니 하고 넘어가버린다. 그러나 그런 어리석은 일이 계속 반복된다면 분명히 어리석은 인간이라고 낙인찍히게 된다.

순간적인 감정에 치우쳐 해버린 약속이나 잘못 판단으로 내린 결단 때문에 두고두고 스스로를 얽매이게 해서는 안 된다. 앞으로의 전망이 희망적일 것이라는 환상에 사로잡혀 어리석은 생각을 언제까지나 버리지 못하고 무리하게 돌진해 나가는 사람이 있다. 이러한 사람이 바로 자기의 어리석음과 함께 운명을 같이 하는 것이다.

자신의 자랑을 떠벌리기 전에 일에 몰두하라

일은 제대로 하지도 못하면서 자신의 일하는 방식이나 태도를 일부러 자랑스러운 듯이 선전하는 사람이 있다. 무슨 일을 하던 거기에는 요령이 있다느니 오랫동안 닦아온 실력이 있다느니 하며 거드름을 피우고 으스대며 강의를 하고 그러고도 실제로는 좀처럼 일에는 전념하려고 하지 않는다.

이런 사람들은 칭찬을 받기 위해서라면 지조도 없이 입에 발린 말을 거리낌 없이 하지만 정작 사람들로부터는 칭찬대신 조소를 한 몸에 받는다. 허영심이 강한 사람은 남을 불쾌하게 만드는 것이 보통이지만 이러한 겉치레는 비웃음거리가 될 뿐이다.

어떤 일에 대한 공적을 자기의 것으로 하고 싶어 하거나 개미처럼 부지런히 영예를 모으려는 사람이 있다. 아무리 뛰어난 재능을 타고났다 하더라도 그것을 내세우려고 해서는 안 된다. 일을 훌륭하게 마무리한 것만 만족스럽게 여기고 그에 대한 평가는 남이 하도록 맡겨두면 된다.

설사 대단한 위업을 이루어냈다고 해도 입을 다물고 있을 일이지 그

것을 계기로 이름을 얻으려고 해서는 안 된다. 자신의 업적을 자랑스럽게 내세우면 남들로부터 반감을 사게 되어 중상모략을 받게 된다.

세상 평판이 좋지 않은 일에는 손을 대지 말라

세상의 평판이 좋지 않은 일에는 손을 대서는 안 된다. 더구나 가망이 없는 일은 그 일로 명성을 얻기는커녕 비웃음을 사기 쉬운, 허황되고 터무니없는 이야기에 말려드는 꼴이 된다.

세상에는 일시적인 현상이라고밖에 여겨지지 않는 여러 가지 주장과 주의를 내건 단체들이 상당히 많다. 양식 있는 사람이라면 그러한 사람들과는 일체 관련을 갖지 않도록 해야 한다.

세상에는 색다른 별난 취미를 가진 사람도 있는 법인데 그들은 지혜로운 사람이 돌아보지 않는 일일수록 호감을 갖는다. 기발한 것이라면 무슨 일이든 존중한다. 때로는 남이 하지 않는 일을 함으로써 세상에 이름을 날리게도 되지만 그것은 비웃음을 사는 일이지 진정으로 명망을 높이는 일은 아니다.

학문을 하는 경우에 생각이 깊은 학자라면 그 일을 자랑한다거나 세상의 주목을 한 몸에 받게 되는 그런 일은 피해야 한다. 더구나 사람들의 비웃음을 사기 쉬운 일에 손대는 것이라면 더욱 피해야 할 것이다.

선택하는 능력이 인생을 좌우한다

인생은 선택하는 능력이 있느냐 없느냐에 따라 거의 결정된다고 할 수 있다. 잘못된 선택을 하지 않으려면 뛰어난 안목과 양식, 그리고 바른 판단력이 요구된다. 지성이 넘쳐흐르고 노력을 아끼지 않는 것만으로는 불충분하다. 사물을 정확히 식별하고 바른 선택을 할 수 없으면 인간으로서의 완성도 바랄 수 없다. 그러므로 선택하는 능력이 필요하다.

창의력이 풍부한 명석한 두뇌와 정확한 판단력을 갖추고 근면하며 지식도 풍부한데 막상 선택의 단계에 이르면 실패하는 사람이 많이 있다. 왜 그럴까? 가장 좋은 길을 선택하는 능력이 없기 때문이다.

한 번의 기회에 모든 것을 걸어서는 안 된다

주사위를 한 번 던지는데 자기의 명성을 모두 걸어서는 안 된다. 나쁜 패가 나오게 된다면 다시는 되돌릴 수 없는 큰 손실을 감수해야 한다. 누구라도 한 번의 실수는 있게 마련이다. 특히 맨 첫 번째는 더 그렇다. 머리와 몸의 균형이 언제나 잘 맞는다고 볼 수 없고 생각했던 대로 들어맞는 날이 계속되리라는 보장도 없는 것이다.

그러므로 반드시 두 번째의 기회를 잡도록 하는 편이 좋다. 그렇게 하면 처음에는 실패했어도 그것을 만회할 기회가 주어지는 것이다. 첫 번째에 잘 맞추었다면 두 번째는 하지 않아도 된다.

무슨 일이든 하던 방법을 바꾸어서 다시 시험해 볼 기회를 준비해 둘 일이다. 성공하느냐 성공하지 못하느냐는 주위의 여러 가지 상황에 좌우되는 것이지 행운에 따라 성공이 오는 경우는 극히 드문 일인 것이다.

자신이 정당할 때에도 양보심을 보여주라

완고하고 완고한 사람은 어리석다. 판단을 잘못 내리기 쉬운 사람일수록 자기의 생각만을 고집한다. 자신이 정당할 때에도 양보심을 보여주는 이가 현명하다. 이쪽이 바르다는 것은 결국 다른 사람들에게 인정받고 마음이 너그럽고 깊은 행동은 누구한테나 칭찬받게 될 것이다.

상대방을 굴복시켜서 얻어지는 것보다 자기의 의견이나 주장을 끝까지 고집하여 잃는 것이 훨씬 크다. 자신의 정당함을 아무리 내세워도 누구도 그것을 인정해 주지 않는다. 무례한 녀석이라는 생각만 할 뿐이다.

생각이 굳은 사람은 아주 고집만 세어서 설득하려고 해도 헛수고이다. 그러한 고집쟁이가 줏대 없는 일시적인 생각을 갖고 있으면 그 생각에 사로잡혀 어리석은 평생을 보내게 된다.

의지는 굳세어야 하지만 자신의 생각, 주장만 고집 부려서는 안 된다. 물론 예외는 있다. "두 번 다시는 상대방에게 양보하지 않겠다."는 생각도 있을 것이다. 그럴 때에는 사고방식에서는 양보하더라도 실행하는 단계에서는 결코 상대방에게 굽혀서는 안 된다.

과정보다 결과를 중시하라

순조롭게 목표를 달성하려 하기보다 바른 순서를 밟아 나가는 쪽으로 마음을 쓰는 사람이 적지 않다. 그러나 결과가 나쁘면 아무리 열심히 해나가더라도 실패자라는 오명을 쓰는 것으로 모두 끝나버리게 된다.

승리자가 자세한 해명에 귀 기울여 주지는 않는다. 세상 사람들이 주목하는 것은 그 일이 이루어졌느냐 이루어지지 않았느냐 하는 성부成否뿐이며 도중에 일어난 사정에 대해서는 거들떠보려고도 하지 않는다.

목표를 일단 달성하면 평판에 흠집이 날 염려는 거의 없다. 결과만 좋다면 무엇이든 찬란하게 빛나 보일 것이므로 수단과 방법에 아무리 불만이 있다 하더라도 보이지 않게 된다. 따라서 좋은 결과를 내는데 필요한 일이라면 다소 편법을 쓰는 것도 일을 하는데 있어서 하나의 좋은 방편이 될 수 있다.

상대방을 보살피고 돌보이게 해주어라

공적이 있는 사람을 돋보이게 하는 것은 남을 부리는 비결이다. 단순히 공적만 포상하는 일뿐 아니라 상대방을 보살피고 돋보이게 해주어라. 그렇게 할 수 있는 사람은 도량이 넓은 사람이다. 공을 세운 사람에게는 뜸을 들이지 말고 곧바로 포상해 주는 것이 좋다. 그렇게 해야 고마워하는 마음도 훨씬 더하다.

일에 대한 보수도 재빨리 해주는 편이 좋다. 미리 보수를 건네주면 일에 대한 의무감이 생겨난다. 그 의무감을 곧 감사하는 마음으로 바꾸는 것이다. 이것은 교묘하게 살짝 바꿔치기 하는 기술이다. 빌린 돈을 갚을 때에도 재빨리 갚아버리면 빌려 준 쪽도 고맙게 여긴다는 것이다. 다만 이 방법은 제대로 교육을 받은 사람이 아니면 효과가 없다.

품성이 좋지 않은 무리에게 보수를 먼저 건네주면 더욱 열심히 일할 생각을 하기는커녕 잘됐다 생각하고 게을러질 것이다.

남과 의견충돌이 생기면 신중하게 이야기하라

의견은 삼가서 말해야 한다. 누구나 자기 자신의 이익을 가장 우선으로 생각하는 법이고 자신의 정당성을 주장하는 데에는 온갖 논거를 늘어놓게 마련이다. 대부분의 경우 남에 대한 판단은 감정에 크게 좌우된다. 두 사람이 티격태격 옥신각신하며 서로 자기 쪽이 옳다고 우기며 양보하지 않는 모습은 흔히 볼 수 있는 일이다.

그러나 정도는 항상 둘이 아닌 하나이다. 진실이 둘이 있을 수는 없다. 남과 의견이 충돌되었을 때에는 지혜를 짜내어 신중히 이야기를 진행해 나가는 것이 좋다.

때로는 지금까지와 반대의 입장을 택하여 신중하게 의견을 바꾸어 나갈 수도 있어야 한다. 상대방의 관점에 서서 자기 자신을 검토해 보는 일도 필요할 것이다. 그렇게 하면 함부로 상대방을 비난하는 일도 없을 것이고 무턱대고 자신을 정당화 시키는 일도 없을 것이다.

진실을 전부 말해서는 안 된다

거짓말을 해서는 안 된다. 그러나 진실을 전부 말해버려도 좋지 않다. 진실한 이야기만큼 말하기가 어려운 것도 없다. 무심코 한 말이 상대의 심장에 못을 박을 수 있다. 어렵게 진실을 말하는 데에도 애써 감추는 데에도 모두 기술이 필요한 일이다.

한 번이라도 거짓말을 하게 되면 정직하다는 평판이 하루아침에 없어져 버린다. 속아 넘어간 사람에게도 잘못이나 과오가 있었다고 생각할 것이다. 그러나 속인 사람은 신의가 없는 사람이라고 보게 될 것은 물론이고 명예도 잃어버릴 것이 틀림없다.

진실을 모두 다 털어놓는 것은 좋지 않다. 자신을 위해서 잠자코 있어야 할 경우도 있고 또 다른 사람을 위해서도 입을 다물고 있어야 할 때도 있는 것이다.

착실한 사람이 위트 있는 사람보다 존경받는다

농담은 적당히 하도록 하라. 현명한 사람은 착실하고 점잖은 사람으로 알려져 있다. 점잖고 착실한 사람이 위트가 풍부한 사람보다도 더 존경을 받는 것이다.

언제나 농담만 해대면 진실한 인간이 도저히 될 수 없고 되려고 생각하는 그 자체부터가 우스꽝스러운 이야기이다. 그런 사람은 허풍선이나 거짓말쟁이로만 여기게 되어 어느 누구에게도 신용을 받지 못한다. 속고 있는 것은 아닐까, 또는 놀림을 당하는 것은 아닌가 하는 생각이 들게 하기 때문이다. 늘 농담만 일삼는 사람이 언제 양식 있는 이야기를 할지 아무도 알지 못한다. 그렇게 되면 결국 양식 같은 것은 있지도 않는 사람으로 낙인찍히게 된다.

쉴 새 없이 농담을 해대어 유머 정신을 발휘할 생각인지는 모르지만 그런 식의 유머는 최하위이다. 위트가 풍부한 사람이라는 평을 들을지 모르나 그 대신에 분별 있는 사람이라는 좋은 평을 잃어버리게 된다.

때로는 농담을 하며 유쾌한 생활을 보내는 것도 좋지만 그밖에 모든 시간은 성실하고 진실된 태도를 지녀야 할 것이다.

사람들의 눈길을 끌려고 해서는 안 된다

모든 사람들의 눈길을 끌려고 노력한다는 사실이 남들에게 알려지면 아무리 뛰어난 능력도 결점으로 비쳐지고 오히려 상대해 주지 않을 뿐더러 별난 행동을 하는 사람이라고 비난받게 된다.

미인이 미인 티를 너무 내면 좋지 않은 평을 받게 된다. 너무 훌륭해서 가까이 대하기 어렵게 행동하는 인물은 반감을 사게 된다. 남의 눈을 끌어보려고 부끄러운 줄도 모르고 뻔뻔스럽고 기발한 행동을 하는 사람은 더욱 미움을 사게 된다.

세상에는 나쁜 짓을 해서 악명을 날리려고 하는 사람도 있다. 그러한 사람들은 자신의 평판을 떨어뜨리려는 새로운 방법으로 더욱 세상 사람들로부터 주목을 받으려고 한다. 교양이 있는 사람도 지식을 너무 많이 갖고 있으면 아는 체를 하고 싶어 하는 법이다.

속 시원하게 해준 말은 남의 마음을 사로잡는다

비단결 같은 말은 사람의 마음을 꽉 잡는다. 화살이 몸을 뚫고 지나가듯이 좋지 않은 말은 사람의 마음을 콕 찌른다.

언어는 공기와 같은 것이다. 사람의 마음을 사로잡는 기술이 뛰어난 사람은 상대방에게 상쾌한 공기를 제공하는 것이다. 웬만한 것은 모두 말로써 살 수가 있고 말로써 사람을 궁지에서 벗어나게 할 수도 있다.

상대방이 우쭐거리며 흥분되어 있을 때에나 들떠서 건성으로 이야기를 들을 때에도 말로 그 사람의 마음을 조정할 수가 있다. 책임자나 윗사람의 따뜻한 말 한 마디에는 특히 아랫사람의 마음을 움직일 수 있는 힘이 있다.

입가에 항상 향기로운 말의 향기가 풍기도록 하라. 말에는 적도 좋아할 수 있는 멋있는 옷을 입히는 것이 좋다. 남에게 사랑을 받을 수 있는 한 가지 방법은 친절하고 부드럽게, 친숙하게 상대를 대하는 일이다.

눈으로 상대방의 마음을 읽어라

손을 잡은 상대방의 마음과 의도를 간파해라. 원인을 알면 결과도 예측할 수 있다. 동기는 언젠가는 표면에 떠오른다.

상대방의 표정에 주의를 기울여라. 눈동자의 움직임을 관찰하고 눈빛을 통해 상대방의 마음을 읽어내라. 눈썹의 움직임, 입술의 움직임, 이야기하는 태도 등은 상대방의 의도를 전체적으로 드러내 주는 귀중한 자료이다.

물론 얼굴 표정이 선량해 보인다고 마음속에 악의가 없다고 말할 수는 없다. 헤프게 웃는 사람은 어리석은 사람이고 굳은 표정을 지닌 사람은 선의를 무시하는 비뚤어진 사람이다.

마음이 비비꼬인 사람과는 상대하지 마라. 그들은 만나는 사람마다 발목에 그물을 치려는 나쁜 버릇을 가지고 있다. 그리고 또 극성스럽게 수다를 떠는 사람의 말은 대개 사실과는 거리가 멀다는 점을 지적하지 않을 수 없다.

그들은 이성보다는 감각적으로 사물을 판단하고 자기의 순간적인 감정과 기분에 따라 사실과는 거리가 먼 허황된 말을 늘어놓기 일쑤이다.

기분 나쁜 일을 당해도 쉽게 잊어라

기억이라는 것은 전적으로 여기에 의존하려 할 때 원수로 돌변해서 주인을 버린다. 사람은 잊어버리는 기술을 배워두지 않으면 안 된다. 물론 기억이란 능력과 기술이기에 앞서 운명적으로 타고난다.

기억이란 가슴 아픈 일에 대해서는 후하나 즐거웠던 일에 대해서는 인색하다. 불쾌한 일은 자연히 잊히는 경우도 있지만 아무리 잊으려고 애써도 뇌리에서 지워지지 않는 경우도 있다.

역경에 처해 있을 때는 대뇌의 방이 크게 열린다. 마치 비탄에 지친 두뇌가 다른 모든 고뇌를 쓸어안고 병적인 쾌감을 즐기는 희생제물이 된 것처럼.

기억력을 자유자재로 훈련시켜라. 물론 쉽지 않은 일이지만 기억의 힘은 사람을 천국으로도 지옥으로도 끌고 갈 수 있다.

미덕은 양심의 하늘이다

높은 도덕심, 정의감, 선량함은 미덕이 연주하는 아름다운 협주곡이다. 미덕은 모든 탁월한 것들의 증거이고 인생의 모든 만족감의 핵심이기도 하다.

미덕을 갖춘 사람은 분별력도 생기고 이해심도 깊으며 현명해지고 용기가 있으며 연민의 정도 많으며 언제나 즐겁고 정직하며 통찰력도 뛰어나다.

미덕은 천박한 이 세상을 밝게 비추어 주는 태양이며 양심의 하늘이다. 그것은 너무나 아름다운 것이기 때문에 신이나 인간 모두에게 호감을 산다.

미덕이 없다면, 세상에 매력 있는 것이란 아무 것도 없다. 이는 지혜의 본질이며 그 이외의 모든 것은 허접쓰레기에 지나지 않는다.

위대함은 미덕에 의해 측정되는 것이지 재력에 의해 저울질 되는 것은 아니다. 미덕만이 사람들에게 사랑받을 수 있는 인생을 창조해 준다. 또한 세상을 떠난 후에도 사람들의 기억에 남을 만한 인물을 창조해낸다.

자신의 자질을 계발하라

자신의 매력적인 자질들을 계발하라. 그것은 사회에서 좋은 인간관계를 유지하는 마법이기 때문이다. 그리고 매력은 당장 손에 쥘 수 있는 물건보다는 사람의 마음을 얻는데 사용하라. 또 부단히 사용하라.

성의는 매력이 첨가됨으로 해서 빛을 낸다. 유능한 사람은 잘 생긴 얼굴로 인해 더욱 눈에 띈다. 기회주의자들은 이를 잘 이용할 줄 안다. 이는 비옥한 토양에 비료를 뿌리면 더욱 많은 수확을 거둘 수 있는 이치와 같다.

이런 방법으로 인기와 동경심이 만들어지고 사람들의 마음을 사로잡는다. 하지만 부자나 잘 생긴 사람을 대체할 수 있는 것도 얼마든지 있다. 자신의 인격적 매력을 발견하여 이를 발전시키는 것이다.

단 한 가지의 선을 찾아내는 사람이 되라

사람들 속에서 장점을 찾아라. 찾으려고만 하면 그 누구에게서도 좋은 점이 보인다.

불평불만으로 가득한 사람은 수천 가지 장점을 가진 사람 속에서 마치 독수리처럼 정확하게 한 가지 결점만을 낚아챈다. 남의 과오를 먼저 하나 남기지 않고 말끔히 쓸어 모아 우월감을 갖고 왜곡된 쾌감을 느낀다.

이처럼 묘지를 파헤치는 사람들을 피하라. 이들은 언젠가는 큰 함정에 빠질게 뻔하기 때문이다.

수천 가지의 악에 둘러 싸여 있어도 단 한 가지의 선을 찾아내는 사람이 되라. 선량한 사람은 좋은 친구를 만난다. 하지만 선도 그 때를 놓치면 소용이 없다.

악한 마음을 보이는 자와는 사귀지 말라

우리는 모두 평범한 사람들에 둘러싸여 생활하고 있다.

평범한 사람은 고귀한 가정의 출신이든 아니든 여기저기에 있다. 보통 사람이 뛰어나지 않다는 점은 어쩔 수 없는 현실이지만, 나쁜 습성이 몸에 배게 되면 무골, 조잡, 천박한 성질이 자리를 잡아 어찌할 도리가 없다. 이런 사람들은 분별없이 말을 하고 매사에 잘난 체를 하며 옹졸하다. 그들은 무지가 낳은 충실한 제자이고 거짓말의 옹호자들이다.

이런 부류의 사람들을 만나면 관계를 갖지 않는 것이 상책이다. 속물들에 둘러싸여 표류하다 보면 위엄과 평판에 금이 가게 된다. 천박한 무리들 속에 끼느니 일체 관계를 하지 않는 편이 좋다. 그것을 겪어보지 않은 사람은 모른다.

속물들의 문제는 그 한 사람 뿐으로 족하다. 그가 무슨 말을 하든지 듣지도 말며 무슨 생각을 하고 있는지 염두에 두지도 말라. 무시하는 것으로 충분하다.

자기 행운의 별을 찾아라

행운으로부터 아무리 버림받은 사람일지라도 행운 별 하나 정도는 있게 마련이다. 어느 것이 자기의 행운별인지 알지 못할 뿐이다.

별다른 이유도 없이 유력한 인물이나 윗사람으로 재능을 인정받아 대우를 받는 사람이 있다. 이것은 오직 행운의 별이 이끌어 준 덕분이다. 그러한 행운을 얻었다면 그 다음에는 보다 더 노력함으로써 그 운을 크게 키우기만 하면 된다.

상류층의 사람들에게 인정받는 사람도 있을 것이다. 능력에는 차이가 없는데 일에 따라서 운이 따르는 사람과 운이 따르지 않는 사람이 있는 법이다. 그것은 행운의 여신이 마음 내키는 대로 운명의 카드를 뽑기 때문이다.

자신의 운이 어디에 있는가. 자신이 무슨 일에 알맞은가를 잘 생각하여 판별할 일이다. 인생의 승부는 바로 거기에서 결정된다. 행운의 별을 시야에서 놓치지 않도록 하자. 다른 별, 남의 별을 따라가느라 자신의 행운의 별이 있는 별자리에서 등을 돌리는 결과를 초래하면 안 된다.

행운과 불운의 결정은 사려가 깊으냐에 달려 있다

행운에도 법칙이 있고 현명한 사람은 세상만사가 우연히 일어나는 것이 아님을 잘 알고 있다. 노력으로는 행운을 가져올 수도 있기 때문이다.

어떤 사람은 행운의 여신이 사는 신전의 문 앞에 가서 여신이 나타날 것을 믿고 계속 기다리고 있다. 또 어떤 사람은 좀 더 지혜를 짜내어 신중하게 또 과감하게 신전의 문을 박차고 안으로 들어간다. 그리하여 용기와 미덕의 날개를 타고 대담하게 여신이 있는 곳을 찾아가서 비위를 맞추어 자신의 편으로 끌어들이려 하는 것이다.

현명한 사람이 행동의 지침으로 삼는 것은 '사려와 미덕' 밖에 없다. 행운과 불운을 결정하는 것은 결국 사려가 있느냐 없느냐에 달려 있는 것이니까.

불운한 사람을 피하고 행운 있는 사람을 따라라

불운은 대개 어리석은 행동의 결과로 오게 된다. 불운만큼이나 감염되는 힘이 강한 것은 없다. 아무리 하찮고 사소한 문제일지라도 결코 재앙에게 문을 열어 주어서는 안 된다. 그 배후에는 그보다 훨씬 많고 보다 큰 재앙이 도사리고 있기 때문이다.

승패의 요령은 어느 카드를 선택하면 되는가를 잘 확인하여 판별하는 데 있다. 승리한 상대가 쥐고 있는 카드가 약한 것일지라도 패배한 자신이 금방 뽑은 가장 강한 카드보다 더 승패를 판가름하는 결정적인 힘을 쥐고 있는 것이다.

어디로 갈까, 어느 쪽을 택할까 망설이게 되었을 때는 현명한 사람이나 사려 깊은 사람 옆으로 따라붙어야 한다. 그런 사람에게는 머지않아 뜻밖의 행운이 찾아오기 때문이다.

어리석은 사람의 언행에는 눈을 감고 참아라

어리석은 사람의 언행에는 눈을 감아 버려라. 총명한 사람일수록 남을 대하는 눈이 엄격해진다. 지식이 늘어남에 따라 인내심을 잃어가기 때문이다. 학식이 높은 사람의 안경에 꼭 들어맞는 사람이 그렇게 많이 있겠는가?

그리스의 철학자 에픽토테스는 이렇게 말했다.

"살아가는데 가장 중요한 것은 무슨 일에나 참는 일이다."

"이런 이치를 안다면 생의 지혜 절반을 손 안에 넣는 셈이 된다."

어리석은 사람의 행동에 눈을 감고 지내려면 굳은 의지와 많은 참을성이 필요하다. 특히 꼭 신세를 져야만 하는 사람이 어리석어서 몹시 고민하게 되는 경우도 있을 것이다.

그러나 그러한 때야말로 인내심을 기를 수 있는 절호의 기회인 것이다. 인내심은 사람에게 다시없는 평온함을 가져다주고 그 평온함은 인생에서 더없는 행복인 것이다.

속된 대중의 인기를 노려서는 안 된다

저속함을 일체 배제시켜라. 아무튼 취미에 있어서 그렇게 해야 함은 두말 할 필요가 없다. 속된 것을 따르려는 생각을 아예 갖지 않는 사람이야말로 참으로 현명한 사람이다.

사려 깊은 사람은 대중들의 갈채를 무조건 받고 싶어 하지 않는 법이다. 사람들의 인기를 한 몸에 받고 우쭐거리는 카멜레온(허영심의 상징인 카멜레온은 공기를 양식으로 먹고 살아간다고 여겼다.)과 같은 인간도 있으나 이러한 무리들은 아폴론의 조용한 한숨보다도 군중들로부터 뿜어 나오는 훈김을 다 즐기는 것이다.

또한 지식 면에서 저속함을 피해야만 한다. 세상에 흔히 있는 기적 따위에 마음이 동요되지 말라. 그런 것은 상업상의 과대한 판매 광고 같은 허세에 지나지 않는다. 대중들은 평범하고 속되고 우스꽝스러운 일에는 칭찬의 박수갈채를 보내지만 진실 되고 성실한 조언은 달가워하지 않는 법이다.

지성과 판단력, 품위가 인생에 열매를 준다

세 가지 조건이 인생에 커다란 열매를 맺을 수 있다. 이 조건을 모두 갖춘 사람이야말로 정말로 뛰어난 훌륭한 인물이다. 그 세 가지는 풍부한 지성과 투철한 판단력, 그 사람에게 알맞은 품위 있는 취미를 말한다.

타고난 상상력도 뛰어난 재능이지만 이성적으로 판단할 수 있고 사물의 옳고 그름, 좋고 나쁨을 분간할 수 있는 안목과 식견을 갖추고 있는 것은 더욱 훌륭하고 멋이 있는 일이다. 지성은 날카롭지 않으면 안 된다. 사소한 일일지라도 생각이 잘 돌아가지 않으면 곤란하다. 지혜가 없이 근성만 가지고는 어렵기 때문이다.

20대에는 의지가 인간을 지배하고 30대에는 지성이, 40대에는 양식(良識 : 사회인으로 마땅히 지녀야 할 건전한 판단력)이 지배한다. 어두컴컴한 곳에서 고양이의 눈이 번뜩이듯이 세상을 이성의 빛으로 빛나게 하는 지혜로운 사람이 있다. 한 치 앞도 알아볼 수 없는 컴컴한 어둠 속에서 그들의 머릿속은 더욱 맑아지고 밝아진다. 언제 어디서나 시기적절한 생각을 해내는 사람이 있다. 그러한 사람은 차차로 멋지고

뛰어난 아이디어가 떠오르는 것이다. 그만한 기지를 얻을 수 있다면 더없이 행복한 일이라고 하지 않을 수 없다. 그리고 풍부한 취미는 일생을 통해서 그 인생에 멋을 더해 줄 것이다.

남에게 칭송받는 직업에 종사하라

따뜻한 날씨와 산들바람에 생명과 활력을 불어넣어 꽃이 피듯이 사람들로부터 평가받아야만 인간은 제대로 된다.

만인의 갈채가 쏟아지는 직업도 있지만 그 나름대로 중요한 일인데도 사람들의 눈에 띄지 않는 일도 있다. 앞의 직업은 눈에 보이는 일이어서 세상 사람들의 호의를 받게 되지만 뒤에 말한 일은 좀처럼 보기 드물고, 보다 높은 기술이 요구되는 일이다. 남의 눈에 잘 띄지 않으므로 알아주는 사람도 거의 없다. 존경받는 일은 있어도 칭찬받는 일은 없다.

재능이 있는 사람은 누구에게나 주목받는 것이 그 목표가 되는 직업을 선택해야 한다. 그렇게 하면 세상 사람들에게 인정받고 불후의 명성을 얻게 될 것이다.

장래의 희망을 남겨 놓아라

"더 이상 바랄 것이 없다"는 말은 아주 행복하다는 말이지만 달리 생각하여 앞으로 희망이 없다는 뜻으로 해석하면 그건 아주 불행한 일이다.

우리 몸은 항상 호흡을 하고 정신은 끊임없이 무엇인가를 추구하고 있다. 모든 것을 손 안에 넣어버린다면 무엇을 보아도 시들하고 어떤 일에나 불만을 느낄 뿐이다. 지식만 해도 앞으로 더 배워야 할 것이 남아 있는 것이 바람직하고 호기심을 채워 줄 일들이 필요한 것이다.

사람은 앞으로 희망이 있기에 살아가는 것인데 탐욕스럽게 모든 것을 손안에 넣어 행복을 누리고 있다면 그 다음은 죽음만이 기다리고 있을 뿐이라고 말하지 않을 수 없다. 남의 공적에 보답하려고 할 때에도 상대방을 완전히 만족시켜 주어서는 안 된다. 바라는 것이 없어졌을 때가 가장 두려운 법이니까.

행복 때문에 불행한 것이고 공포감은 욕망이 없어진 때에 생겨난다.

기쁨의 문으로 들어가면 슬픔의 문으로 나온다

행운의 여신이 사는 저택에 기쁨의 문으로 들어간 사람은 슬픔의 문을 빠져나와 다시는 뒤도 돌아보지 않는다. 그러나 슬픔의 문으로 들어간 사람은 기쁨의 문으로 나오게 된다. 무슨 일이나 결말이 중요하니까 아무쪼록 유의하여 박수갈채를 받고 환영받기보다는 유종의 미를 거두는 일에 마음 써야 할 것이다.

운이 좋다고 하는 사람도 순풍에 돛을 달 듯 출발은 잘하면서도 비극적인 결말을 맞이하는 경우를 종종 볼 수 있다. 중요한 것은 도착할 때 환호를 하며 맞아들이는 일이 아니다. 그것은 매우 당연한 일이니까. 그렇게 아래보다는 떠나보낼 때 아쉬워하게 만드는 일이 중요한 것이다.

행운의 여신이 아쉬워하며 말렸던 사람은 별로 없다. 문까지 나와 배웅해 주는 사람도 별로 없다. 여신은 찾아오는 사람에게는 동정도 하고 생각도 해주지만 떠나가는 사람에게는 매우 쌀쌀맞게 대해 준다는 것이다.

자신의 목표에 이르는 길을 날마다 생각해 보자

내일의 일, 그리고 며칠 후의 일까지도 오늘 모두 생각해 놓자. 생각하는 시간을 가지는 일이 무엇보다도 장래에 대한 배려가 된다. 장차 다가올 난국을 대비해서 궁리하고 생각하는데 드는 시간을 아까워해서는 안 된다. 지혜를 짜내서 매우 위급하고 어려운 경우를 미연에 방지하도록 해야 한다.

일을 시작하기 전이나 일을 끝낸 뒤에서 아예 생각 같은 것은 하지 않는 사람도 있다. 사람은 자기 자신이 목표로 삼은 것에 대해서, 그곳에 이르는 길을 매일매일 생각하면서 살아가야 하는 것이다. 무슨 일이든 시작하기에 앞서서 먼저 곰곰이 생각하고 장래에 대한 배려를 해 두는 것은 인생을 보다 잘 살아나가기 위한 방책이다.

본심을 숨기고 있는 사람을 항상 경계하라

빈틈없는 사람은 상대방의 마음을 다른 데로 돌려놓고 그 틈을 타서 공격해 들어간다. 불의의 습격을 받아 허둥거리고 있을 때 깨끗이 해치워 버리는 것이다. 그러한 무리는 자기가 바라던 것을 손 안에 넣으려고 본심을 애써 감추고 최고 자리에 앉으려는 속셈을 숨기고 둘째 자리도 달갑게 받아들인다. 그러한 의도를 알아채는 사람이 없다면 그가 노리는 바는 보기 좋게 성공을 거둔다.

남모르게 음모를 꾸미고 있는 사람이 있는 이상, 이쪽에서도 경계를 게을리 해서는 안 된다. 상대방의 의도를 보이지 않는다면 더욱 조심해야 할 일이다.

아주 조심조심하여 그 사람의 음모를 알아차리도록 하자. 노리는 목적물을 덮치려고 하면 일을 꾸미는 상대방의 움직임 하나하나를 특히 유의해서 살펴보자. 그들이 맨 처음에 하는 이야기는 본심에서 나온 말이 아니고 정말로 그가 노리는 것은 다른 데에 있다. 또한 남의 눈을 속이려는 데에 혈안이 된 나머지 자신의 음모가 하나의 빌미가 되어 자기 신세를 망치는 수도 있다.

상대방이 양보를 해 올 때에도 조심할 필요가 있다. 상대방의 음모 따위를 꿰뚫어 보고 있다거나 빤히 다 알고 있다는 태도를 보여주는 방법도 적의 기도를 막는 유효한 수단이 될 것이다.

남을 동정할 때에도 통찰력이 필요하다

같은 상황에서도 어느 사람은 불운하다고 생각하고 또 다른 사람은 행운이라고 생각하는 경우가 있다. 남의 행복과 불행은 자기 자신이 생각하거나 마음먹기에 달린 것이기 때문에 공연한 동정은 하지 않는 편이 좋다.

그렇다고 해서 다른 많은 사람들이 불운에 싸여 허덕이고 있을 때에 자기 혼자만이 행운이라는 표정을 짓고 있을 수는 없을 것이다. 불행을 당한 사람에게는 너그러운 마음으로 동정을 베풀어야 한다.

운명의 장난에 휘말려 받은 상처를 고치려고 여러 가지로 헛수고를 하기도 한다. 위세가 당당할 때에는 미움을 받던 사람이 갑자기 모든 사람들로부터 동정을 받게 된다. 몰락하여 초라해진 모습이 원한을 동정의 마음으로 바꾸어 놓은 것이다.

자신에게 주어진 운이 행운인가 비운인가 어느 쪽의 카드인가를 알아낼 수 있는 예리한 통찰력이 필요하다. 그런데 어찌된 셈인지 불운한 사람만을 사귀게 되는 사람이 있다. 상대방이 행운을 맞이하여 잘 되었을 때에는 가까이 하지 않았다가도 그 사람이 불행하게 되면 가까

이 하는 것이다. 이러한 마음을 그 사람의 고귀한 마음씨라고 볼 수 있겠지만 그것은 어리석음 이외에는 아무것도 아니다.

고통의 씨앗을 맡지 말라

괴로운 고민의 씨앗이 될 만한 일은 피하는 것이 현명하고 그것이 몸을 위하는 길이기도 하다. 신중하게 행동하면 귀찮고 번거로운 일에 말려들지 않게 된다. 듣기만 해도 가슴이 답답해지거나 가슴 아픈 이야기는 남에게 도움이 되거나 구원이 되지 않는 이상 남의 귀에 들려주어서는 안 되며 더욱이 그러한 이야기를 자신이 듣지 않도록 아무쪼록 유의해야 한다.

세상에는 달콤하고 듣기 좋은 겉치레 말이나 간사한 말만을 기꺼이 듣는 사람이 있고 또 씁쓸하거나 재미있는 가십에만 귀를 기울이는 사람이 있다.

몸을 안전하게 지키려면 비록 상대방이 아무리 친숙한 사람이라도 그 사람이 만족스럽게 도와주고 그 때문에 도리어 평생 동안 괴로움과 고민의 씨앗을 자신이 품고 있는 일이 있어서는 안 된다. 무엇인가 문제가 있을 때 조언해 주는 것으로만 그치면 자신은 아무런 위험이 없다. 자기 자신의 행복을 희생해서까지 도와 줄 필요는 없다.

바보 같은 당나귀의 탈을 써라

아무것도 모르는 체해 보이는 것이 최고의 지혜가 되는 경우도 있다. 그렇다고 무지한 편이 좋다는 이야기는 아니다. 무지한 체 하는 것이 중요하다는 뜻이다.

바보에게는 지혜 따위는 아무런 도움이 되지 않으며 괴짜나 고집쟁이는 착실한 사람이 하는 이야기를 아예 들으려고 하지 않는 법이다. 그러므로 어떤 경우라도 상대방에 맞추어 거기에 걸맞은 이야기를 하는 것이 좋다. 어리석은 사람에게는 어리석은 이야기를 해주면 되는 것이다.

어리석음을 가장하는 사람은 어리석은 사람이 아니다. 어리석은 척할 만한 머리가 있는 사람이라면 그는 어리석은 사람이 아니다. 참으로 어리석은 사람에게는 그런 지혜가 없다. 남에게 칭찬을 받고 싶다면 어리석은 당나귀의 탈을 뒤집어쓰는 것이 최고이다.

책략가라는 말을 들어서는 안 된다

오늘날 시대에서는 계책을 쓸 줄 모르면 성공하기가 어렵다. 그렇더라도 교활한 사람이라는 말을 듣기보다는 분별 있는 사람이라는 말을 듣는 편이 좋다.

누구나 남에게는 공평하게 대해 주기를 바라고 있지만 자기 자신이 남을 공평하게 대했느냐고 묻는다면 반드시 그렇다고 단언할 수는 없을 것이다. 성실하고 착실하게 되려고 노력한 나머지 너무 우직해서는 안 되고 눈치가 너무 빨라 교활하게 되어서는 더욱 안 된다. 음흉하여 남들이 두려워하는 사람이 되기보다는 총명하여 존경받는 사람이 훨씬 낫다. 성실한 사람은 누구한테나 사랑을 받지만 속아 넘어가는 수가 많은 법이다.

책략을 성공시키는 가장 좋은 방법은 책략을 모르게 하는 일이다. 책략을 쓴다는 사실을 알게 되면 속이려 한다고 생각해버린다. 황금의 시대에는 말이나 행동이 속마음과 똑같은 사람이 존경받지만 철의 시대에는 악의를 간직한 사람이 성공한다.

유능한 사람으로 일단 평판이 나면 명예스러운 일이기도 하지만 자

기 자신도 속이 깊어진다. 그러나 교활한 사람이라는 평판이 나면 항상 남을 속이려고 하지 않는가 하고 더 큰 의심을 받게 된다.

제2부

자신의 잘못이라면 즉시 책임을 져라

거짓말은 한 쪽 다리로 일어서고, 진실은 두 발로 일어서지만, 침묵하는 자에게는 일말의 거짓말도 허용되지 않는다. 무심코 디딘 한 발을 바로 잡으려고 너댓발을 내쳐 나가다가 도리어 상황을 악화시킬 염려가 있다.

변명을 늘어놓는 사람은 어리석다고밖에 달리 말할 수 없다. 한 가지 일을 정당화시키기 위해서 또 다른 많은 일들을 거짓으로 꾸밀 수밖에 없다. 변명보다 나쁜 것은 기만이다. 한 가지 거짓말을 계속 부정하다 보면 언젠가는 거짓말 속에 깊이 빠져들어 헤어 나오기 어렵게 된다. 가령 자신의 그릇된 주장이 먹혀 들어갔다 하더라도 이미 그 씨앗은 뿌려진 것이다.

하나의 악덕은 언젠가는 많은 이자를 낳게 된다. 만일 부주의에서 비롯된 과오가 공격의 목표가 되거나 공개적으로 들추어지게 되면, 그 즉시 책임을 져야 한다. 부정하기에 급급하기보다는 그 동기를 설명하는 편이 훌륭한 인격을 드러내는 것이다.

현명한 사람은 한 번 실수를 두 번 다시 저지르지 않는다.

사람의 마음을 간파하는 능력을 키워라

면접시험을 치루는 사람은 예상되는 질문에 항상 대비하고 있어야 한다. 이는 선전포고가 없는 임기응변과의 싸움이다. 이쪽의 발 빠른 질문에 상대방은 신중하게 대처한다. 상대방의 답을 들으려면 질문하는 방법 밖에 없기 때문이다. 그 외의 방법이 사용되면 더욱 복잡한 판단력이 필요해진다.

광물과 야채의 성분을 알아내는 일도 중요하지만 사람의 됨됨이와 성질을 알아내는 일은 더욱 중요하다. 그러나 이는 아주 미묘한 일이다. 금속은 소리를 내어 그 속성을 알아낼 수 있지만 사람은 대화술을 통해 그 사람의 성질을 판단해야 하기 때문이다.

말은 마음의 거울로서 마음의 작용을 비추어 준다. 사람을 제대로 분석하려면 날카로운 통찰력과 기민한 이해력, 그리고 정확한 판단력이 필요하다. 복잡한 전체상을 개개의 요소로 나누어 사람을 분석하는 일은 말할 수 없이 중요한 재능이다.

상대를 공격하는 대신 관대함을 보여라

완벽한 사교술을 몸에 익힌 사람은 그다지 많지 않다. 그러나 예컨대 훌륭한 사람과 만났을 때에는 쓸데없는 말로 시간을 낭비하는 것은 금물이라는 점을 직관적으로 느낀다.

큰 인물은 언제나 확신에 차 있어서 단도직입적으로 대화하고 싶어하기 때문이다. 또 양식 있는 사람은 적을 나쁘게 말하지 않고 더욱 후대한다. 상대를 공격하는 대신에 뜻밖에도 관대한 태도를 취하는 것이다. 게다가 최고에 달한 사교의 명수라면 적대자의 모욕을 유머로, 부정을 공정으로 바꿔서 상대방이 모든 속까지 다 내보이며 신뢰하지 않을 수 없도록 한다.

단지 기다리고 있으면 승리가 자연히 굴러 들어오는 것이다. 이는 워낙 뛰어난 수법이지만 그들은 이 승리를 조용히 뒷전에 묻는다. 이것이야말로 인간의 큰 정이며 넉넉한 마음씀씀이이다.

괴롭히는 상대에게는 일침을 가하라

자신이 원하는 상황이란 인위적으로 쉽게 오지 않는다. 하지만 당신을 괴롭히는 상대에게 일침을 가할 기회는 자연스럽게 오게 마련이다.

말의 화살 끝에 복수의 집념을 싣고 기다려라, 당신이 냉정을 되찾아 사격에 자신감이 붙으면 그 화살을 상대방의 향심을 향해 쏴라.

상대가 가한 고통에서 해방되기 위해서는 자신에게 유리한 상황과 때를 고르는 것보다 더 나은 방법은 없다. 그러면 상대방의 의표를 찔러 자신의 상처를 치유할 수 있다.

시시한 사람을
잠재우는 방법이 있다

시시한 사람일수록 큰 인물에 기대어 자신도 크게 보이려고 한다. 이런 무리들은 묵살해 버리는 것이 상책이다. 그들은 염치없게도 당대의 지도자들을 경멸함으로써 자신에게 이목을 집중시키고 싶어 한다. 시시한 인간들을 잠재우려면 태연자약하게 그들의 존재를 무시하는 척하여야 한다.

빈틈없는 사람과 언쟁을 할 때는 자제력을 잃지 말라

반복의 불씨는 오해에서 비롯된다.

언쟁이 심해지면 이성을 잃게 되고 불같은 감정에 휘말리게 된다.

한 순간의 감정을 억제하지 못해 일생을 망치는 사람도 있다. 빈틈이 없는 사람은 당신의 생각과 의도를 캐내기 위하여 일부러 언쟁을 부추길지도 모른다. 이러한 책략에 맞서서, 특히 즉각적으로 대응해야 할 경우에는 추호의 흔들림도 없는 자제력을 갖고 대처하라. 이러한 자제심이야말로 무심코 튀어나오는 실언으로부터 당신을 보호해 준다.

앞서 자주 언급했던 바와 같이, 조심성이 있는 사람만이 자신이 위험에 빠져 있다는 사실을 안다. 말다툼을 심하게 하다 보면 경솔해지기 마련이다. 상대방은 당신이 무심코 토로한 말도 마음속에 깊이 새겨 그 경중을 가릴지도 모른다.

사람은 남의 결점을 보면 미소를 짓는다

결점이란 인간 자체의 영혼 속에 내재하고 있다. 제 아무리 완벽한 사람일지라도 결점이 없는 사람은 없다. 대개는 자신의 결점을 알면서도 애착을 갖기 때문에 고칠 수 없는 것이다. 남이 알아채지 못한다든지 또 그가 알지 못하는 체하면서 입을 다물면 마치 그것을 용인되는 것인 양 넘겨짚는 게 사람이다.

그러나 유감스럽게도 대부분의 사람들은 남의 결점만큼은 받아들이기 어려워 눈살을 찌푸리고 남의 결점을 비웃으며 회심의 미소를 짓는다.

자기 결점을 깨닫고 이를 고치려고 노력하자. 그것은 자신의 장점을 한층 빛내주고 인격을 함양하는 좋은 기회인 것이다.

유리에서 나오는 광채는 깨지기 쉬운 단점을 가리기 위한 것이다

위장이란 그럴 듯하게 보이기 위한 것이다. 그렇기 때문에 위장이란 언제나 어리석은 자를 앞지른다. 진실이란 언제나 한걸음 뒤처져 나타나기 때문에 통찰력을 가진 사람만이 이를 유리하게 사용할 수 있다.

사물은 통상 뒷면과 앞면이 다르다. 그 드러나는 모습에만 정신이 쏠리는, 눈에 보이지 않는 내막을 꿰뚫어 보려고 하지 않는 사람은 이내 그 사물에 환멸을 느끼게 된다. 유난히 겉모습에 신경을 쓰는 사람은 곧 사람들의 뇌리에서 잊힌다. 하지만 내실이 충실한 사람은 편안한 마음으로 제 분수를 지키고 스스로 만족하여 주위의 사람들로부터 존경을 받는다.

행운을 잡으면 불행에 빠지는 사람이 반드시 있다

싫어하던 사람도 불행에 빠지면 동정을 하게 된다. 세상이란 그런 것이다. 고위직에 있는 사람에 대한 증오감도, 그가 영락을 하게 되면 동정으로 변한다. 운세가 어떻게 뒤바뀌는가를 주의 깊게 살펴서 인간의 습성을 관찰해 볼 필요가 있다.

남에 대해 연민을 하면서 자신도 역시 불행한 사람들 축에 낀다고 자학해서는 안 된다. 불운한 사람이 없다면 자신의 행운도 찾아오지 않는다는 사실을 깊이 명심해야 한다.

불행한 사람들 가운데에는 한두 푼의 자선으로 보답을 하고 싶어 하는 사람에게 감지덕지로 둘러붙는 사람도 있다. 그들은 자선을 베푸는 사람에게 마음이 쏠리고 무언가 은혜를 입으려고 한다. 한편 자선을 베푸는 사람 편에서는 감사와 칭찬과 인정을 받고 싶어 한다. 이처럼 기묘한 연관은 오직 겉치레에 지나지 않을 뿐으로 좀처럼 행위를 수반하지 않는다.

새로운 것은 수명이 짧다

사물이나 인간이나 새로운 것은 사람들의 관심을 고조시키기 마련이다. 만일 당신이 무언가 새로운 것을 보여 준다면 그것만으로도 당신은 높은 평가를 받는다. 새로운 것이 추앙받는 이유는 그것이 지금까지 존재해 온 것과 다르고 감각을 새롭게 환기시켜 주기 때문이다.

이따금 낯익은 완벽한 것보다 비록 평범하지만 새로운 것이 부각되기도 한다. 아무리 좋은 것도 언젠가는 싫증이 나기 마련이다. 그러나 새로운 것은 단명한다는 점도 잊지 말아야 한다. 며칠 혹은 몇 주일이 지나면 사람들의 관심도 사그러들게 된다. 따라서 전성기를 잘 활용하는 방법을 알지 않으면 안 된다.

새로움이 사라지고 열기가 식으면, 새롭고 신기함에 대한 열광은 옛것이 주는 편안함으로 되돌아가게 되거나 혹은 완전히 쓸모없게 되어버린다. 모든 것에는 흥망성쇠가 있다.

비밀은 말하지도 듣지도 말라

윗사람의 비밀에 연루되지 말아야 한다. 얼핏 보면 비밀이란 달콤한 열매를 나누는 특권과 같은 것일지도 모르지만 그 열매에는 씨가 있고 껍질도 있고 심지어 통째로 집어 먹힐 위험성도 내포되어 있다.

함께 하나의 사과를 먹어야겠다고 했어도 나누어 먹을 땐 껍질만 준다는 사실을 알아야 한다. 어떤 부하는 윗사람이 무심코 흘린 개인적인 비밀을 엿들어 버려 자신도 모르는 사이에 상대방의 거울이 되어 버렸다. 그래서 윗사람은 자신의 추한 모습을 연상시키는 그 거울을 호시탐탐 깨어 버리려고 한다.

일단 비밀이 타인의 손에 넘어가면 상대방의 노예나 다름없어진다. 특히 비밀을 아는 사람보다 높은 지위에 있는 사람은 그 압박감을 참기 어렵다. 이런 상태가 계속되면 그는 그 압박감을 어떻게 해서든지 없애고 싶어 하고 정의를 헌신짝처럼 내팽개치는 일조차도 서슴지 않는다. 또 만일 친구가 적이 되면, 일찍이 가볍게 선뜻 흘렸던 비밀도 앙심을 품은 독화살로 변한다. 따라서 비밀이란 절대로 엿듣지 말아야 할 뿐 아니라 발설해서도 안 된다.

논쟁은 아무리 토론을 해도 남는 것이 없다

심사가 뒤틀린 나머지 토론 그 자체에 매달리는 결벽증에 빠진 사람이 있다. 이같이 심술궂은 논쟁을 좋아하면 아무리 토론을 거듭해도 남는 것이 없기 때문에 될수록 토론을 위한 토론은 피하는 것이 좋다.

그러나 이런 논쟁을 완전히 회피할 수 있다는 것은 무리한 요구이다. 어쩔 수 없이 논쟁에 휘말려들 경우에는 우선 그 논쟁이 핵심으로 접근해 가고 있는지 아니면 심술궂게 뒤엉키고 있는지를 분별해 낼 줄 알아야 한다. 때에 따라서는 뒤엉켜 있는 쟁점 가운데 흉계가 숨어 있는 경우도 있다. 따라서 심사가 뒤틀려 있는 논쟁은 피하고 흉계가 숨어 있다면 이쪽에서도 교묘하게 피하려고 온갖 주의를 기울이지 않으면 안 된다.

또 남의 마음속에 깊이 감춰둔 생각을 들추어내어 쾌감을 느끼는 사람도 있다. 그들이 논쟁을 즐기는 목적은 상대방을 화나게 하고 그 약점을 찔러서 꼼짝 못하게 하는 데에 있다. 이런 계략에 말려들지 않기 위해서는 주의를 집중하는 길 외에 논쟁을 끊고 뛰어넘는 방법은 없다.

하는 일마다 안 된다고 말하는 사람이 되지 말라

사람에 따라서 안 되는 일만 생기는 사람도 있다. 이런 사람들은 첫 단추가 잘못 채워졌다고 자신의 운명을 한탄한다. 이들은 내심으론 자신의 오류를 알고 있으면서도 밖으로는 여러 가지 구실을 붙이고 변명을 늘어놓으며 자신의 행동을 정당화 하려고 한다. 때문에 그들의 어리석음은 가련하기조차 하다.

그들의 인생은 서서히 썩어가는 나무뿌리와 같다. 충동적인 약속이나 변덕이 심한 결심으로는 바람직한 인간관계를 맺을 수 없다는 사실을 그들은 명심해야 한다. 하지만 마치 우매함이 강인함의 징표라도 되는 양, 뒤틀린 태도로 세상을 보고 옹고집을 버리지 못한다.

어떤 일도 완성되기 전에는 떠벌이지 말라

어떤 일도 처음에는 형체가 없고 머릿속에 있는 단순한 이미지에 불과하기 때문에 완성된 모습이 드러나기 전에 희희낙락해서는 안 된다. 초기 단계에 있는 일을 남에게 보여주게 되면 미숙한 인상을 남기기 때문에 그 일이 완성된 후에도 영향을 미친다. 평가해야 할 이미지가 두 개로 나누어지는 것이다. 그렇게 되면 한쪽이 방해를 받게 되어 올바른 평가를 할 수 없게 된다.

목표가 다는 아니다. 오히려 그것만으로는 어떤 가치도 없다. 목표를 갖는다는 것만으로는 아직 거의 아무것도 없는 상태인 것이다. 아무리 맛있는 잉어요리라도 먹기 전에 주방을 들여다본다면 식욕이 사라져 버린다. 이와 마찬가지로 아무리 독창적인 사업도 형태가 드러나기도 전에 떠벌리면 김이 새어 버린다. 대자연조차도 완성된 자태를 드러내기까지 사람의 눈에 노출되지 않고 생성된 것이다.

시대의 추세를 모르면 손가락질 당한다

시대의 추세를 읽고 자신이 서 있는 자리를 안다는 것은 법, 사업, 정치 등 어느 분야에서나 불가결한 것이다. 아무리 올바른 행동을 해도 세간에 주는 인상이 나쁘면 손가락질 받는다. 더구나 사업체를 일으킨다든지, 혁신을 단행하는 경우에는 세상 돌아가는 정세를 꼭 알아야 한다. 일찌감치 이를 파악해 두면 나중에 세간의 평가도 예측하기 쉽다.

성공을 원하든 누구의 지지를 기대하든 사람들의 의견을 조사하고 상황을 파악한 다음 직관의 힘을 빌려 확신에 찬 최종 결정을 내려야 한다. 그러면 그 일을 계속 추진할 것인지 아니면 보류할 것인지를 판단할 수 있다.

주어진 틀 안에서 최선을 다하라

그대를 둘러싸고 있는 상황 속에서 최선을 다하라.

그 안에서 획득할 수 있는 것을 기대하고, 또 그 안에서 완성할 수 있는 일에 종사하라. 한편 정의와 선을 규범으로 삼더라도 당신을 구속하는 법에 묶여 살 필요는 없다. 누구에게도 해를 끼치지 않을 정도의 자유를 견지하라. 그리고 만족감을 주는 것을 소중히 여기되 남에게 실토하면 안 된다. 자신이 한 말이 바로 내일 무시당할 수도 있기 때문이다.

시대의 변화에 부응하여 부드럽고 조심스럽게 기회에 편승하라. 현실을 분별하지 못하고 어떤 상황에서도 자신에게 주어진 틀 속에 안주하려는 사람이 있다. 이에 반해 지혜 있는 사람은 분별력을 갖고 주어진 상황을 최대한 활용한다.

대세에 따르더라도
자신을 잃지 말라

남에게 존중받으려면 항상 선두를 이끌어도 안 되고 항상 이끌려 가기만 해서도 안 된다. 무리하게 칭찬을 받으려다 보면 뒤에서 비웃음을 당할 뿐이다. 또 적당히 그 자리에 눌러앉아 인기를 얻는다 하더라도 결국 대중들이 가는 길까지 밖에는 못 간다.

공적인 일에서 어리석은 자로 낙인찍히면 사적인 일에서도 능력을 의심받는다. 단 한 번의 어리석은 실수 때문에 나머지 전 생애를 아무리 근엄하고 강직하게 보낸다 하더라도 보상받을 수 없는 치명적 손상을 입는다. 한번 당했다고 해서 완전히 대세를 멀리 해서도 안 된다. 그러면 그들을 비판하고 손가락질하는 것처럼 보이기 때문이다.

자기만족은 초라한 자기 위안일 뿐이다

남이 하는 말에 귀를 기울여라.

자신의 목소리만 듣는 사람은 어리석은 사람이다. 더구나 남의 말은 못 들은 척하고 자기 말만 하는 사람은 어리석어도 보통 어리석은 사람이 아니다. 남을 무시한 자기만족은 초라한 자기 위안에 지나지 않는다.

지나친 자부심은 대개 세상 사람들의 경멸로 인해 그 대가를 받는다. 이런 사람에게 연설을 시키면 정말 듣기 괴롭다. 잘난 체하는 자는 오직 자기 말만 떠벌리는 버릇이 있다. 게다가 덤으로 자기변명에 도취되어 듣는 사람들의 곤혹스러움을 보지도 느끼지도 못한다. 더욱 교만한 자들은 남의 말을 빌려가며 그럴 듯하게 꾸며댄다. 세상 사람들 중에는 그 진지함에 속아 무지를 드러내는 보잘 것 없는 말에도 손뼉을 치는 바보들도 있다.

불만을 토로하기 전 한 번 더 생각하라

쓸데없는 일로 남의 감정을 해치는 사람들이 있다.

그들은 쉽게 남들과 사귀나 곧 미움을 사고 쫓겨난다. 태산과 같이 쌓인 그들의 불평불만은 하루도 그칠 날이 없다. 그들은 언제나 견해가 다른 쪽만을 인식하고 있기 때문에 누구를 보아도 흠만 잡아내려 한다. 그리고 자신은 무엇 하나 제대로 하는 것이 없으면서 남이 하는 일에 대해서는 될 수 있는 한 깎아내린다. 이런 성향은 주변사람들은 물론 본인에게도 심히 걱정스러운 일이다.

불평을 토로하기 전에 한 번 더 깊이 생각하려는 노력이야말로 분별없는 울분을 억제하는 힘이라는 사실을 모르고 있으니 참으로 답답할 뿐이다.

인위적인 것보다 자연스런 것이 좋다

겉멋은 언제나 자연스럽지 못한 행동을 낳는다. 따라서 모두에게 미움을 살 뿐만 아니라 끊임없이 자신의 언동을 되돌아보고 작위적으로 만들어야 하기 때문에 본인에게도 고통스럽다.

우수한 사람일수록 굳이 과시할 필요가 없다. 사람은 언제나 인위적인 것보다 자연스러운 것을 좋아한다. 자신감과 안목을 겸비한 사람도 자기 능력을 과시하지 않는다. 오히려 그것을 감춤으로써 뭇 사람들의 매력을 끄는 것이다. 모든 면에서 뛰어나면서도 잘난 체하지 않고 겸손한 사람은 더욱 위대하다.

참다운 사람은 그릇이 지위를 뛰어넘는다

남이 요청한 일 이상을 해야지 그 이하로 해서는 안 된다. 아무리 높은 지위에 있어도 그 지위에 있기에는 아까운 사람이라는 것을 보여주어야 한다.

그릇이 큰 사람은 스스로 두각을 나타내고 직장에서도 뛰어난 능력을 발휘한다. 그러나 부정한 수단과 겉치장으로 출세한 사람은 머지않아 능력이 탄로나 그동안 쌓은 명성까지 모두 잃게 된다.

참된 지도자는 인간됨의 그릇이 그의 지위를 뛰어넘는다. 그리고 위선과 허식과는 관계가 멀고 기대 이상의 능력을 발휘하여 부하 직원들의 귀감이 된다.

실패하면 실패의 교훈을 얻는 즉시 잊어라

상황마다 다르겠지만 중요한 것은 실패한 이후이다.

현명한 사람은 실패를 해도 그 흔적을 남기지 않는다. 어리석은 사람은 아직 저지르지도 않은 실패조차 남의 눈에 띈다. 실패는 친구에게조차 털어놓아서는 안 된다. 가능한 한 자신에게조차도 묻어두는 것이 좋다. 실패에서는 교훈만 얻고 즉시 잊어버리는 것이 좋다.

극단적으로 밀고 나가는 사람은 존경심을 잃는다

자의든 타의든 극단적으로 일을 처리하는 사람은 대중 앞에서나 직장에서나 올바른 평가를 받지 못한다.

돌출행위는 비범하긴 하지만 망신당하기 쉽다. 마치 세상을 달관한 사람처럼 이색적인 복장을 입고 다니는 사람도 또한 그저 특이한 성격을 지닌 기인일 뿐이다.

지혜가 없고 순리를 모르는 사람은 세간의 눈을 끌기 위해 기발한 복장의 힘을 빌리는 것이다. 별나고 요란한 행동은 교양 있고 정숙한 사람들의 빈축을 산다.

무슨 일이든 지나친 것은 개성이라기보다 오히려 오점으로 남는다. 기발한 일을 하고 싶으면 남의 눈에 띄지 않는 곳에서 하는 것이 좋다. 그 편이 생존 가능성이 높다.

어리석은 사람은
중후한 인품을 가질 수 없다

사람은 지위에 따라서 제각기 맡은 역할을 가지고 있다. 어떤 사람은 이 역할을 수행하고 또 어떤 사람은 서툴게 수행한다.

지도자의 역할은 반드시 성공과 실패로 결정되는 것은 아니다. 오히려 부하 직원들이 즐겁게 그를 따르느냐, 아니면 억지로 따르느냐에 달려 있다. 현명한 장수는 칭찬과 격려로 병사들을 키운다.

경박한 사람은 신중한 사람의 반발을 사고 무시당한다. 어리석은 사람은 결코 중후한 인품을 가질 수 없다. 나이를 먹어도 어리석은 사람은 더욱 어리석게 보인다. 긴 세월 동안 양식과 교양과 지혜를 쌓지 못했기 때문이다. 그리고 이러한 부덕은 인생의 황혼기에 접어든 많은 사람들이 떨치지 못하고 있는 인간적 결함은 물론 치욕적인 불명예인 것이다.

침착한 태도는 본연의 정신상태의 외적 모습이다

성숙이란 한 사람의 인격과 그가 사회생활을 하면서 쓰고 다니는 가면에 다리를 놓아준다. 무게가 금의 가치를 더하듯이 도덕적 무게는 인간의 가치를 높인다.

남에게 양보함으로써 존경받는 것도 바로 이 무게 때문이다. 이것은 또한 사회에서 온갖 시련에 대처하는 유효한 대비책이다. 총명한 사람은 침착한 태도야말로 본연의 정신 상태를 보여주는 거울이라는 것을 잘 알고 있다.

침착한 사람은 온갖 권위와도 불확실성과도 평온과 불안과도, 그리고 종말이나 의혹과도 대작할 수 있다. 성숙한 만큼 사람은 사람답게 된다. 성숙해짐으로 해서 사람은 비로소 어린 시절을 벗어나고 권위를 갖게 되는 것이다.

사소한 것들에 너무 연연하지 마라

은혜와 의리에 너무 연연하지 마라. 이들은 최소한의 부담으로 족하다. 사람이든 일이든 너무 고마운 마음을 갖게 되면 남의 소유물이나 일의 노예가 된다.

모든 선물을 단념하더라도 독립성만은 지켜야 할 귀중한 자산이다. 남이 베푸는 은혜를 받기만 하면 마침내 필요 이상의 책임을 느낄 때가 온다. 그보다는 도움을 주는 사람 쪽이 받는 사람보다 만족감이 더 크다. 이는 바로 지배력의 원천이다. 그리고 이 지배력이 가져다주는 이점은 하나다. 즉 더욱 큰 선을 베풀 수 있다는 것이다. 그러나 정말 주의해야 할 것은 상대방의 부담스러운 눈빛을 마치 은혜를 입고 있기 때문이라고 착각하는 것이다. 다만 상대방은 빈틈없는 태도를 취하고 있을 뿐이다. 그가 설사 당신의 권위를 인정한다 해도 실은 당신의 거들먹거리는 모습을 보고 있는 것이지 반드시 당신의 애틋한 노력을 보고 있다고는 할 수 없다.

상대방의 언행을 쉽게 믿지 마라

판단이란 가능한 많은 시간을 필요로 한다. 중요한 일일수록 더욱 그렇다.

무슨 일이든 경솔하게 다루면 안 된다. 미숙한 사람은 빨리 결정한다. 성숙한 신중함을 말하고 성인은 자신의 신념에 대해서조차 신중하게 성찰한다.

쉽게 믿지 말고 쉽게 마음에 두지 말라. 남이 하는 말을 즉석에서 따르는 것은 분별없는 행동이다. 언행에는 허풍도 있고 거짓도 있다. 거짓이 행동으로 옮겨지면 더욱 해롭다. 그렇다고 해서 남의 성의를 무턱대고 의심해서는 안 된다. 상대방은 이를 무례하다고 느끼고 치욕으로 느낄 수도 있기 때문이다. 일상생활에서 일어나는 지극히 평범한 일 가운데에도 실수하는 일이 잦다. 주의 깊게 성찰한 것만을 믿어라.

해야 할 일을 먼저 하고 여가는 뒤로 돌려라

분별 있는 사람으로 인정을 받으려면 여가는 해야 할 일 뒤로 미루어야 한다. 우선 본분을 다하고 남은 시간을 여가로 돌려라. 어떤 사람은 오락으로 하루를 시작해서 정작 해야 할 일은 최후까지 미룬다. 또 어떤 사람은 싸움터에 나가기 전에 승리부터 꿈꾼다.

그리고 많은 사람들은 쓸데없는 일에 열중하고 최고의 명예와 성공으로 이어지는 학문은 뒤로 미루다가 인생의 황혼기에 들어서야 겨우 시작한다. 또 어떤 사람들은 행복의 문턱에 들어서기도 전에 눈이 멀어버린다. 젊은 시절에는 지위를 별로 따지지 않지만 성숙한 사람에게 지위는 위엄을 주거나 치욕을 안겨 줄 수도 있다.

착한 뜻을 가진 사람은 결점이 드러나도 손가락질 하지 않는다

선의란 인간의 위대한 자산 가운데 하나이다. 부자이건 가난한 사람이건 인덕만 갖추면 부수적으로 따라온다. 그것은 고결함에 대한 보답이라고 말할 수 있다.

사업 세계에서도 선의는 상품 이상의 가치가 있고 그 자체가 신용이 되기도 한다. 그 가치를 워낙 신뢰하기 때문에 그밖에 딸린 일에 대해서는 아주 관대하게 넘어가는 사람도 있다. 세상 경험이 많은 사람은 아무리 장점을 많이 가진 사람이라 할지라도 세간의 인정과 지지가 없으면 자갈밭을 걸어야 한다는 점을 잘 알고 있다. 그러나 착한 뜻을 가진 사람은 결점이 드러나도 누구도 이를 손가락질 하지 않는다. 선의란 이 정도로 힘이 있다는 것을 기억해 두지 않으면 안 된다.

업적과 선행도 눈에 띄지 않으면 공염불이다

당신이 성취한 일을 남의 눈에 띄도록 하라. 참다운 평가를 받았을 때 비로소 이름값을 하게 되는 것이다. 가치 있는 일을 만드는 능력과 이를 세상에 내놓는 지혜가 결합될 때 성과는 배가 된다.

사람은 스스로를 평가함과 동시에 남의 평가도 받아야 한다. 아무리 당신이 상대방의 평가를 받고 싶어도 당신이 한 일이 눈에 띄지 않으면 상대방은 당신을 평가할 아무런 근거도 갖지 못한다. 선의조차도 그것이 선의로 보이지 않으면 존경을 받을 수 없다.

그러나 세간의 허다한 평가자들은 자기 이익에만 몰두하기 때문에 영리한 자보다는 우둔한 평가자들이 더 많다. 게다가 요즘에는 사기, 모략, 망상이 판을 쳐서 성급하고 적당히 판단하는 경우가 많다. 옛날처럼 신중하게 상대방이 성취한 일을 평가하지 않는다.

따라서 자신의 업적을 남에게 인정받기 위해서는 이를 세상에 내놓는 방법도 사전에 만전을 기하지 않으면 안 된다.

화술에 능한 사람은 상대의 뜻을 살피며 말한다

보통 친구들 간의 대화는 일상복을 입었을 때처럼 편한 마음으로 나눈다. 그러나 남에게서 존경심을 불러 일으켜야 할 경우에는 말에도 밝은 옷을 입혀서 고상한 인상을 주어야 한다.

화술은 그 사람의 감정서이며 사업관계에서 이만큼 신경을 써야 할 부분도 없다. 서류는 화술에 공을 들여 내용을 정리한 것으로 서류에도 글자 하나하나에 세심한 주의를 기울여야 하는데 매순간마다 지성을 시험 당하는 부담스러운 대화야말로 보다 큰 배려가 필요한 것이다.

화술에 능한 사람은 상대의 뜻을 잘 살피고 신중한 말을 고른다. 대화를 자연스럽게 이끌어 나가기 위해서는 상대방의 마음에 들도록 해야 한다. 상대방의 말을 시정하는 것은 금물이다. 그런 짓을 하면 성질이 비뚤어진 사람으로 오해 받는다. 또 도리에 어긋나는 말을 하면 그 후론 무슨 말을 하여도 의심을 산다.

웅변을 늘어놓기보다는 해야 할 말만 정확히 구사하는 것이 좋다. 말이란 마치 활을 쏘는 것과 같은 것이기 때문이다.

이따금 대화 속에 애매한 부분을 첨가하라

말은 이해하기 쉬워야 할 뿐 아니라 매력적으로 표현해야 한다. 화제가 아무리 풍성해도 말씨에 매력이 없으면 진부해진다. 불쾌한 기분이 들 정도로 수다를 떠는 사람은 주제를 일목요연하게 설명할 수 없기 때문에 결국 지리멸렬한 상태로 빠진다.

결의는 의지에서 생기고 표현은 마음에서 생긴다. 양쪽 모두 없어서는 안 될 중요한 요소이다. 이론이 정연한 생각은 사람을 감동시킨다. 하지만 복잡한 생각 역시 사람들에게 존경심을 줄 수 있다. 사람들은 난해한 것 속에서도 지성을 느낄 수 있기 때문이다.

따라서 대화에 어느 정도 비범한 매력을 보탬으로서 신비의 멋을 섞는 것도 좋다. 너무 진부하게 느껴지지 않도록 일부러 애매한 부분을 첨가하는 것이다.

말에는 행동의 대들보가 있어야 한다

세련되고 우아한 품성을 지닌 사람은 바른 말과 돋보이는 행동을 한다. 그것은 훌륭한 지성과 청정한 마음의 표현이다. 이 두 가지가 합쳐져서 위대한 사람을 만들어 내는 것이다.

좋지 않은 상황에서도 좋은 것을 찾아내는 특성은 그의 인격을 높인다. 부정적인 것만을 지적하는 것을 당연시 하는 사회에서 그의 특별한 품성이 돋보이기 때문이다. 업적은 인생의 실용적 열매이고 훈장이다.

말뿐인 위대함은 연설자의 천박함을 증거할 뿐이다. 말에 행동의 대들보를 세울 때 명예가 구축된다. 행동의 위대함은 썩지 않고 튼튼한 대들보에 비유할 수 있다.

대화상대의 기분을 파악하고 분위기를 느껴라

사람을 즐겁게 해주고 상처를 주지 않으려면 상대방의 기분을 파악하지 않으면 안 된다. 그 자리의 공기를 민감하게 느껴라. 어떤 사람을 칭찬함으로써 다른 사람의 기분을 망치게 할 수도 있다. 비위를 맞추기 위해 한 말이 도리어 화근을 자초할 수도 있다.

사람은 때때로 상대방에게 기쁨을 주기보다 불쾌감을 주는 일에 많은 노력을 허비한다. 그리고 이정표가 없어져 버리면 그때까지 상대방의 기쁨도 단숨에 사그라져 버린다.

상대방의 기분 변화를 따라잡지 못하면 의사소통이 잘 되지 않는다. 그 순간에는 이미 대화의 방향이 상실되어 말문이 막히게 된다. 거기까지 가면 아무리 상대방을 칭찬해도 통하지 않을뿐더러 기분을 돋우려고 아무리 열변을 토해내도 마음만 상하게 할 뿐이다.

말에 꿀을 발라 적에게도 기쁨을 주어라

매운 말은 가시와 같이 몸에 상처를 낸다. 항상 말에 꿀을 발라라. 적에게도 기쁨을 줄 수 있는 말을 골라라.

일이란 대부분 말로서 지불할 수 있다. 부드러운 말로 접근하면 되돌려 줄 수 없는 차용금도 면제받을 수 있다. 남에게 사랑받는 유일한 방법은 대인관계에 달려 있다.

하늘의 일은 하늘이 하듯이 생기는 생기 있는 말에서 생긴다. 맛있는 케이크를 먹으면 숨도 달다. 꿀을 바른 말은 어려운 부탁을 할 때도 상대방의 마음을 평안하게 해준다.

냄새로 좋은 술을 구별하듯이 반감을 주지 않고 효과적으로 청탁을 하려면 말씨에 향기가 있어야 한다.

예의바른 몸가짐은 사랑을 받는다

예의를 지킨다고 해서 손해될 일은 없다. 예의는 품성의 기초이고 마술과 같아서 많은 사람들에게 사랑을 받게 해준다.

남에게 신사란 말을 듣도록 해라. 이 평판만으로도 충분히 사랑을 받는다. 반대로 무례하다는 평판을 받으면 경멸당하고 아무도 가까이 하려 하지 않는다.

오만에서 비롯된 무례함은 용서하기 어렵고 천박함에서 생겨나는 무례함은 불쾌감을 준다.

적에게도 예의바르게 대해 주어라. 그것이 실제로 얼마나 효과를 나타내는지 한번 해보면 알 것이다. 자본은 거의 들지 않았는데도 뜻밖에 많은 배당금을 받는다. 아무리 남에게 많이 지불해도 여전히 자기 재산인 것이다.

남을 짜증나게 하는 이야기는 하지 말라

남과 대화를 나눌 때에 이야깃거리가 언제나 똑같으면 재미가 없고 또 과장된 이야기를 하는 것도 좋지 않다. 간결한 이야기는 듣기에 기분이 좋고 그다지 내용이 없는 말일지라도 알찬 내용이 있는 이야기처럼 들려 의외로 성과를 올릴 수가 있다.

이야기가 짧을수록 좋다고 하지만 거친 말씨를 써서는 모든 것을 망치게 된다. 예의를 갖추어서 간결하게 이야기를 하면 의외로 얻는 바가 크다. 좋은 이야기를 간결하게 하면 더욱 좋은 일이다. 쓸데없는 이야기라도 짧으면 그다지 나쁘지 않게 들린다. 필요한 요점만을 간추려서 짧게 하는 편이 이런저런 여러 가지 이야기를 섞어 늘어놓는 것보다 훨씬 듣기가 좋다.

남의 마음을 어루만져 주고 누그러뜨리기보다 사회를 한바탕 떠들썩하게 해놓는데 더 자신 있어 하는 사람이 있다. 이러한 사람들의 화젯거리는 겉만 번지르르 할 뿐 알맹이가 없는 이야기여서 아무런 도움이 되지 않을 뿐만 아니라 진솔하게 귀를 기울여 들어주려는 사람도 없다.

생각이 깊은 사람은 자기의 이야기로 상대방을 싫증나게 하는 일은 하지 않는다. 특히 이야기하는 상대가 손꼽히는 유명인이라면 더욱 그렇다. 그들은 몹시 바쁜 생활을 하는 사람들이니까. 이러한 인물을 노엽게 하는 것은 평범한 사람들을 노엽게 하는 일보다 훨씬 좋지 않은 일이다. 능률적인 이야기를 하고 싶으면 될 수 있는 한 짤막하게 말할 일이다.

남의 결점에 익숙해져야 한다

못 생긴 사람이라도 계속 옆에서 같이 지내면 맨 처음 보았을 때만큼 눈에 거슬리지 않는다. 어쩔 수 없이 그 사람에게 의지해야 할 때에는 어떻게든 자신에게 유리할 때만 서로 사귀도록 한다.

함께 생활하기가 정말 싫다고 느껴지는 사람과 같이 생활하지 않으면 안 되는 경우도 있는데 이러한 사람과 친해지기는 아주 어려운 일이어도 자꾸 접촉하면 그의 모습에 익숙해져서 다른 사람 못지않게 친해진다.

일단 친해지면 그들이 아무리 심한 말을 해도 그다지 놀라지 않을 것이다. 처음 만났을 때의 놀라움이나 불쾌감은 점점 엷어져 간다. 사람을 오랫동안 사귀다 보면 상대방으로 인해 무언가 불쾌한 일이 일어날 듯한 예감을 느낄 수 있고 불쾌한 일을 당하더라도 참고 견딜 수가 있게 되는 법이다.

반대자가 되지 마라

흔히 사람들은 무슨 일이든 반대만 하면 어리석고 골치 아픈 사람이라고 생각해 버린다. 반대의 근거를 찾아내는 사람은 영리한 사람이라고 말할 수밖에 없지만 고집이 센 사람은 어리석은 사람이라고 으레 평판이 나 있다.

즐겁게 웃으며 이야기를 나누는 자리에서도 그와 같은 반대자가 끼어들어 참견을 하면 험악한 논쟁의 자리로 변해 버린다. 그런 사람은 그와 친하게 사귀지 않은 사람들로부터는 멀리 떨어지게 되고 친한 친구나 친지들에겐 적이 되기 쉽다.

즐겁고 명랑하게 이야기를 나누고 있을 때 굳이 다른 이야기를 꺼내 분위기를 깨거나 언쟁을 불러일으키는 일처럼 사람의 감정을 상하게 하는 일은 없다.

상대방의 겉만 보고 넘어가지 말라

상대방의 겉만 보고 속아 넘어간다는 것은 속임수에 잘 넘어가는 사람 중에서도 가장 어리석은 부류에 속한다. 우리가 물건을 살 때도 상품 그 자체에 속기보다는 가격에 속는 편이 훨씬 많다. 모양에만 눈이 팔려 아무 쓸모없는 쓰레기 같은 것을 샀다고 울고불고 해보아야 아무 소용이 없다. 좋은 물건은 터무니없이 비싼 값을 부른다는 사실을 알고 있다면 속았다고 푸념하는 일은 줄어든다.

상대방이 어떤 인간인가를 알고 싶으면 무엇보다도 주의 깊은 세심한 관찰이 필요하다. 물건을 구분하는 것과 사람이 본성을 꿰뚫어보는 것은 전혀 별개의 문제로 상대방의 기질을 알고 그 정체를 알아채는 데에는 뛰어난 능력이 있지 않으면 안 된다. 책을 많이 읽어 지식을 쌓는 일뿐만 아니라 인간성에 대해서도 연구를 해야 한다.

쾌활한 성격은 하나의 재능이다

쾌활한 성격은 너무 지나치지 않다면 하나의 재능이지 결코 결점은 아니다. 위트를 잘 구사한다면 기가 막힌 조미료가 된다. 교양 있는 사람들은 품위 있게 행동하고 이야기하는 데에는 유머를 섞어가며 말함으로써 세상 사람들로부터 한층 더 사랑을 받는다. 그러나 그들은 물론 분별 있는 행동을 중시하고 결코 예의에 어긋나는 행동을 하지 않는다.

농담을 멋지게 활용한다면 어려운 난국도 힘들이지 않고 거뜬히 뛰어넘을 수도 있다. 또 때로는 다른 사람들이 매우 심각하게 생각하는 문제일지라도 농담으로 받아넘기는 편이 좋은 경우도 있다. 이러한 점이 사람들의 눈에는 감동스러운 멋진 태도로 보이고 무어라 말할 수 없는 야릇한 매력이 되어 상대방의 마음을 끌게 되는 것이다.

신중함이 없는 마음은 개봉된 편지와 같다

말수가 적다는 것은 재능을 지닌 사람이라는 표시이다. 마음속 깊이 비밀을 감추어 둘 자리를 마련해 놓는 것이 좋다. 그 넓은 장소(마음) 안 조그마한 구덩이 속에 소중하고 중요한 일을 감추어 두는 것이다. 침묵은 자제하는 마음에서 생겨난다. 과묵한 사람이야말로 참다운 승리자이다.

속마음을 드러내 놓는 사람은 자신이 말한 그대로 해보이지 않으면 안 된다. 자신이 털어놓은 말을 들은 사람이 많으면 많을수록 그 부담은 가중된다. 분수를 지키지 못한 사람에게는 건실한 분별력도 생겨나지 않는다. 이쪽의 속마음을 알아보려는 사람이 있다면 침묵은 위협을 받는다. 그들은 이쪽이 말을 꺼내도록 여기저기 찔러보기도 하고 단서가 될 만한 것을 잡으려고 한다. 또 아무리 빈틈없는 사람이라 해도 자신도 모르게 본마음을 털어놓게 하려고 통렬하게 비난도 해보고 빈정거리는 말도 해 본다.

앞으로 하려고 생각한 일을 결코 입 밖에 내선 안 되고 말한 대로 그 일을 해서도 안 된다.

고집을 부려서는 안 된다

자신의 생각만이 옳다고 여기고 자기주장대로 일을 추진해서는 안 된다. 여러모로 잘 생각한 다음에 일을 착수하도록 하라. 고집불통인 인간만큼 해로운 존재는 없다. 고집을 부린다는 것 자체가 사물을 바르게 보고 있지 않다는 증거이므로 그런 사람이 하는 일이 잘 될 리가 없다.

이 세상에는 무슨 일이든 다투어서 하려고 하는 사람이 있다. 자기밖에 아무도 없는 제 세상인 듯 거리낌 없이 행동을 하고 무슨 일이든 모두 이기려고 한다. 이런 사람은 원래 평온한 생활을 할 생각은 전혀 없는 것이다. 이러한 사람이 윗사람이 되어 일을 추진해서야 무슨 일이 되겠는가. 어떤 일도 제대로 할 수 없게 된다. 결국에 가서는 조직을 하나하나 분열시키고 아이처럼 순종하는 사람까지 적으로 만들어 버린다.

모든 일을 쉬쉬하며 은밀하게 추진하고 잘 되면 자신의 계획이 옳고 좋았기 때문이라는 표정을 짓는다. 자신의 생각에 모순이 있다는 지적을 받으면 그 말을 한 사람에게 화를 발끈 내며 비열한 음모를 꾸며 상대방의 일을 방해하려고 한다. 그런 짓을 하면 모든 것이 엉망진창이 되는데도 그는 아랑곳하지 않는다.

그런 사람에게는 혼자서 문제를 해결할 능력이 없다. 자기 스스로 불러들인 마찰로 이중 삼중의 고통을 겪고 있는 것을 보며 사람들은 그를 바보라고 비웃는다. 그의 머리가 어떻다는 것쯤은 이미 알았던 터이고 더욱이 마음까지도 뒤틀려 있기 때문이다.

때로는 상식 밖의 사고방식을 활용하라

남이 하는 말에 대해서 일체 반론을 제기하지 않는 사람을 높이 평가해서는 안 된다. 그러한 사람은 상대방을 대단하게 여기는 것이 아니라 오직 자신만을 위할 뿐이다. 남에게 아첨하는 사람에게 속아서는 안 된다. 상대방이 아첨하는 말을 참말로 받아들이지 말고 엄격하게 꾸짖어야 한다. 남에게 비판받는 것을 명예로운 일이라고 생각하는 것이 좋다. 특히 뛰어난 인물을 사정 볼 것 없이 비난하는 사람이라면 더욱 그렇다.

자신의 일이 누구한테든 칭찬을 받는다면 위험신호라고 생각해야 한다. 하고 있는 일이 대단한 일이거나 아니거나 별것이 아닐 가능성이 높다. 진정으로 훌륭한 일은 아주 소수의 사람밖에 이해하지 못하는 수가 많기 때문이다.

귀는 진실에 이르는 뒷문이다

사람은 대부분의 시간을 정보를 수집하는데 소비하고 있다. 자기 자신의 눈으로 직접 볼 수 있는 것은 얼마 되지 않기 때문에 다른 사람에게 귀 기울이고 살고 있는 것이다.

귀는 진실에 이르는 뒷문이고 허위가 밀어닥치는 앞문이다. 눈으로 직접 보아 얻을 수 있는 진실보다도 귀로 들어서 알게 되는 진실 쪽이 훨씬 많다. 진실 그 자체가 귀로 직접 들어오는 일은 매우 드문 데 그것이 먼 곳에서 전해오는 때에는 더욱 그렇다. 사람의 입을 거치는 동안에 아무래도 여러 가지 감정이 얽히어 배어 들게 된다.

감정은 접하게 되는 모든 것에 물을 들여 불쾌한 것으로 또는 유쾌한 것으로 만든다. 그리하여 언제나 어떻게든 한쪽으로 치우친 인상을 남에게 심어주게 되는 것이다. 칭찬하는 말을 입에 담는 사람은 비난의 소리를 지르는 사람보다도 한층 더 조심할 필요가 있다. 그 사람이 무엇을 목적으로 말하고 있는가, 어디를 목표로 삼고 있는가를 잘 살펴보지 않으면 안 된다. 아무쪼록 이야기하는 말 가운데에 숨어 있는 거짓이나 모순된 점에 유의하여 눈을 돌려야 할 것이다.

윗사람을 앞질러서는 안 된다

승리와 공적은 윗사람에게 돌려라. 철저하게 패배당하면 증오감이 생겨난다. 윗사람을 앞질러 가는 것은 바보 같은 짓이다. 자기보다 우수한 사람에게 은근히 질투심을 느끼고 분하고 짜증스러운 느낌이 드는 것이 인지상정이며 윗사람이라면 더욱 그런 느낌을 가질 것이다.

대단한 장점이 아니라면 유의하여 숨겨놓을 일이다. 미모의 주인공도 일부러 가꾸지 않고 옷차림 따위에 무관심하면 남의 눈에 잘 띄지 않는 법이다. 자신보다 운이 좋다거나 인격이 뛰어나고 성격이 좋은 사람을 보고 짜증스러워 하거나 얼굴을 찌푸리는 사람은 없지만 자신보다 총명한 사람에 대해서는 적개심을 나타나게 된다. 특히 윗자리에 앉은 사람은 거의 다 그렇다.

지성이야말로 인간의 자질 중에서 최고의 자리를 차지하는 것인데 윗자리에 앉은 사람은 이 최고의 자질 면에서도 정점에 서고 싶어 한다. 남의 윗자리에 앉은 사람은 자신을 도와주는 사람에게는 미소를 보내지만 자신을 앞질러 가려고 하는 사람은 쌀쌀한 눈길로 바라보는 것이다.

무엇인가 조언을 할 때에는 잊어버린 일을 다시 생각하게 해주는구나 하는 생각이 들도록 해야 한다. 한 수 가르쳐 준다는 식의 태도는 금물이다. 이러한 미묘한 이치는 하늘의 별에서 배우자. 태양의 아들인 별들은 하늘에 반짝반짝 빛을 내고 있지만 태양보다 밝은 빛을 내려고는 아예 생각조차 하지 않는 것처럼 보이지 않는가.

남의 질투와 적의를 이겨내라

질투를 공공연하게 드러낸 사람을 쌀쌀맞게 응대하는 것은 질투와 적의를 더하는 일이지 그걸 푸는 길은 아니다. 때문에 그런 태도에 아랑곳하지 말고 너그럽게 대하여 주는 것이 자신에게 이득이다.

이를테면 남에게 악담을 들었다면 오히려 상대방을 칭찬해 주는 것이다. 그렇게 하면 사람들로부터 칭송하는 말이 쏟아질 것이다. 앙갚음을 하려면 자신이 하고 있는 일에 전보다 더 능력을 발휘하여 훌륭한 업적을 이루어내어 질투한 사람을 패배시키고 고통을 주는 것이 위대한 사람이라는 이름에 걸맞은 훌륭한 앙갚음이고 경쟁자에 대한 앙갚음이다.

남이 불행해지기를 바라는 사람은 상대방이 성공을 거둘 때마다 이를 갈며 분한 생각으로 괴로워한다. 남의 영광이 경쟁자에게는 생지옥이 되는 것이다. 그러므로 자신의 성공을 상대방의 독으로 삼게 하는 것이 가장 멋지게 벌을 주는 셈이다.

질투심이 강한 사람에게는 죽음이 몇 번이고 찾아든다. 경쟁자가 사람들로부터 갈채를 받을 때마다 죽음을 맛보게 되는 것이다. 그야말로 죽을 맛이 되는 것이다.

질투심을 품고 있는 사람은 상대방이 불후의 명성을 얻게 되면 될수록 그는 영원한 벌로 괴로워한다. 상대방이 영광에 휩싸여 있을 때 그는 계속 괴로움을 당하는 것이다.

상대방의 명성이 온 세상에 떨치게 되면 그를 질투하는 사람은 고뇌라는 교수대로 가는 계단을 한 발짝 한 발짝 오르기 시작하는 것이다.

진실을 알릴 때는 신중하게 말을 하라

진실한 말은 어떻게 말하느냐에 따라서 따뜻함을 전하기도 하고 괴로움을 주기도 한다. 진실한 말은 때로는 위험을 불러오기도 하지만 정직한 사람은 말하지 않고는 견디지 못한다.

진실을 남에게 알리는 데에는 고도의 기술이 필요하다. 유명한 의사는 남의 마음속을 알고 그가 호소하는 고통을 완화시켜 주는 기술을 터득하고 있는 것이다. 진실하게 모든 것을 털어놓는데 그걸 듣고 상대방의 잘못을 모두 폭로해 버린다면 말한 사람은 진실했음에도 불구하고 괴로움을 얻게 된다.

그러므로 진실을 알릴 때에는 말을 신중하게 하고 예의를 잃지 않도록 하자. 똑같은 말이라도 이야기하는 방법에 따라서 즐거운 노랫소리가 되기도 하고 귀를 찢을 듯한 소음이 되기도 한다.

남에게 충고할 때에는 과거의 사례를 끌어대어 진실을 깨우치게 하는 것도 한 방법이다. 상대방이 총명하다면 그렇게 하지 않고 넌지시 힌트만 주어도 진실은 전해질 수 있고 또는 아무 말 하지 않아도 진실을 알아차리기도 한다.

윗사람에게 좋지 않은 내용의 진실을 그대로 전해서는 안 된다. 윗사람을 깨닫게 하려면 진실을 복용하기 좋은 알약으로 만들어 그가 먹기 좋게 포장하여 전해 줄 필요가 있다.

남에게 부탁하는 요령을 터득하라

남에게 부탁했을 때, 어떤 사람은 아주 어렵게 받아들이는 일도 어떤 사람은 아주 쉽게 받아들인다. 무엇을 부탁했을 때 거절하지 않는 사람이 있는가 하며 기계적으로 '노!' 라고 거절해 버리는 사람이 있다. 쉽게 받아들이는 사람에게 부탁을 할 때에는 수고가 덜 들지만 후자에게는 기술이 필요하다.

우선 부탁하기 알맞은 때를 잘 선택해야 한다. 상대가 피로에 지쳐 있지 않고 마음도 안정되어 있으며 기분이 좋은 때를 보아서 부탁하는 것이 좋다. 그렇다고 해도 상대방이 이쪽의 속셈을 알아차리려고 주의 깊게 경계하고 있으면 물론 안 된다. 기쁜 일이 있는 날에는 누구나 남에게 친절하게 대하는 법이다. 몸 안에서 넘쳐흐르는 기쁨을 다른 사람에게도 나누어 주고 싶은 기분이 되기 때문이다.

그러나 그 날이 만약 누군가의 부탁을 거절한 날이었다면 그 날은 부탁을 안 하는 편이 좋다. 한 번 거절을 하면 다른 일도 무조건 거절하기 쉽기 때문이다. 또한 슬픔에 잠겨 있는 사람에게 부탁하는 것도 소용없는 일이다.

미리 남에게 은혜를 베풀어 둔다면 그것을 수단으로 삼아 부탁할 수 있을 것이다. 그러나 베풀어 준 호의를 갚아야 한다는 의무감을 전혀 갖고 있지 않는 그런 인간이라면 이야기는 달라진다.

인기가 많은 사람을 업신여겨선 안 된다

인기가 있는 사람을 오직 자기 혼자만이 배척해서는 안 된다. 수많은 사람들에게 기쁨을 주고 환영을 받으면 확실한 이유야 있든 없든 많은 사람이 가치를 인정하고 있다면 무엇인가 좋은 점이 있기 때문이다.

남들과 다른 짓을 한다면 틀림없이 미움을 산다. 더구나 잘못을 저지르게 된다면 업신여김을 당할 것이 뻔하다. 대중들에게 인기 있는 사람을 경멸한다면 바로 당신 자신이 경멸받게 된다. 뿐만 아니라 취미가 아주 고약한 사람이라고 생각되어 누구나 상대해 주려고 하지 않을 것이다.

자신이 시비를 분간할 줄 모르는 감수성이 둔한 사람으로 보이지 않도록 해야 한다. 이런 일 저런 일 모든 것을 획일적으로 한 가지로만 보고 비난해서는 안 된다. 성미가 고약한 사람은 그 자신이 무지하기 때문인 경우가 많다. 누구나 좋다고 하는 것은 확실히 좋은 것이고 아니면 적어도 좋을 가능성이 높다는 것이다.

어려운 일은 의외로 쉽게 풀릴 수 있다

쉬운 일을 할 때는 정신이 산만해지기 쉽고, 어려운 일을 할 때는 마음이 약해져서 시작하기도 전에 겁을 먹기 쉽다. 이로 인해 스스로 실패를 자초하는 일이 종종 생겨난다.

일이란 무턱대고 달려들면 곳곳에 은폐되어 있는 함정에 빠질 수도 있지만, 신중하게 대처하면 여태껏 불가능하게 보이던 일도 성취해 낼 수 있다.

일단 계획이 세워지면 꼼꼼하게 검토해야 한다. 하찮은 일도 괜히 지나친 염려로 불안과 두려움을 가져다 줄 수 있다. 어려운 일에 매달려 괴로워하면 안 된다. 두려움은 성공의 적이다. 두려움이 걸림돌이 되어 자신감이나 주도성을 뒤흔들기 때문이다.

호소하는 사람은 어리석은 사람만 말려든다

때로는 평범한 사람이 평범한 역할을 하지 않으려고 과격한 행동으로 치닫는 경우가 있다. 그러나 제 아무리 노력을 해도 그것은 경박하게 보일 수밖에 없다. 그들의 겉모습이나 속마음은 한결같이 남에게 특별하게 보이려고 애쓰고 있기 때문이다. 이를 아는 사람에게는 웃음거리밖에 되지 않는다.

진심에서 벗어난 행동은 어리석은 행동과 다름없다. 더구나 성과를 최고의 미덕으로 삼고, 개개인의 돌출적인 행동을 금기시하는 비즈니스의 세계에서는 눈에 띄는 행동이 처음에는 신선하게 보이고 인기를 독차지할지 모르겠으나 언젠가는 그 동기를 의심받고 멸시를 당하기 십상인 것을 기억하라. 남에게 돋보이는 일을 할 수 없다 보니, 무리하게 성공하고 싶은 욕심에 빠져 역설적인 방법으로 덤벼드는 것이다. 또 그런 패들일수록 쓸모없는 인간들을 휘어잡고 있다.

자기 자신을 주제로 하는 이야기는 삼가라

자신에 대해 말할 때 자화자찬을 늘어놓거나 우쭐대는 사람, 또는 무모하게도 자신을 깎아내리는 사람이 있다. 어느 경우든지 자신을 내세우는 것은 계면쩍은 일이며 상대방에게 고통을 안겨 줄 수 있다.

사생활에서도 자신을 화제로 삼는 일은 삼가야 하며, 공적인 자리에서는 더더욱 피하지 않으면 안 된다. 많은 사람들 앞에서 말할 때는 잠시라도 변변치 못한 주제를 끄집어내면, 청중들에게 어리석은 인상을 심어 줄 수 있다. 또 그 자리에 함께 있는 사람을 화제로 삼아도 똑같은 위험에 처할 수 있다. 이는 상대방을 덮어놓고 올려 세운다거나, 또는 무심코 무시해 버린다거나 하는 암초에 걸려 좌초해 버릴 위험이 있기 때문이다.

이러한 위험을 가볍게 취급해서는 안 된다. 어리석은 사람은 한 번 불에 뛰어들면 좀처럼 헤어 나오지를 못한다.

남이 하는 일을 깎아내리는 사람은 악평을 듣는다

주간잡지의 전파자 역할을 하고 있는 사람은 대개 자신의 평판도 훼손당한다. 상처를 받은 사람들이 복수를 하기 위해 그를 비방하기 때문이다.

중상모략을 일삼는 사람이 여러 사람들로부터 반격을 받으면, 자신의 중상이 퍼지기도 전에 자신의 평판이 땅에 떨어진다.

중상을 일삼는 사람은 항상 불신의 늪 속에서 허우적댄다. 설령 그들 주변에 지위가 높은 인물이 얼굴을 들이민다 하여도 이는 그 사람에게 호감을 가지고 있기 때문이 아니라 그 사람이 내뱉는 남에 대한 야유를 귀담아 듣고 쾌감을 느끼기 때문이다.

악의는 결코 즐거움의 대상도 아니고 주제도 아니다. 빈정거린다든지, 남의 험담을 뒤에서 늘어놓는다든지, 예의를 저버린 발언이나 남이 하는 일을 중상모략 하는 사람은 자신에 대한 악의에 찬 비방을 자초하는 것이다.

남을 해치고 싶은 충동은 자신의 보호본능보다 강하다

요즘 세상에는 자신의 이익을 지키려는 노력보다 남을 해치려는 충동이 쉽게 일어난다. 아니 세상이 오히려 강력하게 사람들을 부추긴다. 개중에는 반목 속에서만 행복감을 느끼는 자들도 있다. 그들은 그 안에서 묘한 정신적 쾌감을 느끼며 소란을 일으킴으로써 무료한 삶을 달래려고 한다.

세상 사람들은 서로 서로에게 갖가지 제재를 가한다. 명석한 두뇌를 가진 사람은 두려워하고, 독설가는 미워하며, 잘 난체 하는 사람은 멀리 하고, 익살꾼은 괜히 싫어하며, 변덕스러운 사람은 모른 체한다.

고결한 마음이 한층 품위가 있다

한정된 예의를 제외한다면, 계통적인 진리 위에 서 있는 철학은 현명한 사람들이 추구해야 할 주요한 대상임에도 불구하고 세인들의 관심을 끌지 못한다.

오늘을 사는 사람들은 재산과 쾌락은 열심히 추구하지만 그 이외의 것에 사용하는 시간은 별로 없다. 명석하게 사색하기 위한 기술이나, 지식을 획득하기 위한 연역적 추론에서 발견되는 즐거움을 잊어버리고 있는 것이다.

이성, 관찰력, 신념, 그리고 직관이라는 철학 수단은 영원히 우주를 떠도는 별처럼 가엾게도 영락없이 녹이 슬어간다. 그러나 비록 사색의 과학이 세인의 관심에서 벗어나고 심지어 멸시를 당한다 할지라도 지식 추구와 진리 탐구는 사색하는 사람에게는 언제나 변치 않는 정신적 영양분이다. 고귀한 마음에서 우러나오는 기쁨은 인격을 높여준다는 사실을 명심해야 한다.

자제하는 마음의 훈련이 필요하다

지식이 풍부하면 겉치레만으로는 만족할 수 없듯이 지혜가 몸에 배이면 배일수록 마음고생도 많아진다.

사람은 본래 믿을 만한 상대일수록 쉽게 성미를 드러낸다. 그러나 거기에서 감정을 억제하지 못하면 어리석은 자와 똑같은 어리석음을 범한다.

마음대로 되지 않는다고 해서 자세를 흐트러뜨리면 스스로 어리석은 자임을 내보이는 것이다. 격정에 휘말려 있을 때 빠져나오는 방법을 익혀두면, 불운이 닥쳐도 침착하게 대처할 수 있다. 부단히 자제하는 훈련을 쌓음으로서 자기 통제를 배우는 것이다. 남에게 곧잘 화를 내는 사람은 자신과 마주 앉아 어디까지 자신을 이겨낼 수 있는지 성찰해 볼 필요가 있다.

모든 결정에 대해선
다시 한 번 생각하라

거래 할 때 다시 한 번 생각해 본다는 것은 시간도 벌고 상황도 떠볼 수 있다는 점에서 안전판의 역할을 한다. 아무리 재도 이쪽 생각과 도저히 일치하지 않는 경우에는 최초의 판단을 유보할 것인지 아니면 계속 추진해 나갈 것인지 다시 한 번 생각해 보는 것이 필요하다. 시간을 벌어들임으로써 결정에 도움이 될 만한 새로운 소재가 등장할 수도 있기 때문이다.

그 뿐만이 아니다. 잘 생각해서 고른 물건은 무심코 고른 것보다 소중해진다. 또 상대방의 제의를 거절하지 않으면 안 될 때에도 시간을 벌면, 능숙한 거절방법이 생각날 수도 있다. 불안한 상태에서 성급하게 말을 뱉어 버린 사람은 시간을 두고 다시 차분히 재고할 기회를 가짐으로써 상황을 보다 잘 파악할 수 있게 되며 심지어 뜻하지 않는 행운이 굴러 들어올 수도 있다. 다시 한 번 생각해 본다는 것은 결코 플러스가 되면 되었지 마이너스가 되지 않는다는 것을 명심하라.

행운을 담을 수 있는 위장을 가져라

아무리 맛있는 음식도 위가 튼튼하지 않으면 소화시킬 수가 없다. 많은 행운을 받는다 하여도 그 행운을 충분히 소화시킬 수 있는 힘이 없으면 행운을 빤히 바라보면서 놓치게 된다.

현명한 사람은 아무리 행운을 많이 얻었다 해도 그것을 모두 먹고 소화시킬 수 있는 커다란 위장을 가지고 있어야 한다. 재능이 풍부한 사람이라면 언제 어떠한 때에 행운이 찾아오더라도 조금도 당황하지 않고 그 기회를 이용할 수 있는 능력이 있다.

잘 차린 맛있는 음식들을 눈앞에 두고서도 위가 받아들이지 못하기 때문에 그림의 떡으로 밖에 볼 수 없는 사람이 있다. 이와 마찬가지로 높은 지위에 앉을 행운을 얻어도 천성이 거기에 맞지 않는 사람, 또는 그러한 처지에 익숙하지 못한 사람은 모처럼 얻은 다시없는 좋은 기회를 놓쳐버리게 되는 것이다. 이런 부류의 사람은 인간관계를 잘 이루어 나가지 못하고 헛된 명예심에 사로잡혀서 올바른 판단을 내리지 못하고 무슨 일을 해도 당황하고 허둥거린다.

높은 지위에 앉는다는 자체만으로도 머리가 어지럽고 그 지위에 어울리는 능력이 없다면 새로운 일 앞에서 걸핏하면 화를 낸다.

그러므로 뛰어난 능력을 지닌 사람은 모름지기 자기에게는 아직 행운을 받아들일 만한 여유가 있다는 사실을 스스로 나타내 보이고 도량이 작다고 생각되는 그러한 행동은 하지 않도록 아무쪼록 조심할 일이다.

자기 자신의 능력을 정확히 알자

자기 자신이 가지고 있는 재능, 특히 뛰어나 재능이 무엇인가를 알아 둘 일이다. 그 재능을 키워 나가면 다른 자질도 길러진다. 자신이 타고난 소질을 정확히 알기만 하면 어떤 한 분야에서 한몫을 크게 하는 인물이 될 가능성이 있다.

자신의 특별한 기질 가운데에서 가장 뛰어난 것이 무엇인가를 알아내고 있는 힘을 다 쏟아서 그 능력을 키워 나가라. 판단력이 뛰어난 사람이 있는가 하면 용기가 남보다 뛰어난 사람도 있다.

그러나 대부분의 사람들은 오로지 지식만을 쌓는데 무리한 노력을 거듭한 결과 끝내는 아무것도 이루지 못하는 경우가 많다. 지식이나 지능에만 전념하니까 그 외의 것이 보이지 않고 좋은 기회가 와도 자신의 특기를 살리지 못하는 잘못을 깨닫게 된다. 그러나 때는 이미 늦은 것이다!

무슨 일이나 좋은 면을 보도록 하라

사람이나 사물의 좋은 점, 아름다운 점을 찾아내는 것은 취미가 고상하고 품위 있는 사람에게 행운을 주는 일이다. 벌은 달콤한 꽃의 꿀을 따기 위하여 꽃을 찾아 날아다니고 독사는 무서운 독을 찾아다닌다.

사람의 성격도 그와 같아서 좋은 면만을 보려고 하는 사람도 있지만 나쁜 면에만 눈을 돌리는 사람도 있다. 어떤 사물이건 반드시 무언가 좋은 점이 있다. 책의 경우는 특히 그러해서 사람들이 동경하는 착한 면이 그려져 있다.

세상에는 불행한 성격의 사람이 있는데 그들은 뛰어난 자질을 고루 갖춘 사람의 단 한 가지 결점을 찾아내어 비난을 하고 그다지 크지 않은 잘못이나 흠 따위를 일부러 크게 불려서 말한다.

순간의 착각이나 판단의 잘못 등 사람의 사소한 잘못에 눈을 번뜩이며 별것도 아닌 조그마한 흠을 들추어서 침소봉대하기도 하지만 그들 또한 인간이어서 남의 결점이나 오점을 탐지하러 다니는 것이 마침내 마음의 부담이 되고 견딜 수 없는 고통으로 변한다. 그 고통은 그들의 어리석은 판단이 내린 형벌인 셈이고 그들이 아무리 괴로워한다 하더라도 자신의 행동의 옳고 그름을 판별하고 있는지는 알 수 없다.

그러한 인간들이 행복하게 될 리 없다. 무서운 독을 찾아다니고 남의 하찮은 결점이 뱃속에 가득 채워져 있기 때문이다.

취미가 고상하고 품위 있는 사람은 행복하게 된다. 그들은 결점투성이인 인간에게서 몇 가지 좋은 점, 아름다운 점을 찾아내기 때문이다.

죽은 사자면 토끼조차도 그 갈기를 물고 장난한다

대담하게 또한 신중하게 행동하라. 상대방이 죽은 사자라면 토끼조차도 그의 갈기를 가지고 장난한다.

애정과 마찬가지로 용기도 가볍게 여겨서는 안 된다. 용기가 한 번 꺾여 버리면 그 뒤 두 번, 세 번 잇따라 꺾이게 된다. 어차피 극복해야 할 어려움이라면 먼저 맞아 해치우는 편이 가장 좋은 방책일 것이다. '매도 먼저 맞는 놈이 낫다' 는 말처럼.

정신은 육체보다 대담하다. 그것은 칼을 손에 쥔 대담성이다. 그 칼은 '사려분별' 이라 칼집에 넣어두어 어떤 일이 일어났을 경우를 대비해 놓는 것이 좋다. 그렇게 하여 자신의 몸을 스스로 지키는 것이다. 그래서 허약한 정신은 허약한 육체보다도 큰 해를 끼친다.

뛰어난 자질을 타고 났으면서도 용기가 없기 때문에 마치 죽은 사람 같은 나날을 보내고 권태로움 속에 묻혀버리는 사람은 수없이 많다.

달콤한 꿀은 벌의 날카로운 침과 함께 하는데 이는 오묘한 자연의 법칙이다. 사람의 몸에도 신경과 뼈대가 있다. 정신도 오직 부드럽기만 하면 쓸모가 없는 것이다.

사소한 일로 소동을 일으키지 말라

무슨 일에나 일체 상관하지 않고 무관심한 사람이 있는가 하면 아주 조그마한 일이나 하찮은 일에도 진지하고 심각하게 생각하는 사람이 있다. 후자의 경우는 무슨 일에 있어서나 아주 중대한 일처럼 이야기를 하고 언제나 사물을 너무 심각할 정도로 골똘히 생각하고 끝내는 남과 논쟁을 벌이어 어떻게 손을 쓸 수 없을 정도로 사태를 복잡하게 만들어 버린다.

심각하게 고민하고 골똘히 생각하지 않으면 안 될 만큼 중대하고 까다로운 문제들이 이 세상에 그렇게 많은 것은 아니다. 내버려두면 좋을 일을 사서 고민하는 것은 바보 같은 짓이다. 비록 문제가 될 만하다고 하더라도 그대로 내버려 둔 사이에 바르게 잡혀 가는 일을 우리는 흔히 보곤 한다.

반대로, 사소한 문제를 계속 마음에 두고 있으면 큰 문제로 발전하는 경우도 있다. 그러한 문제는 빨리 손을 댈수록 간단히 해결된다. 시간이 지나면 지날수록 손을 쓸 수 없게 되어 버린다. 때로는 문제를 해결하려고 손을 쓴 것이 도리어 새로운 문제를 일으키는 일도 있다.

손을 대지 말고 내버려 둘 일, 인생살이에는 그보다 먼저 해결해야 할 문제들이 상당히 많이 있는 것이다.

먹고 사는 일보다 지식을 얻는데 노력하라

자기 자신에 맞지 않은 일에 매여 일의 노예가 되기보다는 차라리 여가를 마음껏 즐기는 편이 낫다.

사람들이 '내 것' 이라고 자신 있게 말할 수 있는 것은 '시간' 밖에 없다. 누구에게나 시간만은 공평하게 주어졌다. 인생이란 귀중한 것이다. 그 귀중한 인생의 시간을 기계적이고 변함없는 단순한 일에 허비하는 것은 어리석고 자신의 능력으로 해낼 수 없는 일을 맡아 악전고투하는 것 역시 어리석고 바보 같은 짓이다.

일이 하나의 무거운 짐이 되어서는 안 되고 그 때문에 고민해서는 더욱 안 된다. 그런 일로써는 인생을 허비하는 셈이고 정신이 병들어 하루하루 살아가는 자체가 괴로워질 것이다.

이러한 사고방식을 지식의 면에 맞추어서 사람이란 지식을 많이 가지지 않아도 잘 살 수 있다고 생각하는 사람도 있다. 그러나 어떻게 잘 사느냐가 문제인 것이다. 인간은 지혜가 없으면 인간답게 살 수가 없다는 점을 잊지 말아야 한다.

맛좋은 술은 한 잔만 마셔라

맛좋은 술은 한 잔만 마시고 그만두는 것이 좋다. 욕구가 높아질수록 고마움도 커진다. 몹시 목이 말랐을 때와 마찬가지로 욕구는 조금만 채워주는 것이 좋은 법이며 완전히 만족시켜 주어서는 안 되는 것이다.

좋은 것이란 적으면 적을수록 가치가 높아진다. 그 맛을 실컷 맛본 사람은 두 번째부터는 그다지 달갑지 않은 표정을 짓게 마련이다. 바라면 바라는 대로 기쁨을 주게 되면 위험하다. 이 세상에 다시없는 아주 멋지고 훌륭한 것에도 거들떠보지 않게 된다.

남을 기쁘게 해주려고 할 때에 지켜야 할 한 가지가 있다. 그것은 상대방의 욕구를 자극해서 간절히 바라며 기다리게 하는 것이다.

즐겁고 기쁜 일을 지겨워하는 사람보다 간절히 바라고 기다리느라 애타는 사람 쪽이 이쪽으로서는 얻는 바가 더 크다. 그것도 애타게 기다리게 하면 할수록 그것이 채워질 때의 상대방의 기쁨은 더욱 증가되기 마련이다.

나쁜 짓을 하는 사람의 일에 말려들지 말라

착한 일은 이 세상에서 찾아보기 어렵게 되었고 은혜를 입고도 거기에 보답하려는 사람은 찾아보기 드물고 깍듯이 예의를 차리는 사람들도 거의 없어졌다.

요즘 세상은 품위를 지키며 정직하게 사는 사람이 가장 손해를 보는 시대이고 이러한 풍조는 전 세계에 널리 번져 있다. 국민 누구나가 모두 다른 사람을 짓밟고 올라서려고 기를 쓰는 나라도 있다고 한다.

어느 사람에 대해서는 반역하지 않을까 염려스럽고 다른 사람에게는 배반을 또 어떤 사람에게는 기만을 당하지 않을까 염려하지 않을 수 없는 세상이 되었다. 사람들의 악랄한 행동에 유의하라. 내 몸을 지키기 위해서이다. 자기 자신만은 나쁜 짓에 물들지 않더라도 남들의 파멸적인 행동에 말려들어 골탕을 먹고 몸을 망치는 일도 있는 법이다.

고결한 사람은 언제 어떤 경우든 자기 본래의 모습을 잊어버리지 않는다. 세상의 악랄한 행동이 그에게는 경고가 되기 때문이다.

제3부

현명한 사람은 최악의 사태에 대비한다

인생은 올바른 길로 가기 위해 탐조등 역할을 하는 사고 과정의 연속이다. 성공과 자유를 보장하는 것은 반성과 예측이다. 미래를 내다볼 줄 아는 사람은 그리 많지 않다. 현명한 사람은 운명적으로 다가오는 최악의 사태를 예상하고 이를 사전에 충분히 대비해 두는 것이다. 마음가짐만 단단히 하고 있으면 예상치 못한 일은 일어나지 않는다. 일반적인 사람은 행동이 앞서고 나중에서야 이를 생각하지만 이는 행동의 결과보다는 행동 그 자체에 대한 변명에 급급할 수밖에 없다.

현명한 사람은 현명한 사람을 부른다

상대방에게 얘기가 통하지 않든지 성의를 다해 열성적으로 한 말이 받아들여지지 않을 때, 사람들은 말할 수 없는 욕구불만이 쌓인다.

총명한 사람의 무게 있는 말 한 마디는 군중의 박수갈채보다 더 귀하다. 따라서 현명한 사람의 의견과 덕망 있는 사람의 올바른 판단에 의지해야 한다. 인생을 가치 있게 하려면 그런 친구를 사귀고 받들어야 한다. 그들의 격려는 생의 마지막 만족감을 가져다준다.

현명한 사람은 현명한 사람을 부른다. 그런 까닭에 플라톤은 아리스토텔레스를 그의 유일무이한 제자로 삼았던 것 아닌가.

천박하고 통찰력이 부족한 사람은 범상한 인물을 찾고 총명한 사람을 두려워한다. 교제의 기준을 될수록 낮추어야만 스스로를 위안 받을 수 있고 친구에게서 기대를 하지 않는 편이 노력도 필요 없고 무난하기 때문이다.

한 나라의 왕조차도 전기 작가에게 분별 있는 판단을 기대한다. 무적의 대왕도 전기 작가의 펜촉 앞에서는 화가 앞에 앉은 추녀처럼 몸을 도사리는 것이다.

현명한 사람일수록 자신의 무지를 드러낸다

자신만이 지식 있는 사람이라는 생각은 소박한 어리석음에 지나지 않는다. 이는 마치 장미에 가시가 있는 줄도 모르고 장미 밭에 들어가는 사람과 같다.

우물 안 개구리처럼 하늘이 푸르고 둥글다는 사실만 안다. 이들은 자신이 많은 사람들 가운데 단지 한 사람일 뿐이라는 사실을 망각하고 자신 이외의 사람들을 경시하기 때문에, 시야가 좁은 무지몽매한 사람이 되어 버린다.

현명한 사람은 현재의 자신의 모습에 만족하지 않고 겸손한 태도를 견지할 필요가 있다. 그러면 모든 사람으로부터 인정을 받고 크게 존경받는 것이다. 어리석은 자들의 세계에서는 아무리 현명한 사람일지라도 자신의 완전성을 태연히 부정해야만 자신의 모습을 어리석은 자들에게 제대로 보여줄 수 있다.

어느 정도의 욕심과 희망을 비축해라

모든 것을 손에 넣으면 희망이 사라진다.

어느 정도의 욕심은 뒷전에 남겨둠으로써 항상 호기심에 차고 희망을 가질 수 있다. 또 언제나 동경심을 가슴속에 품어라.

지고의 목표를 향해 정진할 때는 신중하고 빈틈없이 수행하라. 상대방의 친절과 호의를 갚을 때에도 단번에 감사표시를 해서는 안 된다.

현명한 사람은 시간을 두고 여러 번에 걸쳐 나누어 감사의 정을 표한다. 그래야 상대방은 감사의 표시를 오랫동안 기억한다. 모든 것이 손에 들어오는 순간부터 두려움이 시작된다. 소원이 말끔히 이루어질 때 비로소 두려움이 엄습해 온다. 이는 행복이 낳는 최대의 불행인지도 모른다.

위엄 있는 인간을 만드는 요소는 세 가지이다. 다름 아닌 넉넉한 마음 씀씀이, 깊은 이해심, 그리고 고상한 취미생활이다.

빛을 발하는 마음이라는 것이 있다. 그것은 마치 고양이의 눈처럼 암흑의 세계에서 특히 빛을 발한다. 또 좋은 기회를 포착하는 천부적인 재능이란 것도 있다. 똑같은 상황에서도 무언가 조금이라도 나은 기회를 포착하는 재능을 말한다. 고상한 취미도 뛰어난 장점이긴 하지만 그보다 더욱 가치가 있는 것은 명석한 사고력이다. 그것은 지성이 맺은 달콤한 과실이다.

사람은 언젠가는 자신의 연령에 따라 사고가 지배를 받는다는 점을 깨닫게 된다. 20대에는 욕망의 지배를 받고 30대에는 이해타산, 40대에서는 분별력, 그리고 그 나이가 지나면 지혜로운 경험에 지배를 받는다.

위엄 있는 사람의 구두가 누구의 발에도 꼭 맞는 것은 아니지만 가능한 한 그 구두를 신으려고 노력해 보지 않으면 안 된다.

상대를 밀어내면 자신의 평판은 나빠진다

이판사판일 경우에 정당하게 싸우는 사람은 드물다. 평소에는 포근한 온정이 넘치던 사람도 야심적인 경쟁상대를 만나면 갑자기 저돌적인 투지를 유감없이 발휘한다. 대결의식은 예절이 덮어둔 상처를 들추어낸다.

그러나 상대방을 밀어내려고 온갖 수단을 쓰다보면 결국 자신의 평판에 심각한 상처를 주게 된다.

원래 경쟁의 목표는 상대방의 힘을 약화시키기 위해 상대의 가치를 떨어뜨리는 방법을 찾는 것에 불과하다. 그러나 서로 이성을 잃고 싸우다 보면 지나간 과거의 개인적인 약점을 들추게 되고 끝내 먼지 같은 스캔들까지 파내려 한다.

경쟁이 심해질수록 물불을 안 가리고 승리하기 위해서는 무슨 수단이든 다한다. 칼을 빼어들기 전에 다시 한 번 깊이 생각해야 한다. 진정 평화를 사랑한다면 싸움터에 나가기 전에 그 결과가 어떨 것인지에 대해 예상하지 않으면 안 된다.

자신의 생활신조는 마음속 깊이 묻어 두어라

현명한 사람이라면, 비밀이란 언젠가는 사람들에게 드러난다는 것, 또 언젠가는 모두 알게 된다는 것을 명심해야 한다.

벽에도 귀가 있고, 악의로 그 비밀이 어떤 것이든 간에 언제나 사슬을 벗어던질 채비를 갖추고 있다. 현명한 사람은 혼자 있을 때에도 세상 사람들이 모두 자신을 주목하고 있는 것처럼 행동한다. 모든 비밀은 언젠가는 드러나게 되기 때문이다.

자신의 생각을 남에게 말할 때마다 당신은 증언한 사람을 더 만드는 것이며, 그 증인은 훗날 증언대 위에 설지도 모른다. 따라서 현명한 사람은 자신의 신조를 마음속 깊이 묻어둔다.

원래 비밀이란 조금만 누설되어도, 나머지 모두 순식간에 그 힘을 잃어버린다. 그렇기 때문에 현명한 사람은 누구와 말다툼을 할 때에도 비밀이 새어나가지 않도록 문단속을 철저히 하고 비밀이 밖으로 표출되지 않도록 마음을 억제하는 것이다.

남보다 앞서려는 사람을 경계하라

이름을 팔지 마라. 특히 스스로 칭하는 딱지를 붙이지 말라. 사람들은 그 딱지로 당신을 판단하고 당신의 장점조차도 결점으로 볼 수 있다. 딱지는 그 사람의 별난 특성을 나타내 주는 것이며 이 특성이라는 것은 마지막으로 그 사람에 대한 의혹을 부채질한다.

어떤 사물 주위에 제아무리 아름다운 경치가 있어도 태양빛이 비추어 주지 않으면 눈에 띄지 않는 것과 마찬가지로 너무 눈이 부셔서 오히려 눈앞이 캄캄해지는 경우가 있다.

사람들의 주목을 받게 되면 의례히 반감과 비판을 불러일으키게 된다. 특히 거짓 친구나 적의 표적이 되기 쉽다. 수단과 방법을 가리지 않고 자신을 뽐내려 하거나 악명을 떨치면서까지 자신을 내세우는 사람은 경계하라. 그러한 사람들은 목적을 달성하는 순간, 자신의 이익과 지위를 지키기 위하여 남을 궁지에 몰아넣는 일도 서슴없이 자행하기 때문이다. 그런 사람들은 쉽게 분별할 수 있기 때문에 대처하기도 어렵다.

누구든 함께 일하기 전에 그 사람의 배경을 잘 조사하는 일을 금과

옥조로 삼아라. 현명한 사람은 어떤 일을 성취한 대가는 손에 넣더라도 명성만큼은 밑의 사람에게 양보한다. 이름을 감춤으로써 안정을 보장받는 것이다.

자기만족을 태도와 말로써 표현하지 말라

자기만족을 태도와 말로써 표현하지 말라. 상대방의 입장에서 보면 그것은 적어도 유쾌한 기분을 주지 않기 때문이다. 또 자신에 대한 불만을 토로하는 것은 스스로 용기가 없음을 인정하는 꼴이 된다.

자기만족이란 대체로 사려 깊지 않은데서 비롯되며 현란한 무지로 끝을 맺는다. 이것은 비록 본인에게는 위안이 될 수 있을지언정 남이 볼 때는 존경심이 우러나오지 않는다. 설령 위인의 옷자락 끝에는 못 미칠지언정 구실을 찾아 속물 맛을 보려고 해서는 안 된다. 그보다는 자기 자신에 대해 어느 정도 불안감을 느끼는 정도가 좋다. 어느 정도는 일이 잘 되어 간다는 확신을 가질 수 있어야 하겠지만 어쩌다가 잘 되지 않는 경우에도 낙담하지 않아야 되기 때문이다.

사람이란 이미 예상하고 걱정해 온 재난이나 불운은 닥치더라도 크게 놀라지 않는다고 한다. 자기만족감은 그대로 방치해 두면 점점 눈덩이처럼 커지기 때문에 위험한 것이다.

너무 한쪽으로 치우치는 것은 좋지 않다

오늘날에는 사람이나 사물이나 조화를 상실하였다. 총명한 작가가 심원한 에세이를 발표하면, 사람들은 그것을 입 모아 찬양하지만 똑같은 주제로 다른 견해를 언급해도 쉽게 감화되어 역시 찬양해 마지않는다.

사람들은 그때그때의 기분에 맞는 사고풍조에 정서적으로 반응하기 때문에 더없는 행운을 쥐고도 불만을 갖는가 하면 불운에 깊이 빠져 있어도 만족해한다. 기분의 추가 흔들리는 대로 어떤 때는 자신이 저지른 실수에 자학하기도 하고 또 어떤 때는 남을 탓하기 쉬운 그릇된 생각에 빠져들기도 한다.

또 지금보다 옛날이 좋았다고 푸념하면서 과거 속에 파묻혀 사는 사람도 있다. 그러나 매사에 너무 한쪽으로 치우치는 것은 좋지 않다. 좋은 일이 있다고 웃는 사람이나 나쁜 일이 생겼다고 우는 사람이나 결국에는 똑같이 우를 범하는 사람들이다.

앙금이 가라앉기 전 유종의 미를 거두어라

유종의 미를 잘 장식할 줄 알아야 한다. 만류할 때 그윽하게 빠져나와야 한다. 태양조차도 마지막 빛줄기를 발하며 구름 속에 숨어버리면 언제 또 구름 밖으로 모습을 나타낼까, 왜 빨리 나타나지 않는 것일까 하고 기대감을 한층 부추긴다.

사람들이 등을 돌리고 잊어버릴 때까지 꾸물거리지 말라. 그렇게 되면 상대방에게는 이미 죽은 사람과 매한가지이다. 앞을 내다 볼 줄 아는 사람은 말의 성격이 까탈스럽다고 느끼면, 경기 도중에 떨어져 망신당하지 않으려고 그 말을 일찌감치 마구간으로 되돌린다. 미녀도 아직 젊을 때 안경에 금을 내는 법이다. 늙어서 환멸감을 맛보고 이를 참지 못해 안경을 박살내지 않도록 하기 위해서다. 눌러앉아 뭉개지 않고 홀연히 떠나는 것이 현명한 사람의 신조이다.

일은 쉬면서 인생은 여유 있게 보내라

야심가는 대부분 외면적으로는 성공하나 내면적으로는 실패한다. 재산을 늘리기 위해 정신적인 활력을 희생하기 때문이다. 그럼에도 그들은 저돌적으로 전진하며 행복한 여가가 무리한 일보다 가치 있다고 생각하지 않는다.

인간이 확실하게 소유할 수 있는 것은 시간뿐이다. 귀중한 시간을 일에만 열중하며 보낼 수는 없다. 노동은 탐욕의 어머니이고 무료함의 대체물이다. 한번 야심이 불붙기 시작하면 몸의 기능이 쇠약해질 때까지 빠져나올 수가 없다.

너무 성공에 매달리지 마라. 선망에도 매달리지 마라. 이들은 인생을 짓밟고 정신을 질식시킨다. 잠시 일을 멈추고 한가한 여유를 가져라. 현명한 사람은 여유 있게 인생을 보냄으로써 장수한다.

유능한 사람처럼 보이려는 노력은 중요하다

이상하게도 대다수 사람들은 자신의 두뇌로 이해할 수 있는 일에 대해서는 평가를 하지 않고 이해를 초월한 일만 경의를 표한다. 요컨대 종잡을 수 없는 일일수록 대단한 일로 본다. 하지만 정작 그 이유를 물으면 아무런 대답도 못한다.

사람은 신비적인 것을 동경하는 속성이 있지만 실은 남이 칭찬하니까 나도 칭찬한다는 논리에 불과하다. 따라서 직장에서도 실제보다 조금 유능한 것처럼 보이려는 노력도 중요하다. 하지만 도가 지나치지 않아야 상대에게 존경을 받는다. 현명한 사람은 예지로 일을 하지만 평범한 사람은 상대의 화술에 도움을 받아야 일을 제대로 처리한다.

빈틈없는 사업가는 능숙한 화술로 구매자와 판매자를 조종하고 상대방에게 말할 틈도 주지 않고 거래내용을 이해시키는 요령을 알고 있다.

지도자는 화집 점에 서지 않는다

정치와 경제에서 지도적인 위치에 있는 사람은 재앙이 닥쳐올 때를 대비해서 방패막이를 준비해 두는 것이 현명한 전략이다. 다시 말해서, 자신이 책임을 진 일이 잘못되어도 책임을 남에게 둘러씌우는 방법을 알아두어야 한다. 지위를 시기하는 사람들은 이를 그 사람이 가진 약점의 증거로 삼아 비난할지도 모른다. 하지만 방패전략이 실패하더라도 사업상 관리통솔에 지장을 초래하지 않기 위해 화집 점에 섰던 부하를 옹호해 주어야 한다. 이는 그 사람의 그릇 크기를 보여주는 척도이다.

상황을 저울질 하라.

비록 자존심을 희생시켜서라도 자신의 잘못을 부하직원들에게 솔직히 시인하는 것도 현명한 처신이 될 수 있다. 살아남기 위한 핵심은 보신이다. 모든 일이 산뜻하게 끝나고 전 직원이 만족하기란 참으로 어려운 일이다.

현명한 사람은 지식에 자만하지 않는다

현명한 사람은 정신적 빈곤을 견디기 어려워하지만 어리석은 사람에게 사상과 지혜를 주입하면 질식해버리고 만다. 그들은 굳이 폭력을 쓰지 않아도 정신적 피로감 때문에 목숨을 잃고 만다.

식견이 많아 죽음을 당하는 사람도 있지만 식견이 없기 때문에 살아가는 사람도 있다. 학문이란 현명한 사람에게는 목숨과도 같이 귀중하지만 어리석은 사람에겐 서서히 죽이는 독약이다. 현명한 사람은 결코 지식에 자만하지 않고 남이 요청할 때 충고를 한다. 그러나 어리석은 사람은 스스로 지혜가 있다고 착각하고 누구를 막론하고 충고하고 싶어 한다. 그러나 원하는 것을 지나치게 받으면 현명한 사람이나 어리석은 사람이나 모두 파멸해 버린다.

현명한 사람은 어리석은 사람이 미룬 일로 뛰어든다

현명한 사람은 다음 내딛어야 할 발의 위치를 정확히 계산해서 자신 있게 다리를 내뻗는다. 어리석은 사람은 직관에 의지함으로써 자주 길을 헤맨다.

나침반이 고장 나서 그릇된 방향을 가리키고 있는 줄도 모르고 출발하면 혼란만 더할 뿐이다. 도착하고 나서야 비로소 목적지가 아니라는 것을 알게 되는 것이다. 만일 인생의 항해술이 부족하여 길을 헤맬 때는 차라리 유능한 선장에 매달려 낭패하지 않는 편이 낫다.

식견이 있는 사람은 무엇을 언제 할 것인가를 즉석에서 판단하고 자부심을 갖고 즐겁게 실행한다. 현명한 사람은 어리석은 자들이 주저하는 일에 직접 뛰어든다. 현명한 사람이나 어리석은 사람이나 행동 그 자체에는 큰 차이가 없다. 다만 시기가 다를 뿐이다. 현명한 사람은 적절한 시기를 잡지만 어리석은 사람은 시기를 놓친다.

잘못을 발견하면 즉각 주장을 버려라

쓸데없는 자존심 때문에 옳은지 그른지도 모르면서 그저 고집만 부리는 사람이 있다. 이 비참한 습성은 더구나 이 고집을 실행에 옮김으로써 한층 악화된다. 완고한 말보다 완고한 행동이 한층 해를 끼친다. 토론을 해보면, 대개 현명한 사람은 재빨리 올바른 쪽을 선택하나 어리석은 사람은 잘못을 알면서도 고집 때문에 끝까지 밀고 나간다.

고집을 부리는 것도 위험한 것이지만 그것보다 더 위험한 것은 고집을 꺾지 않고 행동을 계속하는 것이다.

사려 깊은 사람은 처음부터 올바른 것을 택하거나 도중에 올바른 쪽을 알아채어 항상 이성의 편에서 감정에 좌우되는 법이 없다. 상대방이 이쪽 논리의 한계점을 파악했을 때에는 당장 논점을 옮기던지 자신의 견해를 바로 잡는다.

지능이 뛰어나도 말이 많으면 좋지 않다

애써 영리해 보이려고 하는 사람은 적들이 파놓은 함정에 빠진다. 그보다는 현명한 편이 낫다. 이는 마치 번들거리기만 할 뿐 날이 들지 않은 칼과 같다. 칼은 예리할수록 쉽게 부러진다.

만 가지에 능통한 사람은 없다.

어느 분야에서는 뛰어나지만 감히 손도 못 대는 분야도 있다. 그럼에도 불구하고 사람은 남보다 뛰어난 머리를 가지고 싶어 한다. 그러나 확실한 것은 신의 진리뿐이다.

뛰어난 지능도 좋지만 말이 많으면 안 된다. 지나치게 말이 많으면 말다툼의 원인이 된다. 식견이 있는 사람은 필요 이상으로 이런 저런 말은 하지 않는다.

상대방의 진가를 인정하라

누구에게나 남보다 뛰어난 점이 한 가지씩은 있게 마련이다. 상대방이 가진 장점을 얼른 파악하면 사람을 대할 때 크게 도움이 된다.

현명한 사람은 상대방이 누가 되었든 간에 공경하는 마음을 가지고 대한다. 누구나가 갖고 있는 좋은 점을 발견할 수 있을 뿐만 아니라 그걸 얼른 알아내면 어떤 일을 실수 없이 이루어내는데 큰 도움이 된다는 사실을 터득하고 있기 때문이다.

어리석은 사람은 상대방이 누구든 간에 그를 경멸한다. 그것은 무지한 탓이기도 하고 남의 결점을 발견하고 기뻐하는 천박한 성격이기도 하기 때문이다.

남이 하는 중상모략은 무시해라

중상모략을 무시하는 요령을 익혀라.

갖고 싶은 것이 있을 때도 그런 내색을 하지 않은 채 시치미를 떼고 있는 것도 하나의 방법이다. 한참 찾을 때에는 전혀 눈에 띄지 않다가 찾을 필요가 없어지면 눈앞에 불쑥 나타나는 경우는 흔히 있는 일이다.

이 세상의 것은 모두가 하늘에 있는 물건의 그림자에 지나지 않는 것이어서 마치 그림자처럼 움직인다. 우리가 쫓아가 잡으려 하면 달아나 버리고 피하려고 하면 계속 쫓아오는 법이다.

복수하려고 덤빌 때에도 무시해 버리고 상대하지 않는 것이 상책이다. 남의 중상모략은 아예 묵살해 버리고 응대하지 않는 편이 현명하다. 자신의 결백을 밝히겠다고 글의 힘을 빌려 호소하려고 상대방을 비방해서는 안 된다. 한 번 기록되면 영원히 남는 법, 그런 짓을 하면 적을 쓰러뜨리기는커녕 그 사건을 영구히 남기는데 도움을 주게 되는 것이다.

교활하기만 할 뿐 별로 쓸모가 없는 사람들은 훌륭한 사람이 하는 일이나 말을 하나하나 걸고넘어져 생트집을 잡으려고 한다. 좋은 평판을 받을만한 가치 있는 일이나 말을 한다는 것은 아예 엄두도 내지 못할 만큼 능력 밖의 일이니까 뛰어난 사람들에게 덤벼들어서라도 간접적으로 이름을 날리자는 속셈인 것이다. 유명한 적의 눈에 띄어 그들과 논쟁을 벌이지 못한다면 이름 없는 존재로 끝나버리게 된다고 생각하는 사람이 많다.

망각을 이겨낼 복수는 없다. 소인배 따위의 말은 기억 속에서 밀어내어 잊어버리는 것이 제일이다. 이 세상에는 어디부터 손을 써야 할지 알 수 없을 만큼 손쓸 방도가 없는 어리석은 사람이 있다. 그들은 사사로운 영웅심에서 이 세상에 다시없는 보배라고 하는 값진 것에도 서슴없이 불을 질러 자신의 이름을 후세에 남기려고 한다.

불평불만을 계속 털어놓는 사람을 무시하고 상대하지 않는다면 그는 제풀에 꺾여 저절로 사그라지고 만다. 아랫사람이나 모자라는 사람이 반박하게 되면 자칫 큰 봉변을 당하게 된다. 그렇다고 해서 상대방의 불만을 옳다고 받아주기만 하면 다른 사람들의 불평을 사기가 쉽다.

어찌 보면 자신과 경쟁하고 공격하려고 하는 사람이 있다는 것은 행복한 일이 아닌가. 이는 상대방이 자신의 가치를 인정하고 있다는 말이기 때문이다. 상대방의 비난이나 중상모략으로 명예에 얼마쯤 손상을 입는다 해도 자신이 명성을 아주 땅에 떨어뜨리는 행동을 하지 않는 이상 자신의 참다운 가치는 잃지 않을 것이다.

남을 지나치게 칭찬하면 자신의 평판이 떨어진다

무턱대고 남을 칭찬해 주는 일은 현명하지 못하다. 과잉 칭찬은 진실과 멀어질 뿐만 아니라 말하는 이의 판단력도 의심받는다. 과대평가하여 지나치게 칭찬하면 칭찬받는 쪽도 부담스럽고 칭찬하는 쪽도 경망스러워진다.

찬사는 호기심을 불러일으키고 기대하는 마음을 부풀리기도 하지만, 우리가 흔히 보듯이 나중에 과대평가했다는 것이 드러나면 기대감이 배반당한 데 대한 앙갚음으로 칭찬한 사람, 칭찬받은 사람을 철저히 헐뜯고 깎아내리는 수가 있다.

참으로 훌륭한 인물은 아주 드물기 때문에 사람에 대해 높은 평가를 내리는 일은 신중히 생각해 보아야 한다. 과대평가도 거짓말의 일종이다. 그래서 자칫하면 과대평가하는 사람의 식견이나 머리가 형편없는 것이 아닌가 하는 의심을 받고 그의 평판조차 땅에 떨어질 염려가 뒤따르는 일이다.

말만 앞세우거나 실천하는 사람을 분간할 줄 알아야 한다

말만 앞세우는 사람과 실천하는 사람을 구별하는 데에는 날카로운 안목이 필요하다. 자신의 인간성을 평가해 주는 친구와 지위에 이끌리어 가까이 하는 친구와 분간할 줄 알아야 된다는 말이다.

좋지 않은 말을 한다는 것은 비록 나쁜 짓을 하지 않더라도 그만큼 나쁜 사람이라고 말할 수가 있다. 그러나 좋지 않은 말은 일체 입에 담지 않으면서 나쁜 짓을 하는 것은 더 나쁜 사람이다. 풍문에 지나지 않는 불확실한 말을 참말로 받아들이거나 간살부리며 하는 말, 그럴 듯한 거짓말을 곧이곧대로 받아들여서는 이 세상을 살아가기가 어렵다.

그럴 듯한 말로 환심을 사려고 하는 것은 거울에 비친 모이로 새를 잡으려고 하는 것과 같은 이치로 그것은 미끼이며 덫이다. 풍문 같은 이야기를 듣고 만족해하는 사람은 허영심이 강한 인간뿐이다. 말이 그 가치를 잃지 않으려면 반드시 행동으로 뒷받침해 주는 일이 필요하다.

열매가 열리지 않고 잎사귀만 무성한 나무는 대개가 속이 텅 비어 있다. 열매를 맺어 이익을 가져다주는 나무와 그늘만 만들어 주는 나무를 분간할 줄 알아야 한다.

감사할 줄 아는 사람이어야 한다

현명한 사람일수록 감사하게 여기는 사람이 되기보다는 필요로 하는 사람이 되고 싶어 한다. 그래서 감사하다는 말을 들어도 조금도 고마워하거나 달갑게 여기지 않는다. 그보다도 믿음이 지속될 만한 말을 예의바르게 해주는 쪽이 훨씬 낫다는 말이다. 기대하는 말은 사람들의 마음속 깊이 오래 남아 있으나 감사하는 마음은 곧 잊히기 때문이다.

감사해 하는 것보다 믿고 의지해서 얻는 쪽이 얻는 바가 더 크다. 우물물로 갈증을 푼 사람은 우물을 등지고 돌아서서 가버린다. 달콤한 과즙을 짜고 난 오렌지는 쓰레기통에 버려진다. 기대하고 의지하려던 마음이 없어지면 상대방의 태도는 언제 그랬느냐는 듯 일변해 버린다. 공손하고 예의바르던 태도는 사라지고 공경하는 마음도 없어진다.

끊임없이 계속 믿고 기대하는 마음을 가지도록 요구를 완전히 충족시켜 주지 말고 그 의존관계를 유지해 두는 일, 이것이 경험을 통해서 배운 가장 큰 교훈이다. 그렇게 하면 지존한 임금의 마음까지도 계속 사로잡을 수 있다.

그렇다고 해서 너무 야박하게 굴어서는 안 된다. 혹시라도 상대방

의 기대를 저버려 잘못되게 해서는 안 되며 자기 이익만 차린 나머지 남을 불행의 구렁텅이에 빠뜨려서는 더욱 안 된다.

말은 신중하게 골라서 하라

말은 야수와 같다. 일단 한 번 우리를 부수고 달아나버리면 다시 데려오기가 어렵다. 말은 마음속의 맥박에도 있다. 현명한 사람은 그 맥박을 체크해 보아 건강상태를 알아본다. 사려 깊은 사람은 상대방이 하는 말에 귀를 기울이고 그의 속마음을 짐작한다.

불행하게도 말을 더욱 삼가야 할 사람이 입이 가벼운 경우가 많다. 지혜로운 사람은 되도록 분쟁을 피하려고 하며 상황에 따라서는 타협도 하고 말을 삼가고 쓸데없는 말은 하지 않도록 노력한다. 현명한 사람이란 신중한 사람을 가리키는 말이라 할 수 있다.

사람들과 함께 어울리도록 하라

혼자 고상하고 깨끗한 체하지 말고 남들과 더불어 어울리도록 하라. 주위사람들이 모두 미쳐 있다면 자신도 미친 척하고 사는 편이 현명하다. 이 세상은 자기 혼자만 바르고 성실한 사람이 되려고 할 때 괴짜나 병신 취급을 당하기 일쑤다. 중요한 것은 시대의 흐름에 맞추어서 살아가는 일이다. 그러므로 때로는 아무 지혜도 없든가 지혜가 있어도 없는 척하는 사람이 가장 지혜로운 사람이 되는 길이다.

인간은 다른 사람들 속에서 더불어 살아가지 않으면 안 된다. 그리고 이 세상 대부분의 사람들은 무지한 사람들이다. 신과 견줄 만큼 뛰어난 능력을 지닌 인간이든가 아니면 아주 야만인이라면 몰라도 혼자서 살아나갈 수는 없다. 그리고 자기 혼자만이 바보라고 여겨질 정도라면 대중과 더불어 총명하게 살아가는 방법이 좋다고 할 수 있다.

이 세상에는 가장 현명한 사람인 듯한 태도로 자기 혼자만 깨끗하고 고상한 체 뽐내면서 실제로는 터무니없는 망상에 사로잡혀 오로지 거기에만 정신이 팔려 있는 바보가 있기 때문이다.

지혜로운 사람들을 자기 주위로 끌어들여라

어떤 일을 잘 진척되게 하려면 주위에 지혜로운 사람들을 끌어 모아야 할 일이다. 자신의 무지함 때문에 궁지에 빠지더라도 그들이 구출해 주고 자신을 대신하여 고통스런 투쟁에 몸을 던져 줄 것이다.

지혜로운 사람을 잘 이용하는 사람은 아주 보기 드문 뛰어난 능력을 가진 사람으로, 정복한 여러 나라 왕을 곧잘 노예로 삼곤 하던 티그라네스(Tigranes, 서기전 1세기 서남아시아에 있던 아르메니아의 왕, 파르티아를 침략한 그는 싸움에서 패배한 여러 나라의 왕을 굴복시켜 따르게 하고 이따금 민중 앞에 나타나곤 했다.)보다도 훨씬 더 나은 사람이다. 그는 인생의 중요한 국면에서 남을 자유자재로 부리는 새로운 방법을 아는 사람이고 타고난 훌륭한 사람을 멋지게 자신의 부하로 삼아버린 사람이기 때문이다.

인생은 짧고 알아야 할 일은 산더미 같다. 무지해서는 살아갈 수 없기 때문이다. 그러므로 크게 힘들이지 않고 지식을 얻으려면 이만저만한 노력이나 재주가 필요한 것이 아니지만 수많은 사람들로부터 많은 지식을 흡수하며 그들이 떼를 지어서 몰려오더라도 조금도 놀라지 않을만한 지식을 비축해 둘 일이다.

그렇게 해두면 모임 같은 데 나와 발언하는 경우에도 수많은 사람들의 의견을 섭렵하여 자신의 생각을 이야기할 수가 있다. 이야기하는 가운데에 조언을 받은 현명한 사람들의 지혜가 가득 들어있기 때문에 다른 사람의 조언 덕분으로 현명한 사람의 명예나 자랑거리도 손 안에 넣을 수 있는 것이다.

주제를 정해놓고 주위사람들로부터 그 범위 안의 지식을 흡수한다. 지혜 있는 사람을 부하로 만들 수가 없다면 그의 친구라도 되어야 할 일이다.

어리석은 사람이 미루었던 일을 현명한 사람은 곧바로 실행한다

어리석은 사람이 뒤로 미룬 일을 현명한 사람은 곧바로 해치운다. 어느 쪽이나 일을 하는 것은 마찬가지이다. 다른 점은 언제 하느냐가 문제일 뿐이다.

현명한 사람은 때를 놓치지 않고 행동으로 옮기고 어리석은 사람은 언제나 때를 놓쳐버린다. 때를 놓치고 당황하게 되면 바른 판단을 내릴 수가 없게 된다. 사물을 거꾸로 보고 일을 시작하게 되면 할 일이나 이루어 놓은 일이나 자신이 생각했던 것과는 반대의 결과가 된다. 머릿속에 완전히 들어가 있어야 할 일도 잊어버리게 되고 아무래도 좋은 일을 심각하게 생각해 버린다. 오른쪽으로 가야 할 것을 왼쪽으로 가고, 왼쪽에서 보아야 할 것을 오른쪽에서 보게 된다.

일을 훌륭하게 이루어내는 최선의 방법은 무슨 일이든 일찌감치 해버리는 것이다. 그렇게 하지 않으면 즐거움 속에서 할 수 있는 일을 시간에 쫓기어 마지못해 하는 꼴이 된다. 현명한 사람은 자신이 피해갈 수 없는 일임을 재빨리 알아보고 즐거운 마음으로 그 일을 하고, 그로 인해 점점 좋은 평판을 받게 되는 것이다.

자신의 능력을 지나치게 믿어서는 안 된다

누구나 자신의 능력을 지나치게 믿는 경향이 있지만 능력이 없는 사람일수록 자신을 높이 평가하는 경향이 있다. 행운이 찾아오기를 꿈꾸고 자신은 혹시 천재가 아닌가 하는 공상을 한두 번쯤 하지 않은 사람은 없다. 이룰 수 없는 꿈에 사로잡히는 것은 경험을 쌓은 사람에게도 흔히 있는 일이다.

헛된 공상에 깊이 빠져 있는 사람에게 현실을 직시하는 일은 참을 수 없는 고통이 된다. 그러므로 무슨 일이나 분별(돌아가는 형편에 따라 사물의 선악, 도리 따위를 헤아리어 앎)있게 해야 할 일이다.

뜻을 크게 갖고 그러나 항상 최악의 경우를 염두에 두고 시작하라. 그렇게 하면 어떤 결과로 끝나더라도 사태를 정확히 인식하고 대처할 수가 있을 것이다.

무슨 일이든 좀 더 높은 곳을 목표로 삼는 것이 좋다. 그러나 손이 닿지도 않을 만큼 높은 목표를 내걸어서는 안 된다. 무엇인가 일을 시작할 때는 정도 이상의 기대를 갖지 않도록 한다. 경험이 부족한 일에 대해서는 그 전망이나 계획이 틀리는 수가 많다. 어떠한 경우라도 깊

이 잘 생각하여 대처하라. 그렇게 하면 큰 잘못 없이 끝낼 수 있다. 자신의 능력이 어느 정도인가를 정확히 알고 상황을 잘 판단하여 현실과 동떨어진 공상을 품지 않도록 해야 한다.

성공이 의심스러운 일에는 손대지 말라

여러모로 깊이 생각해 보아 안전하다는 생각이 들지 않으면 무슨 일이든 손대지 말라. 무엇인가를 하면서 실패하는 것은 아닐까 하고 제삼자가 보고 있는 경우는 그것을 확실히 알 수 있다. 하물며 보고 있는 사람이 적이라면 더욱 그럴 것이다.

열중해 있을 때에 판단이 흔들리는 경우는 열이 식었을 때에 스스로를 바보라고 여기는 사람에게서 흔히 볼 수 있다.

자신의 분별력에 비추어 보아서 의심스러운 점이 있다고 생각될 때에 손을 대는 것은 위험하다. 그렇다면 더욱 무슨 일이든 아무 것도 하지 않는 편이 안전하다고 할 수 있다.

생각이 깊은 사람은 조금이라도 성공이 의심스러운 일에는 일체 관계하지 않는다. 항상 이성의 빛으로써 구석구석까지 훤히 들여다 볼 수 있는 곳만을 걸어 나간다. 문득 생각이 난 순간에 경계심이 일어나 '이것은 위험하다' 고 생각드는 일이 어떻게 잘 될 리가 있겠는가. 충분히 잘 생각해 보고 '이것이라면 틀림이 없다' 고 생각되어 결심했던 일도 순탄하지 않는 경우가 얼마든지 있는 법이다. 그렇다면 조금이라

도 성공이 위태롭게 생각되고 무모한 일이라고 판단되는 일에는 아무런 기대도 걸 수 없지 않을까.

한 번 시작한 일은 끝을 보아라

무슨 일이든 무턱대고 손을 대기만 하지 끝까지 해내지 못하는 사람이 있다. 변덕스러운 성격이기 때문에 무엇을 시작해도 오래 계속하지를 못한다. 그동안 훌륭하게 잘해 나갔다 하더라도 그 일을 끝까지 이루어내지 못한다면 사람들에게 칭찬받을 수가 없다.

이러한 사람은 일이 결말이 나지 않았는데도 이미 끝장이 나버린 듯한 생각이 들기 때문이다. 한 번 시작한 일을 끝까지 해내지 못하는 것은 변덕스러운 성격 때문일 수도 있지만 다른 한편으로는 무모하게도 불가능한 일에 몰두하기 때문일 수도 있다.

그러나 해볼 만한 가치가 있는 일이라면 끝까지 이루어 볼 만한 가치도 있는 것이다. 끝을 볼 만한 가치가 없는 일이라면 도대체 무엇 때문에 손을 댄단 말인가. 현명한 사람은 단순히 사냥감을 추적만 하는 것이 아니라 정확히 쏘아 잡는 것이다.

악의에 찬 남의 눈을 거울로 삼아라

현명한 사람은 적에게도 은혜를 입는데 그 은혜는 어리석은 사람이 친구로부터 얻은 이익보다 크다.

괴로움이라는 산을 적의를 가진 사람의 손으로 무너뜨려 버리는 경우를 우리는 종종 볼 수 있다. 호의를 가진 사람만 있다면 위대한 인물이 돋보일 리가 없다. 적이 있었기에 위대한 인물이 될 수 있었던 사례도 흔히 볼 수 있다.

간사한 사람의 말은 증오하는 사람의 말보다 위험한 것이다. 간사한 말에 의해 감추어져 있던 결점이 증오의 말로 인해 파헤쳐짐으로써 그 결점이 바로 잡혀진다.

생각이 깊은 사람은 악의에 가득찬 다른 사람의 눈길을 자신의 거울로 삼는다. 호의의 눈길보다도 악의에 찬 눈길에서 진실한 모습이 나타나고 바로 그 모습을 보고 자신의 약점을 없애고 결점을 고칠 수가 있다.

악의를 품고 있는 적과 함께 있으면 사람은 무슨 일에 대해서나 매우 조심하게 되는 법이다.

적의 의표를 찔러라

어리석은 사람은 현명한 사람이 하는 행동을 감히 따라 할 엄두도 못 낸다. 어떻게 해야 자신에게 이익이 되는가 하는 것을 잘 알지 못하기 때문이다. 현명한 사람은 또한 보통사람이 생각하는 그런 행동은 하지 않는다. 적이 자신의 의도를 헤아리고 무슨 일인가 계략이나 음모를 꾸미지 않을까 해서 본마음을 감추기 때문이다.

모든 것에는 반드시 양면성이 있으므로 그 양면 즉 겉과 속을 잘 살펴보아야 한다. 한쪽 면만을 보아서는 안 되며 항상 전체를 살펴야 한다. 상대방이 하는 일에 대해서 반드시 해야 할 것이다. 혹은 할 일이라고 생각하지 말고 할 가능성이 있는 일이라고 생각을 바꿔야 할 것이다.

이야기는 분명히 전달하라

알기 쉽게 분명히 이야기하라. 좋은 생각을 가지고 있으면서도 적절히 표현하지 못하는 사람이 있다. 아무리 좋은 의견 또는 뛰어난 제언이 있다 하더라도 제대로 전달이 되지 않으면 잘 알 수 없는 것이다.

남의 이야기는 귀를 기울여 잘 듣고도 의견을 말하라고 하면 분명하게 말하지 못하는 사람도 있다. 그런가 하면 좋지 않은 이야기까지도 거침없이 술술 이야기 하는 사람도 있는 것이다.

어떠한 경우에도 흔들리지 않는 강직한 의지를 갖는 것은 인생을 잘 살기 위해 필요한 기질이지만 명석한 두뇌를 가지는 일도 그에 못지않은 중요한 기질이다.

쓸데없는 참견을 하지 말라

사람들에게 존경받고 싶다면 자기 자신을 스스로 소중하게 여길 일이다. 자기 자신을 아껴라. 결코 아무데나 나서서는 안 된다. 나서기를 바라지도 않는데 괜히 나서서는 안 된다.

자신이 주도권을 잡지 않으면 직성이 풀리지 않는 사람은 실패하게 되면 미움을 사게 되고 성공을 거두어도 고맙게 여기지도 않는 법이다. 오지랖이 넓은 사람은 비웃음의 표적이 된다. 바라지도 않는데 쓸데없이 남의 일에 나서면 엉뚱한 분쟁에 말려들게 된다.

누구라도 항시 현명할 수는 없다

노력을 안 해도 모든 일이 순조롭게 풀리는 시기가 있는 반면에, 아무리 노력을 해도 계속 꼬이기만 하는 시기가 있다. 운이 따를 때는 힘이 샘솟고 머리도 잘 돌아간다. 만지는 것마다 황금으로 변한다. 이럴 때는 그 일에 적극적으로 나서야 하고 조그마한 기회도 소홀히 해서는 안 된다. 하지만 운이 다했을 때는 이를 인정하고 냉철하게 직시하지 않으면 안 된다. 아무리 뛰어난 두뇌를 가졌다 하더라도 운이 다해 일이 꼬일 때는 머리가 잘 돌지 않을 때가 있기 때문이다. 누구도 항시 현명하게 판단할 수는 없다. 이따금 불운이 덮쳐 사고력이 떨어질 때도 있게 마련이다.

무슨 일이든지 잘 되지 않을 때는 아무리 사태를 역전시키려 노력을 해도 마음먹은 대로 잘 되지 않는다. 이럴 때 이것을 반전시키려고 억지로 중요한 결정을 내린다든지 하는 도박을 감행하지 말아야 한다. 한발 뒤로 물러서서 마음을 가다듬고 다시금 힘을 모아 새롭게 출발해야 한다. 또한 운이 조금 나쁘다고 해서 전혀 운이 없다고 생각하는 것은 현명하지 않다.

자신의 불행과 고뇌를 결코 남에게 토로하지 말라

신중한 사람은 친하게 지내는 사람일수록 자신의 과거나 현재의 불행을 토로하지 않는다.

운명이란 원래 가장 아픈 상처만을 건드려 조롱하기 때문이다. 주위사람들의 무관심에 화를 내어서도 안 된다. 주변에서는 당신의 불행에 점점 쾌감을 느낄 뿐이다.

사람의 마음속에 있는 악의는 경쟁 상대의 약점을 폭로하고 남의 아픈 곳을 찾아내려고 집요하게 매달린다. 치명상을 줄 때까지 결코 내버려 두는 법이 없다.

현명한 사람은 절대 고충을 털어놓는다든지 동정을 구걸하지 않는다. 남몰래 참아내면 언젠가 고통도 사라지고 도움의 손길은 여전히 남아 있게 된다.

자신에게 의지하는 사람은 거침없이 나가라

자신의 꿈을 믿으면 주변에서 무슨 소리를 하든지 개의치 말고 용맹정진하라. 자신을 의지하는 사람은 처신에 필요한 모든 것을 손아귀에 넣고 장악하고 있다.

자기 자신을 친구로 삼으면 중요한 문제이건 아니건 스스로 문제를 해결할 수 있다. 자신의 지력과 판단력이 위험한 길을 우회할 수 있는 좋은 방법을 알고 있다면 누구의 도움도 받을 필요가 없다.

생존을 위한 필요불가결한 것들은 철저하게 이용하라

자연은 그 오묘한 섭리에 따라서 눈, 귀, 코, 팔, 다리라고 하는 인체에서 가장 중요한 부분을 가장 상처받기 쉬운 곳으로 만들었고 또한 각각에 대등한 지위를 부여하였다.

이 창조 원리에 따르면 이들 지체들은 한결같이 대등한 위치를 점하고 있어서 어느 한 부분이 특출하여 다른 한 부분이 의지를 하거나 또 한 부분만을 사용할 수 없도록 되어 있다.

살아남기 위해서는 이 모든 부분들을 골고루 사용해야 한다. 그렇게 함으로써 한층 더 쾌적한 생활을 보증해 준다.

대등하다는 것 속에는 실로 많은 내용들이 함축되어 있다. 생존수단이라든가 만족, 선의 등. 의미가 있는 것들은 모두 보존하고 비축하여 인생의 지침으로 삼아라. 인생을 잘 살아가는 사람은 오래 산다.

상류층 사람들에게 인정받도록 한다

무슨 일이든 사고방식이나 보는 각도에 따라 하나에서 열까지 좋게 보이거나 처음부터 끝까지 나쁜 면밖에 없는 것처럼 생각되기도 한다. 어떤 사람이 끝까지 추구하는 일도 다른 사람에게는 더할 나위 없이 귀찮고 성가시고 폐가 되는 일이 되기도 한다.

무슨 일이든 자기 혼자만 생각하고 평가해 버리는 것은 구제하기 어려운 어리석은 사람이나 하는 짓이다. 정말로 뛰어나고 훌륭한 것이라면 그 가치를 인정하는 사람이 단 한 사람밖에 없을 리가 없다.

사람들의 얼굴이 저마다 각각 다르듯이 취미도 사람마다 각각이고 천차만별이다. 어느 사람에게는 결점으로밖에 생각할 수 없는 일이라도 반드시 그 가치를 인정하는 사람이 있는 법이니까 비록 자기가 한 일이 일부 사람들에게 좋은 평가를 받지 못하더라도 낙담이 되어 생각을 바꿀 필요는 없다. 그것을 높이 사주는 이가 어디엔가 틀림없이 있을 것이다. 그러나 역으로 생각하면 칭찬의 소리에 기뻐하고 있을 때, 다른 곳에서 시끄럽게 욕설을 퍼붓고 있는 셈이 된다.

결국 세상에서 받아들이게 되느냐 그렇지 않느냐의 기준은 현명하기로 이름 높은 사람들에게 인정을 받을 수 있느냐 없느냐에 달려 있다. 그러한 인물이라면 판단하는 방법 역시 현명할 것이기 때문이다.

사람은 한 가지 생각이나 의견만을 지키고 한 가지 관습만을 따르며 한 시대의 풍조만을 따르고 살아가는 것은 아니다.

자기 자신을 알라

자기 자신의 성격, 지성, 판단력, 감정을 잘 이해해 두어라. 자기 자신을 알아두지 않으면 내 신상도 내 마음대로 하지 못한다. 얼굴을 비춰보는 거울은 어디에나 있다. 그러나 정신을 비춰보는 거울은 단 한 곳, 마음뿐이다. 곧 자신의 일을 깊이 생각할 수 있는 곳이다.

겉모습을 이제 걱정하지 않아도 된다면 내면적인 면을 높이고 갈고 닦도록 노력해야 한다. 무슨 일인가를 시작하려고 할 때는 사려 분별과 통찰력이 잘못되지 않았는가를 잘 확인해 두는 것이 현명하다. 거기에 도전할 수 있을 만한 힘이 자신에게 충분히 갖추어져 있는가 없는가를 판단하라. 자기 자신의 지식의 깊이를 측정하고 능력의 정도를 알아 두어야 할 일이다.

어리석은 행동을 되풀이해서는 안 된다

잘못을 저지르면 이를 메우려고 또는 감추려고 또다시 몇 가지의 과오를 저지르는 일이 있다.

한 번 거짓말을 하면 이를 숨기기 위해 또다시 더 큰 거짓말을 해야 하는 처지가 되어 버린다. 어리석은 행동의 경우도 마찬가지이다. 어리석은 짓을 어리석은 짓으로 인정하지 않고 자기 자신을 정당화 하려고 하면 혼이 나거나 큰 봉변을 당하게 되는데 저지른 과오를 숨기는 기술을 알고 있지 않으면 또다시 큰 재앙을 초래하게 된다.

범죄를 저지르면 형벌을 받거나 벌금을 내지 않으면 안 된다. 자신의 어리석은 행위를 정당화 하려 하거나 과오를 그럴 듯하게 꾸며대 속이려고 또다시 어리석은 짓을 거듭하면 죄는 점점 더 무거워진다.

천하의 현명한 사람이라도 한 번쯤 과오를 범할 수는 있다. 그러나 두 번 다시 되풀이 하지는 않는다. 만일에 과오를 범하였다 하더라도 곧바로 자신의 잘못을 뉘우치고 잘못의 원인이 되었던 것들과는 일체 인연을 끊는 것이다.

무슨 일에나 기가 꺾이지 말고 용기를 가져라

괴로운 상황에 처해 있을 때 용감한 마음만큼 믿음직스러운 것은 없다. 용기가 없는 사람은 우선 자기 자신의 마음부터 단련을 해야 한다. 용기가 팔팔하고 자신감이 넘치는 사람은 어떠한 고통이나 고뇌에도 잘 참아내는데 사람은 결코 운명에 쉽게 굴복해서는 안 된다. 그렇지 않으면 불운이 불운을 불러들여 더욱 견디기 어려운 운명에 빠지게 된다.

괴로움과 고민에 휩싸이면 그저 수수방관하는 사람이 잇다. 그들은 이러한 괴로움을 이겨내는 방법을 모르므로 더욱 괴롭고 쓰라린 맛을 보는 것이다. 자기 자신을 잘 알고 있는 사람은 머리를 짜내고 이리저리 궁리를 하여 약점을 극복해 낸다. 분별력이 있는 사람은 어떠한 경우에도 굴복하지 않고 운명의 별자리를 바꾸어 버린다.

사물의 모양에 속지 마라

사물의 겉모양에 속지 말고 그 속까지 속속들이 살펴보아라. 이 세상에는 겉보기와 똑같이 이루어진 것은 거의 없다.

무식한 사람은 겉에 꾸며놓은 것 밖에 보이지 않기 때문에 어떤 일이든 마지막까지 해보지 않으며 그 실제 모습을 알아보지 못한다.

무슨 일이나 맨 처음에 보이는 것은 거짓이라고 생각해도 좋다. 어리석은 이는 그 겉모습에 이끌리어 변변치 않고 쓸모도 없는 것을 끝까지 추구한다.

진실한 모습은 언제나 나중에 나타난다. 고비가 지나고 때가 무르익었을 무렵 천천히, 가장 마지막으로 모습을 나타내는 법이다. 여러모로 생각이 깊은 사람은 만물의 어머니인 자연이 귀를 두 개 내려준 데에 감사해 하면서 한쪽 귀는 진실을 듣기 위해 예비해 둔다. 사물의 표면에 보이는 것은 거짓인데 표면밖에 보지 못하는 어리석고 무식한 사람이 그 거짓에 속아 넘어가는 것이다.

진실은 사물의 깊숙한 곳에 감쪽같이 숨어 있다. 그것을 꿰뚫어 보는 능력을 가진 현명한 사람들은 진실을 소중하게 여기는 것이다.

오늘 물러나는 것이 내일의 성공이 되기도 한다

소란을 가라앉히려면 순리에 몸을 맡겨라.

바다가 파도를 치고 폭풍이 일 때는 가까이 다가가지 않는 것이 현명하듯이 친구며 친척이며 아는 사람이며 온 세상 사람들의 마음이 동요하고 있을 때에는 가만히 지켜보고 있는 것이 상책이다.

별의별 온갖 사람들과 더불어 살아가노라면 감정이 엇갈리어 소동이 일어나게 마련이어서 그와 같은 폭풍우가 닥쳐오면 안전한 항구로 피난하여 파도가 잠잠해지기를 기다리는 것이 가장 좋은 방법이다.

사태를 수습한답시고 서툰 솜씨로 손을 대면, 선무당이 사람 죽이듯 도리어 커다란 재앙을 불러들이기 십상이다. 그때그때 형편이 되어 가는대로 맡겨 두고 사람들의 마음이 차분해질 때를 기다리는 것이 좋다.

명의는 수술을 해야 하는가, 하지 않아도 좋은가, 한다면 언제 하는 게 좋은가를 잘 터득하고 있다. 때에 따라서는 아무런 조치도 하지 않고 그대로 내버려 두는 편이 환자의 병에 차도가 있게 하는 때도 있다. 손을 들고 항복해 버리는 것이 미쳐 날뛰는 사람들의 마음을 진정시키는 명약이 될 수도 있는 것이다.

잠시 동안 고비가 지나가게 내버려 두면 이윽고 소동도 가라앉게 되는 것이다.

흐르는 물을 더럽히는 것은 간단하다. 그러나 그 더러워진 물을 원래의 깨끗한 물로 되돌리려면 그저 그대로 내버려 두는 편이 나은 것이다. 소동이 일어났을 때에는 그 사정이 어떻든 간에 그대로 놓아두어 자연히 가라앉기를 기다리는 것이 가장 좋은 해결책이다.

시대에 맞추어 가며 살자

지식도 시대에 맞아야 쓸모가 있음을 알아야 한다. 지식이 존중받지 못하는 시대라면 무식한 체하는 것이 제일이다. 사물에 대한 사고방식을 바꾸게 되면 그에 따라 가치관도 변화한다. 옛날의 사고방식은 지금 시대에는 통용되지 않는다. 그러므로 현대에는 현대에 맞는 가치관을 익혀야 한다. 현재 무엇이 우세한가를 잘 살펴보자. 어떤 일을 하더라도 우선 그러한 사고방식이 중요하다.

필요한 일이라면 우선 시대의 흐름에 맞추어 세상 사람들이 인정하는 가치관에 따르고 그런 다음에 자신이 목표하는 바를 실천해 나아가야 할 것이다.

현명한 사람은 옛날식 방법이나 사고방식이 아무리 마음에 들어도 오늘날 시대에 자신을 맞추고 유행 따라 옷을 입듯이 정신에게도 현대에 맞는 옷을 입히지 않으면 안 된다는 사실을 안다.

세상만사를 모두 현대에 맞추어서 살아 나간다면 틀림이 없지만 단 한 가지 예외가 있다. 그것은 인간의 도덕성이다. 사람은 어느 시대건 도덕에 맞게 생활하지 않으면 안 된다. 진실을 말한다든가 약속을 지킨다는, 옛날부터 미덕으로 여겨 온 일도 오늘날에는 대부분이 시대에 뒤떨어졌다고 생각되고 있다.

덕이 높은 사람은 어느 시대, 어느 곳에서나 사람들로부터 사랑을 받는다. 그러나 오늘날에 와서는 옛날 좋았던 시절의 추억밖에 취급받지 못한다. 그와 같은 인물이 오늘날에는 없지는 않겠지만 있다 손치더라도 매우 드물고 그들을 본받으려고 하는 사람도 찾아볼 수가 없다. 덕을 갖춘 선비, 무인들은 좀처럼 만나볼 수 없고 악덕만이 판을 치고 있는 오늘날은 얼마나 한심스러운 시대인가.

현명한 사람은 비록 자신의 뜻에 맞지 않더라도 현재의 상황 속에서 최선을 다하며 살아나간다. 운명이라는 테두리에 에워싸여서 바라는 대로 살아갈 수 없고 주어진 인생을 살아갈 수밖에 없는 그들이 그러한 인생살이를 기꺼이 받아들여 주기를 바랄 뿐이다.

자신의 약점을 남에게 잡히지 마라

상처가 난 손가락은 숨겨 놓아라. 그렇게 하지 않으면 아픈 손가락을 부근에 있는 어딘가에 부딪치고 만다. 손가락을 다쳤다고 남에게 우는 소리를 해서는 안 된다.

악의를 지닌 사람은 이쪽의 상처나 약점을 목표로 공격해 들어오게 마련이다. 조금이라도 낙담하거나 기가 꺾인 행동을 보이면 적은 이때다 싶어 비웃음거리로 삼게 될 것이다. 간사하고 악독한 사람은 무슨 짓을 어떻게 해야 이쪽을 노엽게 할 수 있을까 하고 독수리나 매의 눈초리처럼 기회만 노리고 있는 것이다. 적의 아픈 자리가 어디인가 슬그머니 알아보려 하고 방법이란 방법은 모두 사용하여 결점을 찾아내려고 한다.

분별 있는 사람은 적이 넌지시 속을 떠보려고 해도 일체 상대하지 않고 스스로 불러들인 일이거나 부모로부터 물려받은 것일지라도 약점을 남에게 잡히지 않도록 한다. 때로는 운명의 여신까지도 이쪽의 결점을 찌르려고 한다. 여신은 빠끔하게 뚫린 상처 자리를 노리고 곧바로 덮쳐오는 것이다.

자기 자신이 고통스러워하는 일이나 기뻐하는 일은 결코 남에게 드러내어 보이지 않도록 부디 유의하도록 하자. 그렇지 않으면 고통의 씨앗은 언제까지나 남아 있게 되고 기쁨의 샘물은 곧 말라버리게 된다.

상대방의 명예를 담보로 잡아라

말하지 않아도 좋을 일을 이야기하였기 때문에 당하게 되는 불이익과 침묵을 지켜서 얻게 되는 이익은 양쪽이 서로 균형을 이루어야 한다.

그러나 서로의 명예가 걸린 일이면 서로의 이익을 위해서 한 편이 될 것이고 상대방이 명성을 잃게 되면 자기 자신의 명성에도 손상을 받기 때문에 필사적으로 상대방의 명성을 지켜주려고 할 것이다.

비밀은 남에게 털어놓지 않는 편이 좋으나 그렇게 하지 않을 수 없게 된 때에는 교묘한 계책을 써서 상대방이 다른 사람에게 말하지 않도록 즉 비밀이 새지 않도록 꾀를 쓰는 것이다.

그 비밀을 말할 경우 말한 사람도 불이익을 당하도록 일을 꾸며두는 방법이 있다. 서로 공범이 되는 것이다. 그렇게 하면 서로의 위험을 불러들이지 않도록 조심할 것이고 서로 이익이 되는 행동을 하게 되어 상대방이 이쪽을 배반하여 반대파와 내통하는 일도 없을 것이다.

사자의 탈이 아니면 여우의 탈을 써라

시대에 따라 순응하는 사람이야말로 곧 시대의 리더가 된다. 바라는 것을 무엇이나 모두 손에 넣었다면 명성은 안전하게 유지된다. 힘만으로 해낼 수가 없다면 기술을 써라.

세상일은 모두가 용감한 사람이 나아가는 정도인가, 아니면 지도자를 돕는 참모의 계책으로 통하는 지름길인가, 이들 중의 어느 하나에 의해서 이루어지게 된다. 정도를 걸어가지 않는다면 지름길을 택하라. 지혜가 뛰어난 사람이 힘이 센 사람보다도 많은 일을 이루어낸다.

현명한 사람이 용감한 사람을 압도하는 경우는 종종 있는 일이지만, 그 반대의 경우는 거의 없다. 바라는 것을 손 안에 넣지 못하고 말면 남들에게 업신여김을 당하게 되는 것도 각오하지 않으면 안 된다.

상대방으로부터 지혜를 빌려라

모르는 일은 그걸 잘 알고 있는 사람한테 조언을 듣자. 살아가기 위해서는 자기 자신의 것이던 빌린 것이던 지혜가 필요하다. 그러나 세상에는 사물의 이치를 알지 못하는 자각심이 없는 사람이 많이 있고 아무것도 모르면서 많이 알고 있는 지혜로운 사람인 척하는 사람도 있는 것이다.

바보라는 병을 고치는 약은 없다. 무식한 사람은 자신의 일을 잘 모르기 때문에 자신에게 무엇이 부족하며 무엇을 채워야 하는지를 알려고도 하지 않는 것이다.

자기 자신을 매우 지혜로운 사람이라고 믿고 있는 생각만 버린다면 현명한 사람으로서 이름을 남길 수 있는 사람도 있다.

사려 분별을 갖춘 현명한 사람은 드물 수밖에 없다. 바로 앞에서 그의 가르침을 받고 그를 우러러 받드는 사람은 없으니까 자신의 지혜가 아무 쓸모가 없는 것이 아닌가 하고 비탄하기도 한다. 남에게 조언을 구한다고 해서 위엄을 잃는 것이 아니다. 그리고 현명한 자의 재능을 의심하는 사람도 없는 것이다. 그러기는커녕 조언을 잘 했을 때 한층

더 높은 평가를 얻을 수도 있다.

불운과 맞서서 길을 개척해 나갈 때에는 도리를 차릴 줄 아는 사람의 지혜를 빌리는 것이 좋다.

실용적인 지식을 익혀두자

실용적인 지식을 몸에 익혀 두자. 단순히 생각만 하는 것이 아니라 실제로 행동으로 익히지 않으면 안 된다.

현명한 사람일수록 속아 넘어가기 쉬운 법이다. 그들은 놀라울 만큼 박식하지만 일상생활에 필요한 일에 대해서는 잘 알지 못한다. 고상한 사색에만 빠져 있으면 세상 물정에 어둡게 된다. 누구나 알고 있을 만한, 생활해 나가는 데에 꼭 필요한 지식이 없기 때문에 생각이나 소견이 좁은 일반 대중을 질려 버리게도 하고 무지하다는 생각이 들게도 하는 것이다.

그러므로 현명한 사람이라고 불리는 사람이라도 속아 넘어가거나 웃음거리가 되지 않을 정도면 되니까 좀 더 실용적인 지식을 몸에 익히도록 해야 한다. 사무적인 일이나 자질구레한 일이라도 그 방법을 알아 둘 일이다.

실제로 도움이 되지 않는 지식 따위야 있더라도 큰 도움이 되지 않을 것이다. 오늘날에는 살아가는 처세를 알고 있는 사람이야말로 참다운 지식인이라고 말할 수 있는 것이다.

제4부

만남의 지혜

새로운 친구보다 우정을 지키는 일이 소중하다

곁에 있는 편이 좋은 친구가 있고 멀리 떨어져 있는 편이 좋은 친구가 있다. 서로가 떨어져 있는 시간이 많으면 서로의 결점이 눈에 띄지 않는다. 만나서 대화를 나누면 답답한 사람의 관계도 편지를 주고받으면 마음이 통하는 경우도 있다.

우정에는 여러 종류가 있다. 가장 좋은 친구는 의심할 여지없이 인생경험이 풍부한 친구이다. 때로는 듣기 싫은 소리를 듣더라도 말이다. 우정을 지키는 일은 새로운 친구를 사귀는 일보다 소중하다. 그러나 좋은 친구관계를 유지하는 법을 아는 사람은 많지 않다. 또 친구를 선택하는 법을 모르면 고독해진다.

우정을 키우는데 가장 중요한 것은 어떻게 상대방의 장점을 끌어내느냐에 달려 있다. 이 방법 속에는 나름대로의 지혜가 숨어 있다. 일단 교환방식이 성립되면, 당신의 장점도 깨닫게 되는 기쁨이 있기 때문이다.

오랜 우정은 만족을 줄 뿐만 아니라 서로 살아가는 힘이 된다. 처음에는 미숙하더라도 오래 갈 수 있는 친구를 찾아야 한다. 친구가 없는 것만큼 적막한 것은 없다.

언제나 신뢰할 수 있는 친구를 만들어라

친구를 갖는 것은 또 하나의 인생을 갖는 것이다.

어떤 친구라고 무언가 이익을 준다. 서로 나눌 것이 많으면 배울 것도 많다. 행복을 빌어주는 친구에게는 경의와 예의와 이해심을 보여라. 그러면 상대방도 같은 것을 주기 마련이다. 날마다 친구를 사귀려고 노력하라. 굳이 친밀하지 않더라도 당신에게 관심을 기울여 주기만 하면 된다. 편안한 만남에서 장차 신뢰할 수 있는 친구가 생기는 것이다.

상대에게 선물을 줄 수만 있다면 가장 안전한 우정의 표현방법이라고 할 수 있다. 참된 친구는 관대하며 그의 지갑은 거미줄과 같은 끈을 가지고 있다고 한다.

무절제한 사랑도 철저한 증오도 좋지 않다

마음속을 모르는 친구와는 언제라도 적이 될 수 있다는 점을 명심하라.

언제 그러한 현실이 닥치더라도 침착할 수 있도록 마음의 준비를 해 두어라. 상대가 우정을 저버렸을 경우에, 유리하게 싸울 수 있는 무기를 줄 필요는 없다. 사랑이나 증오에도 브레이크가 필요하다. 적에 대해서는 가능한 한 화해의 문을 활짝 열어두는 것이 상책이다. 지난날의 원한이 오늘 고통의 씨앗이 될지 모른다. 또 시간이 약이 되듯이 상대가 지난날의 과오를 깨달을 수도 있다는 것을 알아야 한다. 그러나 다시 교제를 하게 되더라도 경계심을 게을리 해서는 안 된다.

남의 조언에 귀를 기울이지 않는 사람은 어리석은 자이다

남의 의견을 듣지 않는 사람은 구제가 불가능하다. 그런 사람은 애당초 주변에 말릴 수 없는 사람이 없기 때문에 파멸을 향해 몸을 던져도 대책이 없다. 가벼운 충고나 결점을 지적해 줄 만한 친구를 한 사람도 받아들일 만한 마음의 여유조차 없기 때문이다.

남의 조언을 진솔하게 받아들여라. 친구와 신뢰관계를 쌓아라. 도움이 필요 없는 완벽한 사람이란 없다.

항상 의지할 수 있는 사람을 마음의 거울로 삼아 자신의 모습을 비추고 시정을 하거나 문제가 있을 때에는 직접 지도를 받아라. 들을 귀가 없는 자는 구제가 불가능한 자이다.

시련을 딛고 선 사람이 가장 좋은 친구다

내실 있는 친구도 있지만 아주 가벼운 친구관계도 있다. 내실 있는 친구는 당신의 인생을 충만하게 해준다. 그러나 가벼운 친구는 일시적인 즐거움밖에 주지 못한다.

오늘날과 같이 야심으로 가득한 세상에는 사람의 됨됨이 보다는 사회적 지위로 친구를 선택한다. 그러나 시대의 시련을 딛고 선 사람이 가장 좋은 친구이다. 그들은 기회를 포착하여 지위에 아첨하는 무리가 아니고, 양식에 따라 선택할 수 있는 친구이다.

친구를 선택하는 일은 인생의 중대사임에도 불구하고 쉽게 생각하는 사람들이 많다. 그저 만나면 즐겁다는 이유 하나로 친구라고 할 수는 없다. 상대의 마음을 보지 않고 단순히 말 상대로 친구를 삼는 일도 있기 때문이다.

경쟁자를 친구로 삼는 것은 통쾌한 일이다

모욕을 예상하고 그 예봉을 피하라.

모욕은 당하는 일보다 피하는 쪽이 스트레스를 덜 받는다. 경쟁하려는 상대를 이쪽 편으로 끌어들여라, 이쪽의 명예를 손상시키려는 상대에게 명예로운 칭찬을 해 주는 것은 통쾌한 일이다.

상대에게 은혜를 베풀면 혀끝의 독도 감사로 변한다. 이 같은 인생의 비결을 알면 악의도 신뢰로 바꾸어 놓을 수 있다. 몸에 익힐만한 가치 있는 묘기이다.

은혜를 베풀려거든 성의 있게 베풀라

은혜를 베풀려면 상대가 받아들일 수 있는 한계 안에서 베풀어라. 은혜도 도가 지나치면 강매가 된다.

상대를 부담스럽게 하면 은혜에 보답할 수 없게 되어 서로 서먹해져 친구를 잃는 원인이 된다. 상대는 그 부담을 피하기 위해 당신에게서 멀어진다. 상황에 따라서는 이것이 반목의 원인이 될 수 있다. 이는 마치 우상과 이를 만든 조각가의 관계와 같아서 은혜를 받은 사람은 베푼 사람에게 깊은 감사를 느끼지 못한다. 따라서 쓸데없는 과잉 친절보다는 상대가 바라고 소중히 여기는 것을 베풀어라. 은혜는 조금씩 성의 있게 베푸는 것이 현명한 방법이다.

신상神像은 자기를 아름답게 조각해 주는 조각가의 얼굴을 보고 싶어 하지 않는 법이고, 은혜를 받은 사람은 은혜를 베풀어 준 사람 가까이 있고 싶어 하지 않는 법이다.

파행적인 인간관계는 얼른 결별하라

친구든 적이든 파행적인 인간관계는 맺지 말아야 한다. 왜냐하면 자신의 평판에 흠집을 내고 새로운 인간관계를 맺기 어렵기 때문이다. 경우에 따라서는 적과의 관계조차 소홀히 하지 말아야 한다.

남에게 행복을 가져다주기는 어렵지만 해악을 끼치는 일이라면 누구라도 할 수 있다. 때때로 우정이라 할지라도 처음에는 생각이 얕고 마지막에 가서는 인내심이 사라진다. 또한 그 사이에도 상식을 바로 구별치 못하는 경우도 있다. 이런 미비점들이 노여움의 불씨가 되어 상대가 바라고 바라던 기회가 오면 당신을 향하여 화포의 불을 댕기는 것이다.

겉치레뿐인 교제는 친구를 타협할 수 없는 최악의 적으로 만든다. 불가피하게 결별을 해야 할 때는 무엇이든 구실을 찾아라. 분노가 폭발되어 파탄에 이르지 않고 우정이 자연스럽게 식어 서로 헤어질 수 있도록 하라. 이것이 앙금을 남기지 않는 결별 방법이다.

은혜를 낳기 위해선 도의심이 있는 사람과 교제하라

일의 세계에서도 이쪽에서 돌보아 주는 일이 허사가 되지 않도록 항상 도의심을 가진 사람과 손을 잡아라. 자신이 도움을 받기 전에 먼저 상대방의 편의를 도모하는 전술을 사용하는 것이다. 이런 편의전술을 사용하면 이중의 장점이 있다. 티 없이 베푸는 은혜는 보다 깊은 감사를 받는다. 정치가는 바로 이 점을 출세의 실마리로 삼아야 한다.

또 주변에서는 항상 호의를 베푸는 사람만 있는 것이 아니다. 진정한 친구 사이에는 호의를 기쁜 마음으로 받고 또 기쁘게 베푸는 일이 지극히 자연스럽다.

은혜란 그것을 베푸는 쪽에서는 형편이 좋을 때 받을 수 있는 약속어음이고 기간을 잘 지키면 큰 이익이 돌아온다. 그러나 도의심이 없으면 당연히 이런 관계는 성립되지 않는다. 도의심이 없는 사람에게는 이 담보물에 책임을 느끼기는커녕 구속감을 느끼기 때문이다.

반론을 즐기는 사람에게 사로잡혀선 안 된다

상대방이 토론을 연장하기 위해 계속 반론을 해 올 경우에는 재빨리 토론을 마무리 짓는 편이 낫다. 그런 사람은 도저히 손을 쓸 수 없는 고집쟁이이기 때문이다.

공격적인 어조로 토론을 벌이는 사람도 어리석은 사람이란 딱지를 떼기 어렵다. 조용한 대화에 싸움을 거는 듯한 어조로 끼어들면 친구들의 적의를 산다. 회의 중에 반대의견을 제시함으로써 자신의 지능을 과시하고 싶은 마음은 누구나 갖고 있다. 하지만 그것은 정도의 문제이다.

정도를 넘어서면 질이 나쁜 사람으로 찍히기 십상이다. 반론을 즐기는 사람은 본래 남에게 공격을 가하고 고통을 주는 분위기를 좋아한다. 이런 무리들과 만나면 입 다물고 있는 것이 상책이다. 호전적인 사람에게는 결투의 빌미를 주지 말아야 한다. 그러면 그는 꼴사납게 칼을 내동댕이칠 수밖에 없다.

지성을 인생을 발판으로 삼아라

인생의 좋은 설계사가 되어라. 우연에 지배받지 말고 지성으로 뼈대를 세우고 튼튼한 기초 위에 통찰을 도구로 하여 인생을 건축하라. 긴 여행을 하는 나그네에게는 하루의 피로를 씻고 심신의 활력을 회복할 주막이 절대적으로 중요하다. 이와 마찬가지로 여유가 없는 삶은 고달플 뿐이다.

지성의 활동은 끝없는 인생의 여로에서 흙먼지와 돌부리들을 골라내어 탁 트인 신작로를 만들어 준다. 우리는 세계를 알고 자기 자신을 자각하도록 태어났다. 진리를 밝히는 서적들을 마음의 양식으로 해서 한 인간으로 성장하는 것이다. 따라서 인생이라는 하나의 시기를 훌륭한 옛 사상가나 작가들을 친구로 삼아 살아나가는 것이 좋다. 물론 본바탕은 어디까지나 지상의 모든 선한 존재들과 교류를 맺고 살아가는 현재의 공통체들이다. 이 모든 것이 어느 한 특정한 곳으로 귀속되는 것은 아니다.

전능한 신께서는 인간이 이해할 수 없는 지혜로 어느 곳에나 축복을 내리신다. 때로는 더욱 미운사람에게도 사치스러운 선물을 주신다.

인생의 조언이 될 만한 것은 모두 자기 것으로 소화하라. 지성 안에서 살고 철학의 세계를 탐구한다는 것은 인간에게 주어진 최고의 재산이다.

맑은 마음만으로는 인간관계가 어렵다

마음에 상처를 곧잘 입는 사람은 인간관계가 원만하지 않은 편이다. 친구도 없어 외롭고 사소한 일에도 금방 기분 나빠 하며 자신의 약점을 남 앞에 드러내고 만다. 이런 사람은 하찮은 일에도 화를 내서 주위 사람들을 피곤하게 만든다. 아니 질려버리게 한다. 그들은 가까이 다가가면 마치 큰 손해나 입는 것처럼 여겨서 농담이든 진실한 이야기든 기꺼이 받아주지를 않는다.

이러한 사람을 상대할 때에는 그가 노여워하면 어쩌나 싶어 조심조심 이야기를 하게 되고 아무것도 아닌 일에 상처받기 쉽다는 사실을 항상 머릿속에 기억해 두지 않으면 안 된다. 조금만 냉정하게 대하면 그의 노여움이 폭발하기 때문이다.

이러한 부류의 사람들은 언제나 자신의 일만 머릿속에 가득하고 자기가 좋아하는 것만을 추구하며 그것을 위하는 일이라면 다른 것은 어찌 되든 아랑곳하지 않는다. 자기 명예가 가장 소중하다는 아주 이기적인 생각에 사로잡혀 있는 것이다.

좋아함도
지나치면 안 된다

존경과 애정은 같은 것이 아니다. 오래 존경받고 싶다면 지나친 사랑은 삼가야 할 일이다.

애정은 증오감 이상으로 자유를 앗아간다. 애정과 존경은 서로 융합하는 일이 없다. 사람을 너무 두려워하거나 어려워해서도 안 되지만 지나치게 사랑하거나 좋아하는 일도 좋지 않다.

사랑이 지나치게 친숙하여 서로 허물없이 지내면 자칫 존경의 마음을 없애버린다. 오직 사랑하고 좋아만 하는 것이 아니라 서로 공경하고 공경 받는 사이가 되어야 한다.

남을 대할 때에는 정중한 자세를 취하라

남을 내할 때에는 정중한 자세를 가져라. 일어서고 앉는 자세도 품위를 느끼도록 해야 한다. 상류의 사람이 되고 싶거든 성질이나 행동 따위가 잘고 꼼꼼해서는 안 된다.

남과 대화를 나눌 때에 자세하게 꼬치꼬치 캐 묻거나 깊이 참견할 필요는 없다. 특히 그다지 유쾌하지 않은 화젯거리로 이야기할 때에는 더욱 그렇다. 비록 마음에 의심스러운 점이 있어 확인해 보고 싶다 하더라도 그저 지나가는 말처럼 물어보는 편이 바람직하다. 서로 허심탄회하게 이야기를 하고 있다가 갑자기 심문하듯 물어보는 것은 좋지 않다. 당당하고 예의바르게 행동하고 자질구레한 일에는 얽매이지 않도록 한다. 이것이 일류의 사람이 가져야 할 품격이다.

사람을 능숙하게 부리는 요령 중의 하나는 무관심을 가장하는 일이다. 무슨 문제가 있다 하더라도 넓게 생각하고 너그럽게 보아주는 편이 좋다. 친구나 아는 사람에겐 말할 것도 없고 비록 적대자일지라도 그렇게 할 일이다. 무슨 일이든 일일이 캐묻고 꼼꼼하게 따지는 일은 상대방의 기분을 상하게 하는 법이다. 그런 것이 습성이 되어 버리면

귀찮고 성가신 사람으로 낙인찍히고 말 것이다.

인간의 도량은 보통 그 태도에 나타나게 된다. 그 사람의 행동을 보면 그 사람의 도량의 크기가 얼마나 되는가가 나타난다.

너무 친해서 벽이 없어지면 경멸을 초래한다

남과 허물없이 지낸다고 해서 너무 버릇없게 구는 사이가 되어서는 안 된다. 반짝이는 별은 사람 곁에 가까이 오지 않기 때문에 언제까지나 그 빛을 잃지 않는 법이다.

훌륭한 사람에게는 그에 어울리는 위엄을 찾아 볼 수 있다. 그런 사람과 아무리 친하게 지낸다 해도 벽이 없는 사이가 되면 서로의 가치만 떨어질 뿐이다. 항상 얼굴을 맞대고 있으면 존경의 마음을 갖기가 어렵다. 자주 이야기를 나누다 보면 조심스럽게 감추어졌던 상대방의 결점이 차차 눈에 띄게 마련이다.

누구를 막론하고 너무 친해져서 버릇없는 사이가 되어서는 안 된다. 상대방이 윗사람이면 예절을 잃고 아랫사람이면 위엄을 잃게 된다. 더구나 어리석고 예의를 차릴 줄 모르는 속된 사람과는 결코 허물없이 지내서는 안 된다. 이쪽에서 은혜를 베풀어 주어도 그것을 깨닫지 못하고 마치 그렇게 하는 것이 이쪽에서 마땅히 해야 할 의무인 것처럼 생각하는 것이다. 허물없고 버릇없는 짓은 어리석고 모자라는 사람에게 통하는 법이다.

아무에게나 도움을 받으려고 하지 말라

상대방이 누가 되었든 아무에게나 도움을 받으려고 해서는 안 된다. 그렇게 되면 세상 모든 사람의 노예가 되어 버린다.

남보다 행운을 타고난 사람들이 있다. 그들은 남에게 선행을 베풀어야 할 입장에 있는 셈이다.

자유란 둘도 없는 매우 소중한 것이다. 사소한 도움이나 선물과 맞바꾸어 자유를 잃어버리는 일이 있어서는 안 된다. 한 사람에게만 전력으로 의지해서 살아가기보다 많은 사람에게 의지함으로써 기쁨을 찾아야 한다. 실력자가 유리하다는 것은 그만큼 많은 선행을 베풀 수 있다는데 있는 것이다.

남에게 은혜나 도움을 받은 때도 순수한 호의라고만 생각해서는 안 된다. 이 세상에 공짜는 없다. 대부분의 경우 상대방은 호의를 팔아 사람을 묶어두려는데 불과하다.

대화의 요령을 알면 상대를 다룰 수 있다

남을 화나게 하는 데에는 상대방의 한 말에 반론을 제기하는 것 이상으로 좋은 방법이 없다. 분노와 노여움으로 흥분하게 되면 자신도 모르는 사이에 속마음을 털어놓게 되는 법이다. 이렇게 하여 상대방의 본심을 알아낼 수가 있다.

자신이 주장한 말에 반론을 받게 되면 누구나 자제심을 잃고 감정적이 되기가 쉽다. 여러 사람들이 믿을 수 없어 하면 비밀로 해두었던 사실까지도 입 밖에 털어놓게 되는 법이다. 속마음을 절대로 밝히려 하지 않는 사람에게는 이런 방법을 써서 그의 마음의 문을 열도록 하면 된다. 이렇게 해서 상대방의 본심이나 생각을 멋지게 끌어낼 수가 있는 것이다.

모호하게 얼버무리는 말이나 분명히 말하지 않는 사실을 꼭 집어내어 날카롭게 추궁해 대면 궁지에 몰린 상대방은 마음속 깊이 숨겨 두었던 비밀을 조금씩 입 밖에 털어놓기 시작하고 교묘하게 쳐 놓은 덫에 완전히 걸려 마침내 모든 것을 밝히게 되는 법이다.

생각이 깊은 사람은 신중히 입을 꼭 다물고 있기만 하면 오히려 상대방이 침착성을 잃게 되어 자기 쪽에서 먼저 이야기를 꺼내게 된다는 사실을 안다. 상대방의 본마음을 알기가 어려울 때는 이런 식으로 탐색전을 펴보는 방법도 있다.

어떻게든지 꼭 알아내고 싶은 일이 있을 때는 짐짓 의심하는 척해 볼 일이다. 그렇게 하면 어떤 사람이라도 그 마음의 문을 열어 볼 수가 있다. 철저히 비밀에 부쳤던 일도 이 방법들을 이용하면 반드시 밝혀진다. 우수한 학생일수록 교사의 말에 반론을 제기하는 법이다. 그렇게 하면 교사는 자신의 말이 맞는다는 것을 증명해 보이기 위해 더욱 열심히 설명하려고 할 것이다.

상대방이 한 말에 대하여 신중히 반론을 제기하면 된다. 그렇게 하면 상대방은 의아스럽게 여기는 이쪽의 마음을 깨끗이 씻어주려고 좀 더 알기 쉽게 자세히 이야기하게 마련이다.

남을
조롱해서는 안 된다

상대방이 농담을 하면 가볍게 웃어넘기는 것은 예의의 하나이다. 그러나 반대로 남을 조롱하면 자칫 트러블에 말려드는 일이 생기므로 조심해야 한다.

사람들이 많이 모인 파티 자리에서 처음부터 끝까지 불쾌한 표정을 짓고 있는 사람은 겉보기부터가 거북하다. 재치 있고 익살스러운 농담을 하는 사람, 듣는 사람 모두가 즐거운 것이므로 농담을 잘하는 사람은 뛰어난 인물이라는 증거이다. 누군가에게 놀림을 받고 화를 내는 기색을 보이면 다른 사람들로부터도 놀림 받는 꼴이 되고 만다.

농담을 그만두고 화제를 다른 데로 돌리는 적당한 기회가 있다. 농담이 계기가 되어 매우 심각한 문제가 제기되는 경우도 있는 것이다. 농담만큼 세심한 주의와 기술이 필요한 것도 없다. 농담을 던지기 전에 상대방이 어느 정도 농담을 이해하는 사람인가를 잘 알아 두어야 할 일이다.

상대방을 실제 이상으로 평가하지 말라

상대방을 한 입에 삼켜버릴 만한 배짱을 가져라. 그러려면 상대를 보는 관점을 바꾸는 것이 좋다. 상대방을 실제 이상으로 높이 평가해 놓고 두려워할 필요는 없다. 마음에서부터 지고 들어가 허황된 상상의 날개를 너무 펴서는 안 된다.

서로 사귀지 않았을 때에는 대단한 인물이라고 생각했던 사람도 막상 이야기를 나누어 보면 뜻밖에도 별다른 데가 없어 실망시키는 경우도 많다. 신이 아닌 인간인 이상 누구나 한계가 있는 법이다.

높은 지위에 있는 사람은 나름대로의 위엄을 갖추고 있지만 겉보기만큼 뛰어난 자질을 갖추고 있는 사람은 좀처럼 찾아볼 수가 없다. 운명의 신은 높은 지위를 획득한 사람에게 큰 재능까지 주지는 않는 모양이다.

상상의 해독은 언제나 실제의 것을 앞질러 가서 실제 이상의 것을 그리고 있다는데 있다. 현실에 있는 것뿐만 아니라 현실에서 있음직한 일까지도 눈앞에 있는 것처럼 생생하게 보는 것이다. 지금까지의 경험에 비추어 보고 이성을 가지고 사물을 분명히 직시해서 상상으로 그려

보았던 모습들을 부정해야 할 것이다.

어리석은 사람은 대담해서는 안 되고 현명한 사람은 두려워해서는 안 된다. 자신감을 갖는 일이 어리석고 단순한 사람에게 도움이 되는 것이라면 현명하고 용기 있는 사람에게는 무엇보다도 강한 힘이 되어줄 것이다.

겉보기만 그럴듯한 사람이 되어서는 안 된다

인간은 내면적인 깊이를 더해 갈수록 참된 인간으로서의 진가를 발휘한다. 다이아몬드의 번쩍이는 빛이 그 내부 구조로 결정되듯 인간도 겉보기보다는 내면을 충실하게 하는 일이 훨씬 더 중요하다.

겉보기만 그럴듯하게 차리려는 사람은 마치 집을 짓다가 자금이 떨어져서 재료를 제대로 쓰지 않고 품을 제대로 들이지 않고 지은 집과 같다. 입구는 궁전처럼 훌륭해도 집안의 방은 땅속을 파서 만든 움막처럼 조잡하다.

이와 같은 인간과 사귀게 되면 상대방은 아무렇지도 않은 듯 태연하겠지만 이쪽은 조금도 마음이 편하지 않다. 대충 첫인사가 끝나면 더 이상 아무 할 말이 없어지고 만다. 처음에는 이곳 사람, 저곳 사람들과도 안부도 묻고 의례적인 말을 주고받곤 하지만 금방 수도하는 중처럼 입을 다물어 버리고 만다. 쉴 새 없이 넘쳐흐르는 지식의 샘물에 입을 축이지 않으면 이야기는 말라버리게 된다.

결점을 애인으로 삼지 말라

아무리 완전한 사람이라도 신이 아닌 이상 반드시 무엇인가 결점은 있게 마련이다. 그렇다고 해서 그 결점을 애인처럼 소중히 여길 일도 아니고 평생의 반려자로 삼을 일은 더더욱 아니다.

지성과 관련된 결점도 있는데 총명한 사람일수록 그러한 흠이 크게 보이게 되고 사람들의 눈에 띄기 쉬운 법이다. 그 사람은 자신의 결점을 알아차리지 못해서가 아니라 거기에 애착을 가지고 떨쳐버리지 못하기 때문이다. 결정으로 인정하기는커녕 오히려 그 결점을 소중히 간직하려고 하여 이중 삼중의 잘못을 저지르게 되는 것이다.

이러한 결점은 잘 생긴 얼굴 가운데에 난 검은 점과 같다. 그는 남들이 불쾌하게 여기는 사실을 자신의 매력이라고 생각하고 있는 것이다. 비록 애착이 가더라도 그런 생각을 과감히 떨쳐버리고 그 결점을 고치도록 해야 한다. 그렇게 하면 자신은 한 층 더 빛나게 된다. 사람들은 남의 결점을 발견하는 데는 선수이다. 칭찬하는 데에는 인색하여 입을 다물고 있지만 결점에 대해서는 이러쿵저러쿵 말이 많다. 그렇게 되면 훌륭한 재능도 빛이 바래서 보일 리가 없을 것이다.

친구는 인생의 기쁨을 더하고 불행을 나눈다

가까이에 있어주면 고마운 친구가 있는가 하면 멀리 떨어져서 좋은 친구도 있다. 이야기하는 상대로서는 어울리지 않는 사람이라도 편지를 주고받는 데는 참으로 꼭 맞는 친구도 있을 것이다. 가까이에 있으면 차마 볼 수 없는 결점도 멀리 떨어져 있으면 그렇게 잘 깨닫지 못하게 되는 법이다.

친구와 사귀는데 재미만 바라서는 안 된다. 친구로부터 무엇인가 배우려고 하지 않으면 안 된다. 친구는 무엇보다도 가치가 있는 것이고 우정이 그렇게 좋은 것이라고 하는 데에는 세 가지의 미덕이 있기 때문이다. 조화와 선과 진실이다.

좋은 친구를 얻은 사람은 극히 적다. 그러기에 더욱 친구를 선택하는 좋은 방법을 알고 있지 않으면 참된 친구는 만나지 못할 것이다. 새로운 친구를 만들기보다도 우정은 오래 지속시킬 수 있는 방법을 아는 편이 중요하다. 오랫동안 우정을 지키려는 사람을 친구로 삼아야 한다. 지금은 사귐이 얕은 그 친구도 세월이 가면 옛 친구가 되는 날이 오리라는 생각을 하면 마음도 편안해질 것이다.

가장 좋은 친구란 풍부한 인생 경험을 가지고 수없이 고락을 함께 해 온 사람이다. 친구가 없는 인생은 황야와 같은 것이다. 친구가 있으면 인생의 기쁨은 더해지고 불행은 함께 나누어 가질 수 있다. 불운이 닥쳐왔을 때도 우정은 다시없는 받침대가 되어 주고 마음을 따뜻하게 위로해 주는 것이다.

지식이 풍부한 사람과 사귀어라

배움이 많은 사람과 사귀어라. 친구와의 교제 현장은 지식을 탐구하는 또 하나의 학교가 된다. 친구와의 대화를 통해서 세련된 교양을 몸에 익힐 수 있는 것이다.

친구를 스승으로 삼으면 즐거운 대화를 나누면서 유익한 지식을 얻을 수 있다. 때문에 지식인과의 교우를 즐기는 것이 좋다. 이쪽의 이야기에 감탄의 소리가 있으면 그것만으로도 보람이 있다고 본다. 남들과 나누는 대화에 귀를 기울이고 있으면 지식도 쌓이게 된다.

사람과 사람이 서로 교제하는 것은 이해관계 때문에 하는 수도 많다. 지식인과의 교류는 비록 이해관계에서 이루어졌다 하여도 거기에는 기품이 감돈다. 사려 깊은 사람은 성공하여 명성을 얻은 품위 있는 인물의 집을 발이 닳도록 출입한다. 그곳은 허영이 소용돌이치는 저택이 아니다. 명사들이 모이는 무대인 것이다. 그들 중에는 많은 사람들로부터 존경을 받는 학식과 풍부한 식견으로 이름을 떨친 인물도 있다. 그러한 사람들과 가까이 지내면서 그들을 본보기로 삼는다면 인생에서의 중요한 것이 무엇인지 깨달을 수가 있다. 그들의 주변에는 지

혜가 풍부하고 기품이 넘쳐흐르는 사람들이 떼 지어 모이는 사랑방이
늘 있는 법이다.

친구는 자신의 분신이다

친구는 또 다른 자기, 즉 제2의 자신이다. 친구에 대해서는 누구나 친절하고 거리낌 없이 지혜를 빌려준다. 그들과 함께 있으면 무엇이든 잘 되어 나가는 것이다.

친구가 기대를 걸어주는 것은 자신에게 그만한 가치가 있다는 말이고 그들이 높이 평가해 준다면 그것을 곧이곧대로 받아들여도 좋다. 친구의 입에서 나오는 말은 마음속에서 나오는 말이다. 상대방을 위해서 정성을 다하는 일만큼 그의 마음을 사로잡는 길은 없다.

친구를 만들려면 인품이나 태도에 젠체하거나 격식의 차림 없이 친절한 행동을 보여주는 것이 제일이다. 얼마나 많은 것을 얻을 수 있는가, 얼마나 많은 일을 이루어 낼 수 있는가는 친구 나름이다. 사람은 좋은 친구와 함께 살아나가든가 아니면 적과 상대하여 매일을 보내든가, 둘 중의 하나이다. 하루에 한 사람씩 친구를 만들어 가자. 친구가 되지 않아도 자기를 따라주는 사람만 있으면 된다. 능숙한 방법으로 선발하면 신뢰할 만한 친구가 몇 사람은 남아 있을 것이다.

값진 인생은 얼마나 좋은 친구가 있느냐에 달려 있다

친구로 삼고 싶은 사람이 분별 있는 사람인가 아닌가를 잘 알아보고 운이 좋으냐 나쁘냐도 살펴본 다음 선택해야 한다. 또한 의지와 총명함도 보증할 수 있는 인물이 아니면 안 된다. 성공한 인생을 보내느냐 그렇지 않느냐는 좋은 친구가 있느냐 없느냐에 달려 있기 때문이다. 그런데 그러한 점에 특별히 유의하는 사람은 없는 것 같다. 사소한 사건이 발단이 되어 친구가 되는 경우도 있지만 대개는 우연한 데에서 이루어진다.

사람은 그의 친구를 보면 판단할 수가 있다. 현명한 사람이 어리석은 사람, 바보와 친해지는 경우는 없다. 함께 떠들어대며 즐거워하는 것만으로는 친구가 된 것이 아니다. 그 사람의 재능을 모두 인정할 수는 없으나 유머의 감각만을 보고 사귀는 경우도 있다는 우정에는 떳떳하고 바른 경우도 있으나 바르지 못한 경우도 있다. 뒤의 경우는 쾌락을 찾는 우정이고 앞의 경우는 인생살이에 풍성한 열매를 가져오고 그 성공을 약속하는 우정이다. 도리를 일깨워 주는 친구의 날카로운 비판이 다른 수많은 선의에 가득찬 따뜻한 말보다도 훨씬 고마운 말이다.

그러므로 친구는 되는대로 기회가 닿는 대로 사귈 것이 아니라 신중하게 선택해야 한다는 것이다.

생각이 깊은 분별 있는 친구는 슬픔을 쫓아내 주고 어리석은 친구는 슬픔을 가까이 불러들인다. 그리고 언제까지나 우정을 지키고 싶으면 친구가 행복한 생활을 하도록 기원해 주어야만 한다.

절도 있는 언행을 하는 사람과 사귀어라

절도 있는 언행을 하는 사람에게 정성껏 호의를 베풀고 또한 그들로부터도 호의를 받을 수 있도록 노력하라. 절도를 중시하는 그 태도가 어떠한 경우라도 비록 의견이 대립되어도 자신을 공정하게 다루어 줄 보증이 된다.

왜냐하면, 그러한 사람은 자기가 바르다고 생각한대로 행동을 해나가기 때문이다. 마음이 쩨쩨하고 천한 사람을 패배시키는데 에너지를 허비하느니 고결한 사람과 싸우는 편이 훨씬 더 유익한 것이다. 천하고 쩨쩨한 사람과 상대하는 것이 잘 되어 갈 리가 없다. 대체로 그들은 공정하게 판단하고 행동해야 한다는 의무감 따위는 아예 가지고 있지 않다. 그러니까 그러한 사람들과는 참다운 우정이라는 것이 싹트지도 않는다.

그들이 입으로 어떤 좋은 말을 하더라도 그런 말을 믿을 수가 없다. 명예를 소중히 여기는 마음에서 나온 말이 아니기 때문이다. 명예를 가볍게 여기는 사람은 사귀지 않는 편이 좋다. 명예를 존중하지 않는다면 미덕도 존중하지 않기 때문이다.

어리석은 사람과는 사귀지 말라

어리석은 사람과 사귀면 어느 날 갑자기 나쁜 일에 말려들기 쉽다. 그런데 어리석은 사람을 알아볼 줄 모르는 사람 또한 어리석은 사람이다. 상대방이 어리석은 사람인 줄 알면서도 계속 사귀고 있는 사람 역시 어리석은 사람이다. 어리석은 사람과 사귀는 것은 위험천만한 일이다. 그런 사람을 신용하였다가는 큰 봉변을 당하게 될 것이다.

처음 얼마 동안은 어리석은 사람도 주의를 하고 이쪽도 조심해서 대하게 되지만 나중에는 결국 그 어리석음이 공공연히 드러나게 되고 바보짓을 저지르게 되는 것이다.

세상의 평판이 좋지 않은 사람과 사귀면 자신의 명성에 상처만 입을 뿐이다. 어리석은 사람은 의례 불운이 따르게 된다. 그것이 그의 숙명인 셈이다. 어리석다는 사실과 불운이라는 사실, 이 이중의 불행은 들러붙어 떨어지지 않는 속성이 있다. 어리석은 인간과 사귀는 사람은 그 불행을 스스로 불러들이게 되는 셈이다.

어리석은 사람에게 현명한 사람은 도움이 되지 않으나 어리석은 사람은 때로는 인생의 교사로서 현명한 사람의 도움이 되기도 한다.

남의 조언에 귀를 기울여라

가까이, 친근하게 대하기가 어려운 사람이라는 생각이 들게 해서는 안 된다. 완전무결한 인간은 있을 수 없으므로 인간은 끊임없이 남의 도움을 필요로 한다. 다른 사람이 하는 이야기에 귀를 기울이지 않는 이는 도와줄 필요가 없는 어리석은 사람이다. 남의 힘은 기대할 수가 없는 사람일지라도 친구의 마음속에서 우러나오는 조언은 달갑게 들어야 한다. 최고 경영자일지라도 기꺼이 남의 가르침을 경청할 줄 알아야 한다.

가까이 하기가 어려운 사람이라고 생각되어서는 막상 무슨 큰 일이 났을 때 난처하게 된다. 궁지에 몰리더라도 도와주는 사람이 있지 않기 때문에 파멸의 구렁텅이에 빠져 버리고 만다. 무슨 일이 있더라도 절대로 뜻을 굽히지 않겠다고 하는 사람이라도 친구를 맞아들이는 문을 하나쯤은 열어놓아야 한다. 도움의 손길은 그 문을 통해서 뻗어온다. 조금도 거리낌 없이 자신을 꾸짖어 바로잡아 주고 또 충고도 해주는 사람이 필요한 것이다. 친구를 신뢰하고 그와 같은 관계를 만들어야 한다.

그것은 또한 상대방의 성실함을 인정하고 그 지성을 높이 평가한다는 사실을 입증하는 것도 된다. 누구든 상관없이 신뢰하여 그와 같은 관계를 맺어야 한다는 것은 물론 아니지만, 마음속으로는 참다운 친구를 거울로 삼아 언제나 조심하여 자신을 있는 그대로 보여 주도록 해야 한다. 그 거울에 비친 자신을 착각하지 않은 이상 잘못을 저지를 리가 없다는 말이다.

무턱대고 믿어서는 안 된다

친구의 힘을 빌리는 일은 특별한 경우에 한정해야 한다. 사소한 일까지도 남의 힘을 빌린다거나 인맥을 이용하는 것은 삼갈 일이다. 큰 위기에 닥칠 때를 대비해서 남의 호의를 아껴두는 것이 좋다. 자질구레한 일로 부탁만 일삼는다면 꼭 필요할 때 상대방의 호의를 받기 어렵게 된다.

자신의 처지를 생각해 주는 친구의 호의만큼 귀중한 것은 없다. 친구에게 상의하면 어려움을 뚫고 나갈 지혜도 얻을 수 있고 자기 혼자 아무리 궁리해도 떠오르지 않던 좋은 생각이 쉽게 떠오르기도 한다.

현명한 사람은 그 사람의 됨됨이로써 호의를 모으고, 그 명성으로써 많은 것을 손 안에 넣는다. 이에 운명의 신은 질투를 느끼고 그를 궁지에 몰아넣는다. 막상 일이 터지면 물질은 아무리 많이 있어도 그리 큰 도움이 되지 않는다. 평소에 호의를 베풀어 주는 사람들의 마음을 꼭 사로잡아 놓아야 한다.

너무 사랑해서도 미워해서도 안 된다

친구를 사귈 때에는 상대가 만만치 않은 힘겨운 적으로 돌변하는 경우도 생각해 두어야 한다. 이런 경우는 현실에서 얼마든지 볼 수 있는 것이니까 장차 그렇게 되지 말라는 보장이 없다.

보통은 우정을 저버리고 배반한 자를 증오하고 복수하려고 할 것이다. 그러한 싸움은 서로 비참하기 짝이 없는 일이다. 친구가 적이 되었다 하더라도 그 반대의 경우를 생각하여 화해의 문을 열어두는 것이 좋다.

관대한 행동을 보이는 것이 화해에 이르는 확실한 길이다. 복수의 기쁨은 쓰라린 고통으로 바뀌기도 한다. 상대방을 괴롭혀 고통을 준 만족감이 심한 자책의 고통으로 되돌아오는 일은 흔하다. 남의 눈에 눈물을 흘리게 하면 자기 눈에는 피눈물이 나는 법이다.

비열한 수단을 써서 상대방을 공격하지 말라

경쟁자를 깨끗하고 순수한 마음으로 대한다면 세상 사람들은 아낌없는 칭찬을 보낸다. 오직 권력을 손 안에 쥐기 위해서만 싸울 것이 아니라 자신이 우수하다는 사실을 사람들에게 인상 깊게 심어 주도록 해야 한다. 비록 상대방을 패배시켜 쓰러뜨렸다 하더라도 싸우는 방법이 비열했다면 진정으로 승리했다고 말할 수 없다.

품위 있는 사람은 금지된 무기를 쓰지 않는다. 친구와 절교를 하였을 때에도 친하게 지낸 시절에 알고 있었던 사실을 무기로 삼아 적이 된 친구를 공격하지 않는다. 우정이 증오의 감정으로 끝났다 하더라도 일찍이 자신만을 믿고 의지했던 신뢰를 악용해서는 안 된다는 것이다. 조금이라도 배신행위라고 여겨지는 일을 하면 좋았던 평판을 여지없이 떨어뜨린다.

고결한 사람에게는 비천한 곳이 조금이라도 있어서는 안 된다. 귀인은 비열한 수단을 쓰는 것을 용납하지 않는다. 비록 품위가 있고 관대하고 성실하다는 아름다운 평을 듣지 못하더라도 자기 혼자의 마음 속에는 그러한 것들이 있다고 자부하는 인간이 되어야 한다는 것이다.

대화를 나누면 그 사람의 됨됨이를 알 수 있다

남과 자주 대화를 나누어 보도록 하라. 대화하는 말솜씨가 능숙한가 그렇지 않은가는 그 사람을 판단하는 기준이 된다.

인간이 하는 모든 활동 가운데에서 대화만큼 그 사람의 사려 분별을 알아볼 수 있는 좋은 방법은 없다. 사람은 언제나 누군가와 대화를 나누기 때문이다.

사회생활에서 성공하느냐 실패하느냐는 대화를 잘하느냐 못하느냐에 달려 있다고 해도 지나친 말은 아니다. 편지는 마음속에 있는 생각을 글로 적은 일종의 대화이다. 신중하게 써야함은 물론이다. 그러나 남과 대화할 때는 그 이상으로 신중하게 하지 않으면 안 된다. 사려 분별이 있느냐 없느냐가 그 대화에서 표출되기 때문이다.

대화하는 말솜씨가 능숙한 사람은 상대방이 하는 이야기를 잘 듣고 그 말 한 마디 한 마디에서 그 말의 본뜻을 재빨리 알아차리는 것이다.

어느 학자는 "무엇이든 이야기를 해보아라. 그러면 그 사람의 됨됨이를 알 수 있을 것이다"라고 하였다.

옷맵시는 뽐내지 않는 것이 좋은 것처럼 남과 나누는 대화도 특별한 것을 의식하지 않고 있는 그대로 털어놓는 편이 좋다고 생각하는 사람들이 있다. 친구끼리라면 그렇게 해도 괜찮을 것이다. 그러나 지위가 높은 사람들과의 모임 같은 곳에서는 좀 더 신중한 태도로 대화를 하지 않으면 안 된다. 자신의 됨됨이가 남들 앞에 속속들이 드러나기 때문이다.

남과 대화를 잘 하고 싶으면 상대방의 타고난 기질이나 지식, 교양의 정도에 자신을 맞추어야 한다. 상대방이 하는 말꼬리를 잡고 늘어져서는 안 된다. 말 많은 문법가라고 생각할 뿐이다. 더구나 남의 말에 일일이 비난을 하면 누구에게나 따돌림을 받으며 더 이상 상대해 주지 않으려 할 것이다. 남과 대화를 할 때에는 청산유수처럼 잘해 나가는 것보다 신중하게 할 말만 골라서 하는 것이 매우 중요하다.

아니오 라고 말할 때에는 예의바른 태도로 하라

언제나 무엇이나 '아니오' 라고만 하여 상대방의 호감을 잃는 사람이 많다. 그 사람만 보면 아니오라는 말이 먼저 머리에 떠오른다. 이러한 사람은 나중에 부탁하는 말을 들어준다고 해도 처음에 불쾌하기 짝이 없는 기분을 맛보았기 때문에 상대방은 좋은 인상을 받을 수가 없다.

상대방의 청탁을 한 마디로 딱 잘라 거절해서는 안 된다. 실망의 씨앗을 조금씩 조금씩 알 수 있게 하는 것이 좋다. 결코 하나에서 열까지 완전히 거절해서는 안 된다. 그렇게 하면 누구나 '앞으로는 절대로 부탁을 하지 않겠다' 고 생각할 것이다.

항상 한 가닥의 실낱같은 희망은 남겨놓고 거절의 쓴 잔을 좋게 마시도록 해야 한다. 호의를 보여주지 못한 부분을 예의바른 행동으로 보충하고 부탁대로 해주지 못한 부분을 예의바른 말씨로 메우도록 하는 것이다.

'아니오' 나 '네' 나 이 말들은 짧고 간단하지만 그 말을 입 밖에 낼 때에는 깊이 잘 생각해서 쓰지 않으면 안 된다.

상대방이 좋아하는 것에 관심을 가져라

상대방이 무엇을 좋아하는지를 잘 알지 못하면 즐거움을 주기 위한 생각으로 한 일이 반대로 고통을 주는 일이 된다. 상대를 좋게 하기 위해 온갖 노력을 하고도 결국은 미움을 받게 되는 사람이 있다. 상대방의 성격을 알지 못한 탓이다.

똑같은 말을 해도 기쁘게 생각하는 사람이 있는가 하면 모욕으로 받아들이는 사람도 있다. 대접할 생각으로 온갖 정성을 다했지만 상대방의 기분을 손상시키는 일도 있는 법이다.

상대방이 좋아하는 것을 잘 알지 못하면 온갖 친절을 베풀어 주어도 오히려 지겹고 귀찮게 여기는 경우가 있다. 무엇을 좋아하는지 알고 있으면 아주 간단하게 기쁘게 해줄 수가 있을 것이다.

상대방을 기쁘게 해주려는 좋은 목적에도 상대가 바라는 것과 전혀 다른 행동을 하게 되면 감사할 리도 없고 선물도 아무 소용이 없는 것이다. 상대방의 성격을 알지 못하면 상대방을 만족시킬 수가 없다. 상대방을 칭찬해 준다는 것이 그를 모욕하는 결과가 되면 그것은 자업자득인 셈이다.

거침없이 나오는 유창한 말로 남을 재미있게 해주려 하는 사람이 있다. 그런 것도 상대가 그것을 어떻게 받아들이느냐에 따라 시시하고 쓸데없는 이야기가 되는 것이다.

싫어하는 사람을 상대하는 것도 하나의 지혜이다

주변 사람들의 인격적 결함에 익숙해져야 한다. 날마다 만나야 하는 보기 싫은 얼굴이 있다면 습관을 들여라. 직장에서 윗사람을 받드는 사람은 이런 타협적 방법으로 하루하루를 이겨나가야 한다. 시장에 가면 인간과 함께 살 수 없는 짐승들이 우리 안에 갇혀 있다. 하지만 그 짐승들이 없다면 인간은 살 수가 없다. 따라서 짐승과 대면해야 할 때에는 자신의 감정을 억눌러라. 그들을 받아들이는 것도 한 가지 지혜이다.

처음에는 소름이 끼치겠지만, 점점 두려움이 사그러든다. 점차 불쾌함에 대한 저항력이 생겨 나중에는 짐승들을 보아도 마치 그림을 보는 것과 같은 느낌을 받게 된다.

그날그날 쫓기는 생활을 해서는 안 된다

그날그날 사는데 쫓겨 안달을 하며 생활해서는 안 된다. 앞날을 예측하며 계획을 세우고 분별 있는 생활을 하도록 하자. 여유 없는 인생만큼 괴롭고 고달픈 것은 없다. 그것은 편안한 집에서 잠을 자지 못하고 기나긴 여행을 하는 것과 같다.

다양한 지식을 접하며 사는 인생에 기쁨이 찾아온다. 멋지고 훌륭한 인생을 살아가기 위해서 우선 여러 사람들과 대화의 시간을 갖도록 하자. 사람은 지식을 넓혀 가고 그러한 자기 자신을 확인하며 사는 것이라고 할 수 있다. 책은 사람을 참된 인간으로 이끌어 주는 성실한 안내자이다.

그리고 두 번째로 해야 할 일은 시대를 앞서가는 사람들과 대화를 나누는 일이다. 이 세상에 있는 멋지고 훌륭한 모든 것에 눈을 돌리자.

세 번째로 할 일은 자기 내면과의 대화이다. 철학적인 사색을 깊이 하는 일은 이 세상에서 얻을 수 있는 최고의 기쁨 중의 하나이다.

주위에 '바로 이 사람이다!' 하는 사람을 모아 두어라

뛰어난 사람을 자기의 주위에 모아 둘 일이다. 그러한 동료, 친구가 가져다주는 은혜는 놀랍게도 매우 크다. 습관과 취미, 지식까지도 자신도 모르는 사이에 영향을 받게 되고 자연스럽게 자신의 것이 된다.

성급한 사람은 느긋한 사람과 친구가 되듯이 각자가 자기의 기질과 성격을 생각하여 서로 정반대인 사람을 친구로 선택하면 좋다. 그렇게 하면 그리 큰 노력을 들이지 않고도 바르고 건실하고 절도가 있는 인간이 될 수 있는 것이다.

이때 상대방에게 자신을 맞추어 나가는 일이 가장 중요하다. 정반대되는 것들이 서로 드러나게 됨으로써 이 세상에는 조화의 아름다움이 생겨나고, 세계의 질서가 유지되며 자연계뿐만 아니라 인간 사회에도 역시 커다란 조화를 가져온다.

친구와 아랫사람을 선택할 때에도 이 충고를 머릿속에 넣어두고 판단하면 좋다. 양극단적인 사람들이 서로 교류함으로써 사려 깊고 분별이 있는 중용의 덕을 몸에 익히는 것이다.

함께 불운과 맞서서 극복해 줄 사람을 찾아라

자기편이 있으면 궁지에 빠져도 고립되어 도움을 받지 못하는 고립무원의 상태에 놓이지 않으며 남의 증오를 자기 혼자 받지 않아도 된다.

모든 책임을 자기 혼자서 지려고 하는 사람도 있지만 그런 사람은 세상의 혹독한 비판을 자기 혼자 받아내야 하는 처지가 된다. 그렇기 때문에 나의 과오를 너그럽게 이해해 주고 함께 그 어려운 고비를 극복해 갈 사람이 있어야 한다.

운명의 신은 남의 험담을 잘하는 무리들일지라도 한 편인 두 사람을 동시에 공격할 만큼 날렵하지는 못하다. 과실이라는 무거운 짐과 한탄, 슬픔을 함께 나누어 가질 사람을 찾아라. 불운을 자기 혼자서 이겨내야 하는 일만큼 어려운 일은 없는 것이다.

어리석은 사람과는 관계를 가지지 말자

무례한 사람, 완고한 사람, 허영이 많은 사람, 허세부리는 사람 등 모든 어리석은 사람에 대해서 경계를 하자. 세상에는 어리석은 사람들이 판을 치고 있지만 그러한 무리들과 관계 가지는 일을 피하는 사람이 바로 분별 있는 사람이다.

사려 분별이라는 거울에 자기 자신을 비추어 보고 날마다 굳은 결의를 새롭게 하고 어리석은 사람의 공격으로부터 몸을 피하도록 노력하자. 항상 앞일을 예측해 보고 사소한 사건에 말려들어 애써 쌓은 명성을 떨어뜨리지 않도록 해야 한다. 사려 분별로 무장을 하고 있으면 어리석은 사람의 공격으로부터 몸을 지킬 수 있다.

인간관계라는 넓은 바다에는 수많은 날카로운 암초들이 밑에서부터 돌출해 있어 명성이 언제 그 암초에 걸리게 될지 보장할 수 없다. 그러한 바다를 안전하게 항해하기 위해서는 오디세우스(트로이 전쟁에서 기지로써 승리한 그리스 신화의 영웅)의 지혜를 익혀서 끊임없이 진로를 바꿔 나가는 것이다. 이렇게 하여 교묘하게 위험을 회피해 나간다. 특히 상대방에 대해서는 너그럽고 예의바르게 행동하는 것이 좋다.

나를 돋보이게 해주는 사람을 사귀어라

자신을 약한 존재로 만드는 사람과는 사귀지 말라. 상대방이 자기보다 뛰어나면 이쪽의 영향력이 약해지고 변변치 않은 무리와 사귀면 똑같이 변변치 않게 되어 버린다고 생각하기가 쉽다.

사람으로서 참된 성실한 사람이 되면 세상 사람들로부터 점점 더 존경받게 된다. 그러나 주역을 맡은 사람이 가까이에 있으면 자기 자신은 두 번째로서 만족해야 하고 아무리 존경을 받게 되었어도 그 사람의 그늘에 가리게 되는 것이다.

밤하늘에서는 달과 주위의 별들이 반짝이는 빛을 서로 겨룬다. 그러나 단 한 번이라도 태양이 머리를 들고 빛을 비추기만 하면 달은 어슴푸레한 모습밖에 보이지 않게 된다.

자신의 빛을 잃게 하는 그런 사람 곁에는 가까이 가지 않아야 좋다. 자신을 돋보이게 해주는 사람하고만 사귀는 것이 좋다.

골칫거리인 사람을 곁에 가까이 있게 해서는 안 되며 자신의 명성을 희생해서까지 남을 돋보이게 하는 사람을 사서라도 데리고 있을 필요가 있다. 아직 미숙해서 앞으로 성장해 가려고 할 때에는 훌륭한 사람

과 사귀는 것이 좋다. 세상의 인정을 일단 받게 되면 그 때는 평범한 사람과 사귀는 것이 좋다.

세련되고 고상한 지식을 쌓아라

풍부한 지식을 비축하라. 현명한 사람은 고상한 지식을 비축하여 무장하고 있다. 그것은 저속한 스캔들 같은 이야기도 아니고 오늘날의 여러 가지 사건 정보에 관한 실제적인 지식인 것이다.

그들은 재치 있는 말로써 자신의 이야기를 돋보이게 하고 촌티를 벗어난 세련된 언행으로써 타인에게 좋은 인상을 심어 놓는다. 그들의 그러한 언행은 실제 일처리 능력에서 곧바로 표출되기도 하고 임기응변으로 나타나가도 하는 것이다.

남에게 충고를 할 때에도 꾸짖고 나무라고 훈계식의 말을 하기보다는 유머가 섞인 부드러운 말로 하는 편이 훨씬 더 효과가 있다. 일곱 가지 교양과목(중세 유럽의 학교에서 가르치던 교육과목. 문법, 수사학, 논리학, 수학, 지리, 천문, 음악)이 견식을 많이 높여 주지만 그보다도 다른 사람들과 이야기를 나누는 가운데에서 얻어지는 지식이 훨씬 더 도움이 되는 경우도 있는 것이다.

누구와 사귀어야 할 것인가 깊이 생각하라

기회와 성공을 꿈꾸는 사람들은 더욱이 자기 자신을 위하려는 사람들은 될 수 있는 대로 많은 사람들과 교제를 하는 것이 효과적이다. 그러면 자기도 모르는 사이에 어느덧 주변 사람들의 생각과 정신까지도 자연스럽게 받아들일 수 있다. 자제력을 잃고 성질이 불같은 사람은 온화한 사람과, 직선적으로 분별없이 행동하는 사람은 자제력이 있는 사람과 사귀면 여러 모로 도움이 된다.

이 세상은 서로 대비되는 관계들로 인해 더욱 아름다워진다. 구체적인 사물의 세계가 서로 대비되는 사물들로 인해 아름다운 조화를 이루고 있듯이, 도의의 세계 역시 대비 개념들로 인해 더욱 위대한 조화를 이룰 수 있는 것이다. 친구나 사업 파트너를 선택할 때에는 이러한 대비 개념을 잘 활용할 줄 알아야 한다. 그러면 양 극단이 서로 조화를 이루고 만남으로서 예상치 못했던 유익한 길이 열릴지도 모른다.

제5부

영웅은 모든 면에서 위대하고 근엄해야 한다

어느 지방에서 가장 많은 토지를 소유하고 제일 큰 저택에서 떵떵거리며 사는 사람이 있었다. 그 거만한 태도가 하늘을 찌를 듯했으나 워낙 재력이 있고 그 지방에 사는 사람들이 대부분 그의 소작인이었기 때문에 누구도 감히 그에게 충언을 하지 못했다. 하지만 그 남자는 누구의 존경도 사랑도 받지 못했다. 주변 사람들은 기회만 닿으면 그를 이용하려고 하였다. 만일 그 사람이 재력에 비길만한 정신적 재산을 가지고 있었다면 얼마나 위대한 인물이 되었을까?

신의 권능이 무한하듯이 영웅도 또한 모든 면에서 위대하고 근엄하지 않으면 안 된다. 훌륭한 자질과 태도는 고상한 사고방식으로 채워지지 않으면 안 된다. 남들 앞에서나 혹은 혼자 있을 때나 모든 행동에서 보통 사람들을 뛰어넘어야 한다. 이것이 부족했기 때문에 그 부자는 세상에서 제일 부유한 패잔병이 되어버린 것이다.

몇 가지 결점만 고치면 더 큰 인물이 될수 있다

몇 개 안 되는 결점 때문에 큰 인물이 되지 못하는 사람들이 많다. 마치 산꼭대기는 보이는데 발 디딜 곳이 안 보이는 것과 같다.

자세히 살펴보면, 평범한 사람도 작은 결점만 고치면 큰 인물이 될 수 있다. 어떤 사람은 부족한 진실성에 뛰어난 재능이 묻혀 있다. 또 어떤 사람은 첫 단추부터 잘못 채워져 있다. 처음 두각을 나타내기 시작한 사람의 결점은 쉽게 사람들의 눈에 띈다. 불성실과 변덕, 탐욕, 망발 등 사소한 결점들은 조금만 주의를 하면 쉽게 없앨 수가 있다.

행운은 때론 소화불량에 걸리기도 한다

큰 행운을 남김없이 먹어치우는 사람은 이에 만족하지 않고 또다시 큰 행운 덩어리를 찾아 나선다. 행운을 맞아서 소화불량을 일으키는 사람도 있는 반면 식욕이 왕성해지는 사람도 있다.

많은 사람은 큰 도박판에 가면 기가 죽는다. 천성적으로 성공과는 인연이 없고 도박에 익숙하지 못한 허약한 인간들이기 때문이다. 이들에게 큰 역할을 맡기면 신경질을 부리거나 어딘지 모르게 허약한 인상을 준다. 이 때문에 옆에 있던 사람들은 슬그머니 얼굴을 돌리고 떠나간다.

자신을 통제하지 못하는 사람이 높은 지위에 오르면 위험하다. 한편 기량이 있는 사람은 여력을 과시하고 절대로 나약성을 보이지 않는다.

인간적 매력은 소박하고 강력한 무기이다

인간은 매력으로 산다고 해도 과언이 아니다. 그것은 하늘이 사람 각자에게 내려준 선물이다. 이는 교육에 의해 얻을 수 없고 교육성과보다 더욱 탁월한 효과를 낳는다. 매력은 재능에 명령하여 대화에 꽃을 피우고 행동에 혼을 불어넣어 그 자체가 빛이 된다.

그것은 또한 소박하고 강력한 무기이기도 하다. 티 없이 사용해도 강하게 심금을 울리고 무난하게 대화를 이끌고 가며 몸가짐을 훌륭하게 보이도록 해준다. 매력이 없으면 미모도 의미가 없어지고 우아한 자태도 전혀 우아해 보이지 않게 된다.

매력이라는 이 무서운 특성은 용기와 지혜, 이성과 위대함조차 초월하여 버리기 때문이다. 매력을 사용하면 어떤 어려운 사업도 예를 잃지 않고 무난히 헤쳐 나갈 수 있다.

지위에 어울리는 위엄을 갖추어라

최고의 인격과 품성을 가진 인물을 모범으로 삼아라. 지성과 혼을 향상시키려고 노력하라. 모든 생물의 활기찬 혼은 균형감각을 필요로 한다.

각기 지위에 맞는 위엄을 갖는 인물이 되라. 그러나 재치 있고 당당하게 처신하라. 훌륭히 처신하고 마음이 고상한 사람은 인간을 초월하는 징표이고 이러한 특성은 태어날 때부터 획득되는 것이 아니다.

최고의 인격을 갖춘 지도자는 뒤따르는 자의 최상의 모범이다. 그는 지위에 연연하여 거만하지 않으며 내실을 기한다. 세상 사람들이 말하듯이 위대해진 사람은 위인을 질투할 필요가 없어진다.

지위를 얻으려면 남들이 시기한다

지위에 의해 존경받으려 하지 말고 재능에 의해 존경받아라. 가령 일국의 왕이라 할지라도 왕위보다는 사람됨을 존경하라. 자신의 소유물을 자랑하는 사람은 참된 인물이 못 된다.

지위를 자랑하면 남들의 반감을 산다. 중심적 인물은 시기와 질투의 표적이 되기 마련이다. 즉 칭찬을 받지만 동시에 미움도 받는다는 점을 각오해야 한다. 자신의 지위와 권세에 매달려 이용만 하려고 하는 사람은 명예롭지 못한 기품을 폭로하는 꼴이 된다.

존경할 가치가 있는 인물이 누구인지는 남들이 결정할 문제이다. 스스로 그것을 요구할 수 있는 것도 아니고 장악할 수 있는 것도 아니다. 다만 거기에 걸맞은 인물이 된 후, 사람들의 평가를 기다릴 뿐이다.

재능에 대한 평가는 주변사람에게 맡겨라

누구든지 태어날 때부터 뛰어난 재능을 하나쯤은 갖고 나온다. 시간이 지나면서 이들을 갈고 닦아 대성하는 것이다. 이 소질을 하루빨리 찾아내어 발전시키지 않으면 안 된다. 각광을 받게 될 날이 언제 올지 모른다.

기회를 놓치지 말라. 좋은 날만 계속되는 것은 아니다. 그러나 다행스럽게도 재능을 발휘할 수 있는 기회는 조금씩 빈번하게 찾아온다. 상인들이 상품을 진열해 놓고 손님을 끌 듯이 재능도 사람들의 눈에 자주 띄어야 한다.

신의 창조사업이 태양을 빚어냄으로서 시작되었듯이 모든 것은 햇빛을 쏘임으로써 생명을 유지한다. 아무리 뛰어난 재능이라도 그 평가는 주변사람들에게 맡기지 않으면 안 된다.

균형 잡힌 사고방식은 행복을 낳는다

사람들의 마음속에는 천국과 지옥이 있다. 우리들이 살고 있는 세상은 바로 그 중간에 위치한다.

우리 모두는 양극에 끼여 살고 있기 때문에 행운도 잡고 괴로움도 당한다. 세상 그 자체는 아무것도 아니다. 다만 지옥으로 가느냐 천국으로 가느냐가 중요한 것이다.

사람은 천국에 대한 동경심과 지옥에 대한 두려움에 의해 창조되었다. 그리고 성장함에 따라 편리를 추구한다. 따라서 자신에게 할당된 운명을 받아들이는 것이 양식이라면, 거기에 동요하지 않는 것이 지혜라고 말할 수 있다. 인생은 날이 갈수록 복잡해지지만 산꼭대기에 오르면 계곡으로 내려가는 길이 훤히 보이듯이 종말에 가까이 가면 또다시 평탄한 길이 나온다.

인생의 여로에서 항상 균형 잡힌 사고를 해나가면 최후에는 행복한 종말을 보게 될 것이다.

상대방의 결점을 정확히 간파하라

상대방이 엉큼한 속마음을 감추고 재치 있는 말솜씨로 겉모양을 꾸미거나 짐짓 공손한 태도로 대하더라도 정확한 눈으로 그의 속마음을 간파해야 한다.

속으로 나쁜 마음을 품고 황금의 왕관을 쓰고 있다 하더라도 금을 도금하기 이전의 본바탕인 쇠는 숨길 수 없는 법이다. 비열한 사람이 아무리 품위 있는 체해도 그 천하고 열렬한 성질은 빤히 들여다보인다.

속이 검은 사람은 아무리 높은 지위에 올라갔다 해도 그 비열함이 없어지지는 않는 것이다. 물론, 위인이라고 칭송되는 사람이라도 결점은 있다. 그가 위대한 사람으로 이름을 떨치게 된 것은 그 결점 때문이 아니다. 그러나 사람들은 그런 점을 알지 못하고 위대한 사람의 행동을 그대로 따라하면 틀림없이 위대한 사람이 되리라고 잘못 판단하기도 한다. 그래서 그의 나쁜 점까지도 따라 하려고 한다.

위인에게는 그가 위인이기 때문에 예사로 넘기는 행동도 보통 사람이 그런 행동을 하면 결점으로 보여 아주 좋지 않은 평판을 받게 된다는 사실을 명심해야 한다.

남이 돌려 한 말의 참뜻을 알아채라

남이 넌지시 돌려 한 말의 참뜻을 알아채고 이를 재치 있게 잘 이용하라. 이것이 대인관계를 좋게 할 수 있는 열쇠이다. 사람들은 흔히 말을 돌려서 하여 상대방의 이해 능력이 어떤지 시험해 보거나 속마음을 알아내려고 하는 법이다. 남의 마음이나 기분 따위는 아랑곳하지 않고 빈정거리거나 질투라는 톡 쏘는 약을 먹여 그 강렬한 독에 둘러싸이게 한다.

이는 눈에는 보이지 않는 번개나 벼락같은 것이어서 수많은 사람들로부터 호의와 선망과 존경을 한 몸에 받는 사람을 일격에 쓰러뜨려 버린다. 빈정거리는 한 마디의 말에서 받은 상처로 쇠퇴의 길을 걷는 사람도 있다. 그를 쓰러뜨린 사람들은 대중들 사이에서 불만의 소리가 높아지고 통렬한 비판의 소리를 뒤집어쓰더라도 조금도 기가 죽는 법이 없다.

한편, 호의에 찬 비유, 이것은 반대의 작용을 한다. 바꿔 말해서 그 사람의 명성을 드높여 주는 역할을 해준다. 그러나 중요한 것은 호의에 찬 말의 화살을 맞았건 악의가 담긴 화살을 맞았건 그것에 맞아도 비틀거리지 않고 중심을 잡을 재치가 필요하다. 그것은 바로 조심스럽게 기다렸다가 그 화살을 잘 막아내는 일이다.

상대를 아는 것이 가장 좋은 방어이다. 일격이 날아올 것을 예상하고 있다면 이것을 피하는 일이 힘들지 않기 때문이다.

나쁜 소문이 나지 않도록 하라

대중이란 머리를 여러 개 가진 괴물이다. 사방팔방을 볼 수 있는 눈은 적에게로 향하여 감시의 끈을 늦추지 않고 수많은 입에서는 모략의 말이 튀어나온다. 그 입에서 튀어나온 소문이 빛나는 명성에 치명적인 상처를 입히기도 한다. 그 소문이 걷잡을 수 없이 번지면 아무리 빛나던 명예도 땅에 떨어지고 만다.

남의 눈에 띄기 쉬운 약점이나 아무것도 아닌 조그마한 결점이 대중들의 좋은 먹잇감이 된다. 남을 헐고 까부르는 데에는 그것만큼 좋은 재료가 없다. 때로는 질투심에 불타는 적대자가 결점을 그럴 듯하게 꾸며서 날조를 하기도 한다. 세상에는 입심이 센 사람이 있기 마련이어서 속이 빤히 들여다보이는 새빨간 거짓말이 아닌 단 한 마디 농담만으로도 높은 평판을 받고 있는 인물의 명성을 땅에 떨어뜨릴 수 있다.

악평은 순식간에 번져 나간다. 좋지 않은 소문일수록 쉽게 믿어버리는 것이 인지상정이라 한 번 번진 소문은 아무리 지우려 해도 여간해서는 지워지지 않는다. 비열한 사람의 조심성 없는 행동을 눈여겨보고 조심할 일이다. 하찮은 소문이라도 미리 막아 두는 것이 나중에 더럽혀진 이름을 씻으려고 하는 일보도 몇 십 배나 쉬운 일이다.

남의 반감을 사는 일은 하지 말라

남이 싫어하는 일을 해서는 안 된다. 일부러 그런 짓을 해서 남으로부터 반감을 살 필요는 없지 않은가. 아무런 이유 없이 남으로부터 미움을 사는 일도 있는 법이다. 이렇다 할 이유도 없는데 남을 미워하고 싫어하는 사람이 세상에는 많다. 어째서 미워하고 싫어하는가는 그들 자신도 알 수 없는 일이다. 선의의 뜻은 여간해서는 잘 전달되지 않지만 적대감정은 금방 전해진다.

별 이유 없이 사람을 미워하는 사람은 남을 불쾌하게 하여 스스로 자신의 무덤을 파는 것이다. 증오심이 한번 마음속에 뿌리를 내리면 악평과 마찬가지로 씻어내려고 해도 여간해서는 씻기지 않는다. 이러한 사람은 양식 있는 사람을 두려워하고 험담하는 사람을 경멸하며 높은 자리에 있는 사람이나 학식이 많은 훌륭한 인물을 업신여기고 얕보며 익살스러운 사람을 싫어하고 꺼려한다. 그러나 그들도 아주 뛰어난 훌륭한 인물에게는 경의를 표하게 마련이다.

남에게 존중받고 싶다면 우선 나부터 상대방을 존중할 일이다. 남에게 따뜻한 대접을 받고 싶으면 상대방을 존중할 일이다.

남을 너무 비난해서는 안 된다

세상에는 비뚤어진 성격을 가진 사람이 있게 마련이어서 남이 하는 일마다 좋지 않다고 몹시 꾸짖으며 비난을 퍼붓는 사람이 있다. 그것도 불끈 화가 치밀거나 어떤 격한 감정에 사로잡혀서 그러는 것이 아니라 성격 자체가 그러하여 그렇게 하지 않고는 직성이 풀리지 않는 사람이 있다.

남이 이미 해놓은 일에다 공격의 화살을 쏘고 상대방이야 어떻든 아랑곳하지 않고 몰아세우며 비난을 한다. 이들은 성질이 단지 모질고 거칠어서 그런 것이 아니라 속이 좁고 생각이 모자라기 때문이다.

이러한 사람은 남을 일부러 크게 부풀려서 비판한다. 침소봉대라는 말이 있지만 정말로 바늘 같은 조그마한 잘못을 몽둥이만한 커다란 과실인양 과장해서 드러내어 말하고 그 몽둥이로 상대방을 때릴 듯한 언행을 서슴없이 하는 것이다. 이런 엄한 감시인이 있다면 설사 그곳에 낙원이었다 해도 금방 감옥이 되어 버리기 십상이다. 그들을 노엽게 했다가는 큰코다치게 될지도 모르는 일이다.

이에 대해 선량한 사람은 무슨 일이라고 너그럽게 생각할 줄 안다.

분별 있게 행동하라

존경받고 싶다면 분별 있게 행동하라. 짐짓 잘난 체한다거나 능력을 과시하는 그런 행동을 보이면 역효과가 난다. 자신의 참된 모습 그대로를 보여주는 것이 명성을 얻는 정도(바른 길)이고 인간성을 높이려고 노력하는 것만이 지름길이다.

정직성만 갖고도 부족하고 근면함만으로도 불충분하다. 성실함과 정직성만 갖추었다고 해서 존경받는데 도움이 되는 것은 아니다. 오히려 형편없는 평판을 받을 수도 있다. 무슨 일이든 중용을 지키는 편이 좋다. 아무리 좋은 일일지라도 정도가 지나친 것은 부족함만 못하다.

인간성을 높이는 노력을 해야 함은 물론 자기 자신의 참다운 가치를 남이 알도록 하는 방법도 알지 않으면 안 된다.

너무 선량해도 살기 어렵다

화를 내지 않는 것이 결코 매력은 될 수 없다. 무슨 일을 당해도 화를 내지 않는 사람은 참다운 인간이라고 말할 수 없다. 그들이 화를 내지 않는 것은 반드시 둔감해서만이 아니다. 어리석기 때문에 화를 낼 줄 모르는 경우도 많다. 화를 내고 꾸짖을 때는 주저하지 말고 사정없이 울화통을 터뜨릴 일이다. 그렇게 화를 낼 줄 알아야 비로소 인간적이라고 말할 수 있기 때문이다.

아무 일도 하지 못하는 허수아비의 정체를 알고 나면 참새들도 바보로 여기는 것이다. 엄격한 일면이 있는가 하면 다정하고 친절한 일면도 있는 것이 바로 분별 있는 인간의 참된 모습이다. 싱글벙글 웃고만 지낸다면 어린아이가 아니면 어리석은 바보일 것이다. 너무 둔감하면 큰 재난을 불러들이게 된다. 너무 지나치게 선량해서 신세를 망치는 일도 이 세상에는 얼마든지 있는 법이다.

스스로 노력해서 인격을 높여라

인간의 성격은 7년마다 바뀐다고 한다. 이러한 변화의 길목에서 스스로 식견을 높이도록 노력하라.

태어나서 7년이 지나면 인간은 이성을 가지기 시작한다. 그리고 또 7년이 지날 때마다 새로운 미덕을 몸에 익히게 된다. 자연스러운 성장과 함께 자기 자신의 노력으로서 자신의 인격을 높이도록 하자. 그리고 다른 사람들도 똑같이 성장해 간다는 사실을 깨닫고 따뜻한 눈길로 잘 살펴보는 것이 좋다. 대부분의 사람들은 이와 같이 해서 행동을 고쳐 나가고 높은 지위에도 오르며 마침내 천성에 알맞은 직업을 찾게 되는 것이다.

그러나 그러한 변화는 서서히 찾아오는 것이므로 아무리 큰 변화가 닥쳐와도 자신을 되돌아보지 않으면 그 변화를 깨닫지 못하는 경우도 있다. 인간은 스무 살 때 공작이 되고 서른 살에는 사자가 되고 마흔 살에는 낙타, 쉰 살에는 능구렁이, 예순 살 때는 개, 일흔 살에 원숭이가 되고 여든 살에는 무無로 돌아간다는 것이다.

성숙한 모습은 일상생활에서 나타난다

금의 가치는 그 무게로 결정되듯이 인간의 가치는 도덕을 얼마나 중시하면서 살아가고 있느냐로 결정된다. 재능이 있는 사람이 성숙하면 인간으로서의 빛을 더하고 사람들로부터 존경을 한 몸에 받게 된다. 냉정한 행동은 그 정신을 한결 더 고귀하게 보이게 한다.

어리석은 사람의 무감동과 침묵은 성숙함이 아니다. 그것을 성숙함이라고 보는 그 자체가 어리석은 사람임을 입증한다. 온당하고 공손한 권위가 갖추어져 있어야 참다운 성숙인 것이다. 성숙한 사람은 이야기하는 말속에 지혜가 넘쳐흐르고 무슨 일이든 잘 처리해 나간다. 사람은 성숙해질수록 참된 인간으로서 완성되어 가는 것이다. 어린아이 같은 행동을 하지 않고 침착하고 공손한 태도가 나오게 되면 자연히 위엄도 갖추어진다.

함부로 화를 내지 말라

걸핏하면 화를 내는 성급한 사람은 그 자신이 위험한 일을 당하게 될 뿐만 아니라 남에게도 위해를 끼친다. 자기 스스로 한 말과 행동 때문에 자신의 위신을 떨어뜨리고 남의 체면도 손상시키는 사람이 있다.

그러한 사람은 어디에나 있지만 그들과 잘 해나가기는 여간 어려운 일이 아니다. 아침부터 저녁때까지 남들이 싫어하는 짓만 해대고도 만족하지 못한다. 보는 일, 듣는 일 모든 일에 화를 내고 이야기하는 사람마다 붙들고 대든다. 무슨 일이든 나쁜 쪽으로만 생각하고 무언가 이유를 붙여 반대한다. 이렇듯 남을 괴롭히고 피곤하게 하면서 자기 자신은 무엇 한 가지도 만족하지 못하고 남의 험담만을 해대는 것이다.

불평불만에 가득찬 인종들이 사는 나라는 크고 넓어서 그와 같은 도깨비들이 더욱 우글거리고 있다.

말과 행동은 일치시켜라

말과 행동이 일치가 되지 않으면 안 된다. 여러모로 깊이 생각하는 사람은 무슨 일을 하던 처음 시작할 때와 끝이 한결같아서 자신의 품위를 더럽히는 일이 없다. 이는 바로 그 사람의 지성이 얼마나 높은가를 잘 나타내 주는 말이다. 그 일에 꼭 들어맞는 어떤 사유가 있고 또 무엇인가 얻을 수 있는 경우가 아니라면 그 사람은 태도를 바꾸는 일이 없다.

사려와 분별이라는 점에서 본다면 변화란 좋은 것이 아니다. 말의 내용과 하는 행동이 매일 다른 사람이 있다. 그들의 활동은 날마다 바뀌고 의지와 이해력이 매일 달라지는 것이다. 어제는 인정했던 일을 오늘은 취소하는 것이다. 승낙했던 일을 거절하는 것이다.

그들은 자기 자신의 평판을 뒤집을 만한 행동을 하고 사람들의 머리를 혼란스럽게 만들어 버리기도 한다.

경솔한 사람은 업신여김을 당한다

경솔한 말과 행동은 명성을 얻는데 가장 큰 장애가 된다. 조심성이 많고 신중한 사람은 보통 사람에게는 없는 덕을 갖춘 사람이라고 볼 수 있다. 이에 대해서 경솔한 사람은 보통 이하의 사람들로 간주된다.

경솔한 언동만큼 품위를 떨어뜨리는 일은 없다. 경솔한 사람과 존경받는 사람과는 극과 극의 자리에 있기 때문이다. 경솔한 모든 사람은 그 친구도 경솔하여 덜렁거리는 이가 많다. 나잇살 먹은 이가 그렇다면 나잇값도 못한다고 더욱 업신여김을 당할 것이다. 누구나 나이를 먹으면 자연히 분별력이 생기고 자기 분수를 알게 되기 때문이다.

자신의 결정적인 결점을 알아야 한다

타고난 재능이 많은 사람일수록 결점도 많이 있게 마련이다. 결점은 고치지 않고 내버려 두면 점점 악화되어 폭군처럼 사람을 지배하기 시작한다.

결점을 극복하는 첫걸음은 우선 그 결점에 유의해야 할 일이다. 최대의 결점이 무엇인가를 알고 그 결점을 고치도록 노력해야 한다. 자신의 결점을 비난하고 헐뜯는 사람들 못지않게 자기 스스로 그 결점에 유의해서 고치도록 해야 한다. 스스로 자기 자신이 할 일을 곰곰이 생각하고 자신을 자제하는 것이다. 가장 큰 결점만 극복해 낸다면 나머지 결점들도 차차 없어지게 될 것이다.

인간으로서의 완성을 목표로 삼아라

신이 아닌 이상 완성된 인간으로 태어난 사람은 한 사람도 없다. 날마다 노력에 노력을 거듭하고 인격적으로나 직업적으로나 완성을 목표로 삼고 정진해 나아감으로써 재능은 점점 빛을 더해 가고 그 이름은 드디어 높아지게 된다.

고상한 취미와 명석한 두뇌, 명확한 의지와 원숙한 판단력, 이러한 조건들이 완성된 인간임을 나타내는 지표가 된다. 항상 무엇인가 부족한 점이 있어서 완성이라는 영역에 이르지 못하는 사람이 있는가 하면 오랜 세월 끝에 자아실현을 하는 사람도 있다.

자아실현을 한 사람은 말속에 밝은 마음과 슬기로운 생각이 넘쳐흐르고 분별력이 있는 행동을 하므로 생각이 깊고 뛰어난 인물이라고 사람들로부터 환영을 받고 누구나 친구가 되고 싶어 한다.

일에 따라서 필요한 것도 달라진다

일(사업)이 바뀌면 필요한 것도 다르다. 그 일에 무엇이 필요한가를 잘 알아보도록 해야 한다. 그 다른 점을 알려면 지식과 통찰력이 필요하다.

어떤 일에서는 용기가 필요하지만 또 다른 일에서는 남다른 치밀성이 요구되기도 한다. 가장 간단한 일은 자신이 직접 해낼 수 있는 일이다. 가장 어려운 일은 뛰어난 기술이 없으면 할 수 없는 일이다. 전자는 튼튼한 몸을 타고난 것으로 충분하지만 후자는 모든 면에서 집중력과 탐구력을 필요로 한다.

남보다 높은 자리에 앉아 아랫사람들을 거느리고 부리는 일도 큰일이다. 더구나 상대가 머리가 나쁜 사람들뿐일 때에는 더욱 큰일이다. 머리가 텅 빈 사람들을 자신이 생각한대로 움직여 나가도록 하려면 보통 두 배 이상의 지혜를 짜내지 않으면 안 된다.

무엇보다도 견딜 수 없는 일은 한 사람이 꼭 들러붙어서 하루 종일 똑같은 일을 되풀이하면서 작업을 하지 않으면 마무리가 되지 않는 일이다. 이에 비해 하면 할수록 자리가 나는 일은 훨씬 더 고급스러운 일이라고 할 수 있을 것이다.

이를테면, 뜻있고 보람 있는 일로 내용도 다양해서 언제나 새로운 기분이 들게 되는 일이 있다면 더 말할 나위가 없다고 할 수 있다. 또한 수많은 사람들이 한데 협력하지 않으면 이루어지지 않는 일, 또는 개인의 탁월한 기술로서 훌륭하게 해내는 일은 사람들로부터 존경까지 받게 된다.

그리고 가장 나쁜 일이란 남보다 몇 배의 땀을 흘리고 정성을 쏟아붓지 않으면 안 되고 그것도 현재 뿐만 아니라 앞으로도 끝임 없이 고생을 하지 않으면 안 되는 그런 일이다.

남보다 먼저 앞질러 가면 길은 열린다

타인과 조건이 똑같은 경우 가장 먼저 행동하는 사람이 우세한 자리를 차지한다. 자기 말고 그 일을 시작한 사람이 없을 때, 그 분야에서 제일인자로서의 명성을 자기 멋대로 자칭하는 사람도 적지 않다. 맨 먼저 시작한 사람이 그 분야의 개척자로서 명성을 독차지하고 그 뒤를 이은 사람들은 매일매일 살아가기 위하여 양식을 얻으려고 서로 다투거나 소송을 제기하는 그런 방법밖에 남아 있지 않다. 제 아무리 정성을 쏟고 열심히 노력해도 그들에게는 모방자라는 오명이 따라다닌다.

머리의 회전이 빠른 비범한 사람은 항상 무언가 새로운 방법을 생각해 냄으로써 이름을 떨친다. 다만 그들이 그 모험을 무릅쓰고 적극적으로 추진할 때는 사려있게 하여 오로지 안전한 길을 택하여 나간다는 것이다. 새로운 아이템을 무기로 삼아 현명한 사람은 '위인의 명부' 에 자신의 이름을 올릴 난을 만들어 놓는다. 그러나 일류의 일을 하는 사람으로서 그 분야에 두 번째 자리도 달가워한다면 두 번째 주자의 선두에 나서는 것도 좋은 일이다.

결단은 빠를수록 좋다

결단을 내리는데 우물우물 미루는 것보다 처리능력이 좀 부족하거나 솜씨가 좋지 않더라도 실천에 옮기는 편이 손실이 적다. 재료는 가공하고 있을 때보다 방치해 둔 동안에 나빠지는 경우가 많다.

좀처럼 결심을 하지 못하고 다른 사람의 부추김이나 도움말을 필요로 하는 사람이 있다. 그것은 대개가 어떻게 해야 좋을지 판단이 서지 않아서일 뿐만 아니라 판단이 서 있더라도 실행력이 부족하기 때문이다. 난관을 예측하는 것도 뛰어난 재능이라고 할 수 있지만 난관을 회피하는 길을 찾아내는 것은 더욱 뛰어난 능력이다.

개중에는 그 어떤 일에도 구애됨 없이 자신의 생각대로 밀고 나아가는 정확한 판단력과 결단력을 겸비한 사람도 있다. 그들은 높은 지위에 앉을 능력을 타고났고 그 명석한 두뇌로서 손쉽게 성공을 거두는 것이다. 말한 바를 재빨리 실천으로 옮기고 여유 있게 끝내버린다. 이리하여 그들은 자신의 행운을 확신하고 한층 더 자신감을 가지고 더욱 적극적이고 과감하게 추진해 나가는 것이다.

속셈을 들키지 말라

일을 하는 방법이나 방식을 끊임없이 바꾸어 나가라. 그러면 주위의 사람, 특히 경쟁자는 그에 완전히 속아 넘어가 호기심을 가지며 공경하는 마음까지 갖게 된다. 언제나 본심대로 솔직하게 행동하면 남에게 속아서 기선을 빼앗기고 따돌림을 당하고 만다. 곧게만 날아가는 새는 총에 맞아 떨어지기 쉬우나 이리저리 방향을 바꿔 날아다니는 새는 총에 잘 맞지 않는 법이다.

그렇다고 해서 매번 본심을 숨기고 행동하는 것도 좋지 않다. 똑같은 행동을 두 번 하게 되면 속마음은 그대로 드러나 버린다.

악의는 기회만 있으면 덮치려고 만반의 준비를 갖추고 호시탐탐 기다리고 있다. 그런 만큼 속셈을 감추는 데에는 좀 더 교묘한 방법을 쓰지 않으면 안 된다. 기회의 명수는 대국자가 읽고 있는 수를 몇 수 앞서 보는 법이다. 적의 의도대로 말을 몰아가면 안 된다는 것은 두말 할 필요가 없다.

그만 두어야 할 때와 자리를 알라

인생살이에서 알아두어야 할 중요한 일의 하나는 직업이든 그 밖의 일이든 물러갈 때를 체득하는 일이다. 그런 생각 없이 아무렇게나 일을 진행하는 경우가 있는데 이는 중요한 시간을 허비하는 것뿐만 아니라 그런 일에 정신없이 바삐 쫓아다닌다는 것은 아무 일도 하지 않는 것보다 훨씬 결과가 좋지 않다.

사람의 일에 간섭하지 않는 것만으로는 분별 있는 사람이라고 말할 수 없다. 다른 사람도 자신의 일에 끼어들어 간섭하지 않도록 해야 하는 것이다.

자기의 일이 만족스럽지 못하거나 좋지 않을 때일수록 다른 사람이 간섭하게 해서는 안 된다. 친구의 호의를 너무 스스럼없이 받는 것은 좋지 않고 더욱이 그들이 자진해서 제공해 주는 이상의 것을 바라서도 안 된다. 무슨 일이나 정도가 지나치면 좋지 않지만 특히 인간관계에 있어서는 더욱 그러하다. 사려 깊게 분별을 하여 행동을 하고 절도를 지켜 대접하면 상대방은 언제나 호의를 가지고 대할 것이며 이쪽에 대한 존경의 마음도 변함이 없게 된다.

예의는 모든 행동의 근원으로 소중한 것이어서 쓰면 쓸수록 빛나는 것이다. 가장 중요한 일을 자기 뜻대로 대처해 나갈 수 있는 만큼의 자유를 확보해 두지 않으면 안 된다. 그리고 자신의 양심을 저버리는 일을 결코 해서는 안 된다.

어려운 일은 쉬운 일이라 생각하라

손쉬운 일에는 어려운 일을 대할 때의 마음가짐으로, 어려운 일은 손쉬운 일이라는 생각으로 대처해라. 그렇게 하면 자신을 너무 믿는 자신 과잉에 빠질 염려도 없고 놀라거나 두려운 나머지 일할 의욕을 잃는 경우도 없을 것이다.

손쉬운 일은 마치 다된 것처럼 가볍게 생각하기 쉽지만 그대로 방치해서는 언제까지나 끝나지 않는다. 도저히 불가능한 일이라고 생각되는 일도 착실하게 꾸준히 노력을 쌓아나가면 언젠가는 이루어지게 되는 법이다.

위기에 직면했을 때에는 생각보다 먼저 행동으로 극복해야 한다. 곤란한 일만을 일일이 열거하면서 끙끙 앓아 보았자 상황은 조금도 진전되지 않는다.

과오는 다른 사람에게 털어놓지 말라

어리석은 짓을 하는 사람이 어리석은 사람이 아니다. 어리석음을 숨김없이 모두 털어놓는 사람이 어리석은 사람이다. 자신의 참마음은 때때로 숨기지 않으면 안 된다.

그런데 결정적으로 숨겨두지 않으면 안 되는 것은 자신이 저지른 과오이다. 사람은 누구나 잘못을 저지를 수가 있는데 다음과 같은 차이가 있다. 현명한 사람은 자신의 과실을 교묘하게 숨기는 반면, 어리석은 사람은 아직 결과에 이르지도 않은 과오까지도 남에게 이야기해 버린다는 점이다.

명성은 뛰어난 업적에서보다도 과실을 끝까지 숨김으로써 얻어지는 경우가 많다. 과오를 모면할 수 없다면 적어도 무슨 일을 하던 조심할 일이다. 위인이 저지른 과오는 누구에게나 주목을 받게 된다. 일식이나 월식 현상이 사람들의 눈을 끄는 이유도 그와 같은 이치이다.

자신의 과오는 친구에게도 털어놓아서는 안 된다. 가능하다면 자기 자신까지도 인정하지 않도록 노력해야 한다. 무슨 잘못이든 간에 잊어버리는 것이 제일이다.

훌륭한 업적을 이룬 사람의 뒤를 밟아서는 안 된다

훌륭한 업적을 이룬 사람의 뒤를 밟지 않는 것이 좋다. 자신의 능력이 훨씬 뛰어나다고 확신할 수 없다면 누군가가 그 후임이 되리라는 것쯤은 생각해 두어야 한다.

전임자와 똑같은 일을 해내는 것만 해도 그 사람보다 두 배의 능력이 필요하다. 훌륭한 업적을 올리고 자리를 물러나는 것은 남들의 호의를 집중시킬 수 있는 묘한 방법이 되지만 후계자는 아무래도 그 빛이 엷어진다. 전임자의 공적에 못지않은 일을 하려고 생각한다면 훨씬 더 분발하여야 한다. 전임자가 실수한 자리를 메우려고 열심히 노력하더라도 주위사람들로부터 인정받기 어렵다. 역시 '구관이 명관' 이라고 흔히 생각해 버리기 때문이다.

전임자에 맞서 견줄만한 능력을 갖추었어도 그것만으로는 충분하지가 않다. 먼저 그 자리에 앉았던 사람 쪽이 그만큼 유리한 것이다. 전임자의 명성을 능가하는 신망을 모으려면 남달리 뛰어난 재능이 필요한 것이다.

시기와 질투의 예봉을 피하라

조심성이 없는 행동이나 실수를 보여 주는 것도 자신의 재능을 알게 하는 가장 좋은 방법이 될 수도 있다. 질투심에서 남을 배척하는 일은 흔히 있는 일이지만 특히 속된 사람의 질투심만큼 어떻게 해볼 도리가 없는 것도 없다.

질투는 그 자신이 백 개의 눈을 가진 아르고스(Argos, 그리스신화에 나오는 온몸에 눈이 달린 힘센 거인)가 되어 아무리 훌륭하고 뛰어난 것에서도 결점을 발견하곤 한다. 그래서 스스로 위로받으면 아주 만족해하는 것이다. '비난' 은 번개처럼 높이 솟아 있는 것(지위가 높은 사람)도 쏘아 떨어뜨린다.

그러므로 때로는 위대한 시인 호메로스처럼 졸고 있는 듯해도 좋다. 다시 말해서, 일부러 용기와 지성이 없는 듯한 행동을 하여-분별없는 행동을 해서는 안 되지만- 조심성이 없는 모습을 가장하는 것이다. 그렇게 하면 사람들이 품었던 적개심도 사그라지고 그들이 숨기고 있는 증오의 독을 마구 뿌리지도 않게 될 것이나. 마치 그것은 노련한 투

우사가 '질투' 라는 이름의 황소 앞에서 빨간 망토를 펄럭거리며 소를 자기 마음대로 끌고 가는 것과 같은 것이다. 이렇게 질투의 예봉을 피하여 불후의 명성을 손안에 넣을 수가 있는 것이다.

자신의 재능을 과시해서는 안 된다

재능을 과시하지 말라. 그런 짓은 어리석은 사람이 범하는 잘못이며 다른 사람에게 드러내 보이면 불쾌하고 혐오감만 불러일으킬 뿐이다. 허세를 부리고 있는 당사자도 마음이 편할 날이 없다. 언제나 겉치레에 신경을 쓰고 체면을 차리고 있지 않으면 안 된다는 것은 고문도 보통 고문이 아니기 때문이다.

뛰어난 재능을 가진 사람일지라도 그 재능을 너무 자랑해 보이면 가치가 떨어져 버린다.

사람들은 그 재능이 타고난 진짜 재능이 아니라 아주 많은 노력을 하여 그럴 듯하게 보이게 하는 마술과 같은 것으로 생각한다. 무슨 일이든 일부러 그럴 듯하게 꾸민 것보다 자연스러운 쪽이 사람들의 눈에는 깨끗하고 보기 좋게 비치는 법이다. 재능이 있는 척하면 할수록 저런 재능 따위는 없어도 된다는 식의 거부감이 들게 되는 것이다.

기대되는 이상의 역량을 발휘하라

자기 지위에서 요구하는 그 이상의 뛰어난 인간이 되도록 노력하라. 지위에 눌려 뒤떨어져서는 안 된다. 아무리 중요한 지위에 앉아 있더라도 그 지위에 머물기는 아까울 정도로 뛰어난 인물임을 증명하지 않으면 안 된다. 이렇게 하여 지위가 올라갈 때마다 재능이 풍부한 사람은 더욱 더 능력을 높이 쌓고 그 실력이 사람들의 눈에 띄게 한다.

반면 아둔하고 도량이 좁은 사람은 금방 그 직책의 중압감에 짓눌리어 세상의 평판까지도 형편없이 만들어 버린다. 로마의 황제 아우구스투스는 인간으로서 훌륭하게 되는 것을 군주가 되는 이상으로 자랑스럽게 여겼다고 한다. 이와 같은 경지에 이르려면 고결한 정신과 실력을 뒷받침해 주는 자신감이 있지 않으면 안 된다.

행운을 자랑하지 말라

행운을 자랑해 보이지 말라. 지위가 높아졌다고 하여 이를 자랑해 보이면 남들로부터 반감을 산다. 똑같은 자랑이라도 지위나 직업의 자랑이 아니라 인격의 우수함을 자랑하는 쪽이 그래도 나은 편이다. 뽐내거나 거만해서는 안 된다. 모양이나 하는 짓이 보기 흉할 뿐이다. 선망의 대상이 되어 있다고 해서 그것을 자랑스럽게 여겨서는 안 된다.

남에게 존경을 받으려고 안달복달하면 그만큼 사람이 가벼워지게 될 것이다. 무엇보다도 존경받을 만한 가치가 있는 인간인가 아닌가 하는 점이 문제이다. 존경은 바라기만 한다고 손 안에 들어오는 것은 아니므로 존경을 받을만한 언행을 하는 인간이 되는 일이 우선되어야 한다. 또 그러한 사람이라고 해서 그저 가만히 기다리기만 하면 얻어지는 것이 아니다.

중요한 지위에 있는 사람에게는 그 나름대로 위엄과 위신이 요구된다. 그러나 위엄과 위신을 그 지위에 어울릴 만큼 직책을 완수하는데 필요한 만큼만 갖추고 있으면 그것으로서 충분하다. 짐짓 자기가 제일인 체 거드름을 피우고 허풍을 떠는 행동을 하면 오히려 좋게 여기던 마음만 사그라지게 할 뿐이다. 분수를 알아차리고 분별 있게 행동하여 충분한 효과를 발휘할 수 있도록 하기 바란다.

남에게 보여주기 위해서 일에 너무 열심히 몰두하고 있는 척 한다면 오히려 그 일에 맞지 않은 것이 아닌가 하는 생각이 들게 된다. 성공하고 싶다면 자신의 능력을 최대한 발휘하도록 해야지 열심히 하는 척하며 겉으로만 그럴 듯하게 꾸며서는 안 된다.

경쟁자와 싸워서는 안 된다

경쟁자와 싸움을 하게 되면 세상의 평판이 나빠진다. 경쟁상대는 곧바로 이쪽의 결점을 찾아내어 그에 따라 이쪽의 신용을 떨어뜨리려고 한다. 공정하게 싸우는 적은 거의 없다. 관대한 사람이라면 너그러이 보아 줄 결점이라도 경쟁상대는 결코 그냥 보아 넘기지 않는다. 아주 세평이 높았던 사람이 적이 나타남으로써 그의 명성을 잃어버린 사례가 수없이 많다.

적개심을 가득 품은 사람은 세상에서 이미 잊혀진 상처를 파헤치고 악취가 풍기는 과거 일을 들추어낸다. 약점을 폭로함으로써 싸움에 불을 붙인 적은 그것이 훨훨 타오르기 시작하면 쓸 수 있는 수단은 무엇이든 동원하여 비열한 짓을 서슴지 않는다. 사람의 감정을 해칠 뿐 아무런 이득도 돌아오지 않음에도 앙갚음을 하였다는 만족감만 얻으면 그들은 그것으로써 충분해 한다.

남과 다투어 상대의 복수심을 일깨운다면 잊고 있었던 결점까지 하나하나 들추어지게 된다. 하지만 남에게 호의를 가진다면 싸우는 일 따위도 일어나지 않고 명성도 무사히 유지될 것이다.

적을 내 편으로 끌어들여라

남의 중상모략을 하기 전에 먼저 자기에게 이롭게 공격하여 상대가 품은 적의를 호의로 바꾸어라. 모욕을 받고 앙갚음을 하기보다 모욕을 받지 않도록 하는 편이 현명하다.

앞으로 적이 될 것 같은 사람을 자기편으로 끌어들이는 것은 뛰어난 사람만이 할 수 있는 일이다. 그대로 놓아두면 위험한 인물을 키우는 결과가 되어 명성에 치명상을 입는다.

적의자를 호의자로 바꾸려면 그에게 호의를 베풀어 은혜를 입게 하고 업신여기고 깔보는 마음을 감사하는 마음으로 바꾸는 기술을 터득하지 않으면 안 된다.

슬픔을 기쁨으로 바꾸는 것이야말로 보다 값지고 즐거운 인생을 보낼 수 있는 길이다. 적의를 가진 사람이 마음 놓고 믿을 수 있는 친구가 되도록 세심하게 마음을 써야 할 것이다.

사리에 맞지 않는 말을 해서는 안 된다

극단적인 주장은 불평을 초래할 뿐이다. 위엄을 손상시키는 말을 하는 것은 어리석은 사람이 하는 짓이다.

역설적인 말은 일종의 눈속임이라고 할 수 있다. 처음에는 아주 그럴 듯하게 들리고 그 참신함에 호기심이 발동하고 상대방을 깜짝 놀라게 하지만 나중에 알맹이 없는 터무니없는 말이라는 사실이 알려지면 꼼짝없이 불명예를 뒤집어쓰게 된다.

역설에는 남의 마음을 끄는 묘한 매력이 있지만 이것이 정치세계에 적용되면 한 나라를 파멸시키는 바탕이 될 때도 있다. 남보다 뛰어나거나 이렇다 할 것이 없는 사람들이 흔히 사리에 맞지 않는 그럴듯한 역설로 남의 눈을 끌려고 한다. 어리석은 사람은 그 역설을 듣고 아주 감탄을 하는데 때로는 현명한 사람도 감쪽같이 속아 넘어간다.

사리에 맞지 않는 말을 하는 사람은 사물을 바르게 판단하는 능력이 없는 사람이다. 역설의 바탕은 거짓과 불확실한 사실이다. 그러한 말을 입 밖에 내면 그 자신의 위엄이 손상되는 것은 두말 할 필요가 없다.

겉모습을 보고 사람을 판단한다

내면을 갈고 있던 것처럼 겉모습에도 신경을 써라. 세상 사람들은 사물의 본래 모습을 보는 것이 아니라 겉모습을 그대로 받아들이게 마련이다.

뛰어난 재능을 가진 사람이 남의 눈에 그 재능이 띄도록 노력하면 세상 평판은 더욱 높아진다. 사람들은 보이지 않는 것을 이 세상에 존재하지 않는 것으로 생각하기 마련이다.

사려 분별을 차릴 줄 아는 사람이라도 그에 어울리는 겉모습을 보여주지 않으면 세상에서 존경받을 수 없다. 세상에는 안목과 식견을 갖춘 사람보다도 겉모습을 치장하여 남의 눈을 속이려는 사람이 압도적으로 많은 편이다.

거짓과 가짜가 판을 치는 세상에서는 오직 겉모습만 보고 판단을 내리게 되며 속이 겉모습대로 되어 있지 않아도 별반 신경 쓰지 않는다. 그러한 시대이니만큼 아무리 뛰어난 재능을 갖추었다 해도 그 재능이 사람들의 눈에 띄도록 궁리하고 노력하지 않으면 세상에서 인정받을 수 있는 동기를 얻을 수가 없는 것이다.

남의 장점을 찾아내어 칭찬해 주어라

남의 장점을 찾아내어 칭찬을 해주어라. 그렇게 하면 취미가 고상하고 품위 있는 사람이라는 평을 받고 안목이 높은 사람이라는 평가를 받게 된다. 사람은 어떻게 해서라도 자신을 인정받고 싶어 하는 마음이 있다.

다른 사람의 어떤 좋은 면을 이해하면 또 다른 사람의 그와 똑같은 좋은 면도 금방 이해하게 된다. 이렇게 하면 사물을 보고 아는 안목과 식견을 높일 수 있어 남의 좋은 점을 놓치거나 그냥 보아 넘겨버리지 않게 된다.

남을 칭찬하는 것은 아주 좋은 이야깃거리가 되기도 하고 또 그 이야기를 들은 사람은 자기 자신도 '나도 저 사람처럼 해보아야지.' 하는 생각이 들 것이다. 사람들이 모인 자리에서 그와 같은 이야기를 하면 그 자리에 함께 모여 있던 사람들은 자기도 언행을 바르게 하여 칭찬을 받고 싶어 할 것이다. 이것은 사람들에게 예의를 갖추게 하는 좋은 방법이기도 하다.

그런데 그와는 정반대되는 언행을 하는 사람도 있다. 항상 남의 과오나 결점 따위를 들추어내어 헐뜯고 그 자리에 있지도 않은 사람의 험담을 하여 같은 자리에 있는 사람들의 환심을 사려고 하는 것이다. 그와 같은 수법이 통용되는 곳에는 좋은 점을 갖추는 데에 마음을 쓰지 않는 낮고 천박한 사람들뿐이다.

험담을 하는 사람은 다른 곳에서도 그와 똑같은 험담을 할 것이다. 그런데 그 험담의 표적이 지금 그 험담하는 자리에 같이 있는 바로 자기가 아니라는 보장이 없는 법이다.

또 그들 중에는 과거의 훌륭한 업적보다도 최근에 저지른 사소한 일들을 마구 들추어내는 사람도 있다. 상대방을 진심으로 존경하고 있는 것이 아니라 인사치레로 하는 말로 받아들일 뿐이다. 사려 깊은 사람은 아무리 입에 침이 마르도록 칭찬을 해도 어떤 인사치레 말을 하더라도 거기에 속아 넘어가는 일이 없어 상대방의 속셈을 알아차리는 법이다. 또 그러한 사람들은 어떤 상대이든 똑같은 수법으로 끌어들이려 한다는 사실을 잊지 않도록 하라.

상대가 사용하는 수법에 말려들지 말라

분명하지 않은 태도로 다가오는 사람을 경계하라. 경계심을 풀게 하고 주머니를 노리려는 사람의 태도는 항상 모호하게 나타나기 마련이다. 그런 사람은 언제나 진실을 숨김으로써 자신의 목적을 달성하려고 한다. 그들은 좋은 기회를 잡으려고 뒤에 숨어 있다가 틈만 보이면 상대방을 먹이로 삼는다.

상대방의 계략을 깨달았을 때, 잠을 자면 안 된다. 꼬임에 걸리지 않도록 주의하면서 상대가 사용하는 수법에 말려들지 마라. 상황을 잘 관찰하고 자신이 인정하고 있는 일이 무엇인지를 명확히 해두어야 한다. 그리고 인정한 근거를 고려해서 인정할 수 있는 이쪽의 조건을 구체화해야 한다. 이러한 태도를 분명하게 하고 있으면, 이쪽에 먹이가 없다는 사실을 상대방은 금방 알게 된다. 만만한 먹이가 되어 버리면 모든 것이 끝장이다.

조그만 불행은 큰 불행의 불씨가 된다

앞길을 방해하는 문제가 생기면 아무리 사소한 일일지라도 경솔하게 대해선 안 된다. 나쁜 일은 하나로서 끝나지 않고 줄줄이 이어져 나오기 때문이다. 먼저 행운과 불행의 씨앗을 살펴야 한다. 양자를 잘 분별하는 것은 중요하다. 불행에 빠진 사람을 멀리하고 행운을 맞은 사람과 손을 잡으려는 것이 세상 사람들의 인심이고 습성이다.

불운한 사람은 자신도, 이성도, 자신의 별자리도 모두 잃어버린다. 불운이 잠을 잘 때에는 괜히 화를 자초하지 않도록 그대로 내버려 두어야 한다. 조그만 실패는 가벼운 상처로 끝날 수 있지만, 그것이 원인이 되어 사태가 나빠지면 더 큰 치명상을 입을 수가 있다. 사태가 어디까지 발전할지는 아무도 모른다.

이따금 좋은 일은 하나도 안 생기고 나쁜 일만 끝없이 일어난다고 푸념할 때도 있다. 하지만 하늘에서 오는 것은 숭고함을 얻을 수 있고, 땅에서는 분별력을 얻을 수 있다는 점을 명심해야 한다.

고집을 부리는 건 소인배라는 것을 폭로하는 것이다

옹고집이라는 갑옷으로 단단히 무장을 하고 단순하고 명백한 도리마저 뿌리치는 사람이 있다.

옹고집이라는 것은 일종의 혹으로, 자신의 눈에 띄어도 좀처럼 인격적인 결함을 피부로 느끼지 못한다. 또 모든 일을 투쟁으로만 보고 평화적인 해결방법을 모르는 사람들이 있다.

그들은 정말 가까이 해야 할 사람을 적으로 만들고 음모를 꾸미는가 하면, 교묘한 술수로 상대방의 실수를 유도한다. 하지만 언젠가는 대세가 바뀌어 그들의 술책은 무너지게 되고, 모든 것이 틀어져 버리고 만다. 그렇게 되면 주변의 모든 사람들은 산적한 문제를 끌어안고 있는 그에게 모든 부담을 떠넘긴다. 그들은 편협한 생각을 하고 마음은 무언가에 빼앗겨 있다.

그런 사람들의 희생물은 되지 말라.

냉정을 잃지 않는 사람과 손을 잡아라

머리와 마음은 자주 충돌하는 법이다. 감정에 충실하게 행동하면, 모든 것이 광기로 흐르기 쉽다. 자신을 억제하지 못하면 자신을 이러한 광기에서 구할 수 없다. 그리고 감정이란 언제나 이성을 짓밟아 버리는 경향이 있다.

중대한 일을 시작할 때는 이성적이고 냉철한 사람과 손을 잡아야 한다. 한발 물러서서 판단을 할 수 있는 사람은 극장의 관객처럼 무대를 잘 볼 수 있다. 무대 위에서 연기를 하는 사람은 흥분상태에서 연기를 한다. 감정이 고조되고 있다고 느끼면 즉시 이를 진정시키는데 심혈을 기울여라. 그러지 않으면 일단 두뇌로 피가 올라오면 논리적이고 명석한 사고력이 현저히 떨어지기 때문이다. 자칫 하단 인생을 좌우할 만큼 커다란 충격을 받고 그 순간 모든 것이 끝나버릴 수 있다.

사람이 있고
지위가 있다

아무리 성공한 사람일지라도 다른 사람들에게 냉랭한 대접을 받는 일이 흔하다.

책상의 모서리는 닳게 마련이다. 세상에는 시기심이 넘쳐흘러서 남에게 호감을 사기란 쉽지 않다. 그러나 그렇다고 해서 존경과 호의라는 귀중한 선물을 얻을 수 있는 방법이 없는 것은 아니다. 매사에 일을 잘 처리하고, 뛰어난 재능이 있으며 태도와 행동거지에 매력이 있으면 그것이 가능하다.

고귀하다는 것은 이런 특성 위에 세워지는 것이다. 지위가 있고 사람이 나는 것이 아니라, 사람이 있음으로 해서 지위가 존재하는 것이다.

어떤 사람들은 그들이 맡은 일로 인해 명예스러워지기도 하지만, 또 어떤 사람은 맡은 바 직분을 명예롭게 수행하기도 한다.

감정 폭발은
곧 이성의 결함이다

노여움이 심하게 일 경우에는 언제 어떤 방법으로 이것을 해소시켜야 할지를 알고 있어야 한다. 홧김에 터져 나온 말 한 마디가 지옥의 불덩어리로 변해 버릴 수도 있다.

극단적인 대립으로 감정이 격하게 터져버릴 때에는 미리 마음가짐을 단단히 해 둘 필요가 있다. 우선 처음에 자신이 냉정을 잃었다는 점을 솔직히 시인할 필요가 있다. 그렇게 함으로써 상황에 의식적인 감정 억제 요소가 개입된다.

격분을 몰아내고 냉정을 되찾을 수 있도록 부단히 노력해야 한다. 어리석은 사람이 격분하고 있을 때, 냉정을 잃지 않는 사람은 성숙한 인간의 징표이다. 모든 종류의 감정폭발은 일단 이성을 상실하는 것이기 때문이다. 사려 깊은 판단능력이 있으면, 어떠한 분노도 이성의 영역을 뛰어넘지 못한다.

격한 감정에 몸을 맡기지 말고 신중히 생각하고 자제의 고삐를 당겨라. 그렇게 하면 말 위에서 제 정신을 잃지 않는, 이 세상에서 최초의 그리고 필시 최후의 인물이 될 것이다.

정직한 사람을 밀어내면 명예롭지 못하다

남에게 교활하다는 말을 듣지 마라. 가령 지금 세상에서 때로는 사기를 치지 않고는 살기 어렵다고 할지라도, 게으르게 살기보다는 분별을 갖고 사는 편이 훨씬 낫다.

양심을 죽이며 떨고 사느니 지혜를 무기로 존경받고 사는 편이 훨씬 낫다. 평판이라는 것은 눈에 보이지 않는 날개를 갖고 있어서 미처 생각지도 못한 곳까지 날아갈 수 있다. 가장 좋은 묘책은 정당한 목적에 사용하라.

정직한 사람을 속이는 것만큼 쉬운 일은 없다. 거짓말을 하지 않는 사람은 남의 말을 모두 진실로 받아들이는 경향이 있다. 그들은 유별나게 못된 사람이 아니라면 모두 신용한다. 겉만 번지르르 하고 알맹이가 없다는 말을 듣기보다는 신용을 중시하는 사람이라는 평판을 듣도록 노력하라.

승부욕이 강한 사람에게 경기규칙이란 없다

수단과 방법을 가리지 않고 승리를 쟁취하려는 사람은 얼마든지 사람을 속일 수 있는 소지를 갖고 있다. 그런 사람에게는 성실성이나 예절과 같은 경기규칙도 단지 목적을 달성하기 위한 수단에 불과하다.

그리고 상대방의 계획을 이용하려는 전략이 아닌 한, 자신의 계획을 절대로 밝히지 않는다. 따라서 남에게 봉사를 해서 호감을 사는 일은 능숙하게 해내지만, 막상 상대방의 계획이 난관에 봉착하면 제 몸 사리기 바쁘다.

그러나 이런 사람 앞에는 도처에 위험한 함정이 도사리고 있다. 그에게 경계심을 품고 있는 사람 앞에서 조그만 실수를 저질러도 그의 전략은 쉽게 상처를 입게 마련이다.

스스로 영웅이라는 사람은 영웅이 아니다

어느 시대에도 지역과 종교를 벗어나 자유와 사랑과 기품을 설파해 온 위대한 인물이 나타난다. 이들 위대한 지도자들을 칭송하라.

"바로 이런 분이었어!"

그렇게 맞장구를 칠 수 있는 인물들과 한 목소리를 내면 세상을 뒤덮고 있는 부도덕에 맞서 대항할 수 있다. 많은 사람들은 스스로를 영웅으로 자처하나 결국 아무런 성과도 없이 종말을 고하고 만다. 많은 사람에게 인정받을 만한 공적이 없으면 그 소리는 뜬구름처럼 사라져 버리게 마련이다.

행운이나 불운이 닥쳐도 냉정을 잃지 말라

냉정함을 잃어서는 안 된다. 이를 지킬 수 있어야만 정신적으로 성숙한 참된 인간이라고 말할 수 있다. 동요하지 않고 줏대가 뚜렷한 사람은 감정에 사로잡히는 일이 없기 때문이다.

기쁨, 노여움, 슬픔, 즐거움 같은 감정의 진폭이 심하다는 것은 마음이 안정되어 있지 않기 때문이고 격한 감정의 정도가 지나치면 판단을 그르치게 하는 병의 원인이 된다. 이러한 병세가 입에까지 미치게 되면 그 사람의 좋은 평까지도 위태롭게 된다.

어디까지나 감정을 억누르자. 그렇게 하면 어떠한 행운을 얻더라도 어떠한 불행이 닥쳐오더라도 정신없이 허둥거리는 모습을 보이지 않으므로 비난하는 사람이 없다. 비난하기는커녕 이쪽의 초연한 모습에 누구나 찬사를 아끼지 않을 것이다.

무엇인가 시작할 때는 자신의 운을 확인하라

무슨 일인가를 시작할 때에는 자신의 기질과 체질을 알아두는 것보다 운을 확인해 보는 것이 중요하다.

40세에 이르러서야 비로소 히포크라테스를 찾아가 몸이 건강하게 되도록 바라는 것은 어리석은 일이고 세네카에게 지혜를 구하려고 머리 숙여 비는 일은 더욱 어리석은 짓이다. 운명의 여신을 조정할 수 있는 기술이야말로 무엇보다도 몸에 익혀야 할 일이다.

여간해서는 모습을 나타내지 않던 행운이 생각만 해도 눈앞에 나타나는 수가 있다. 여신의 변덕스러운 행동을 완전히 다 알아내는 것은 불가능한 일일지라도 어떻게든지 그 변덕스러운 행동에 잘 길들여져야 한다.

여신이 돌보아 주고 있는 때라면 주저 없이 대담하게 돌진하라. 여신은 두려움을 모르는 사람을 좋아한다. 요염한 여자가 젊음이 넘쳐흐르는 씩씩한 사나이를 좋아하듯이.

운이 없다는 것을 알았다면 가만히 있는 것보다 더 나은 방법이 없다. 조용히 물러나서 다시는 실패하지 않도록 노력할 일이다.

정의를 존중하고 동요하지 말라

항상 이성이 가리키는 대로 행동하고 정의를 존중하라. 그러나 정의를 위하여 몸을 바치는 사람은 거의 없다. 정의를 극구 칭송하는 자는 많아도 정의를 지키고 실천하는 사람은 거의 없다. 설사 정의를 행동으로 실천하는 사람이 있어도 그것은 위험이 그의 신상에 아직 미치지 않았을 때의 일이다. 일단 위험이 그의 신변에 닥쳐오면 대부분의 사람들은 정의를 외면하고 정치가는 약삭빠르게 정의의 깃발을 슬그머니 내리고 시치미를 뗀다.

정의는 때로는 우정, 권력, 자신의 이익까지도 두려움 없이 버릴 것을 요구한다. 그리고 바로 그 순간 사람들은 정의를 저버리는 것이다. 빈틈없는 사람은 교활한 변명을 늘어놓으며 '보다 높고 뛰어난 일을 위하여' 라든가 '안전과 평화를 위하여' 따위의 훌륭한 제목을 붙여 외치기 시작한다.

그러나 참으로 성실한 인간은 이와 같은 속임수를 용서할 수 없는 배반이라고 생각한다. 그리고 눈앞의 이익을 차리는 일은 아예 돌아보지도 않고 긍지와 신념을 관철하며 항상 진실의 쪽에 선다. 그가 다른

사람과 의견을 달리한다는 것은 그의 마음이 변한 것이 아니라 다른 사람이 진실과 멀어진 이유 때문이다.

자신을 위해서만 살아가서는 안 된다

자신을 위해서만 혹은 남을 위해서만 사는 것은 모두 어리석은 삶의 방식이어서 괴로운 인생살이가 될 것이다.

자신의 일밖에 생각하지 않는 사람은 무엇을 보건 자신의 것으로 삼고 싶어진다. 어떤 사소한 것이라도 남에게 양보할 줄 모르고 쾌적한 삶을 뒷받침해 주는 것은 무엇 한 가지 내놓지 않으려고 한다. 이러한 인간을 남들이 좋아할 리가 없다. 오로지 자신의 행운만을 바라고 말할 수 없는 안정감에 빠져 있는 것이다.

때로는 남을 위해서 온 정성을 대해 보는 것이 좋다. 그렇게 하면 남도 친절하게 대해 주게 마련이다. 또 오로지 남을 위해서만 살아가는 사람도 있다. 어리석은 사람은 지나치게 한쪽으로 기운 행동을 하기가 쉬운데 그건 불행한 일이라고 말할 수밖에 없다. 이러한 인간에게는 하루는커녕 단 한 시간도 자기 자신을 위한 시간이 없다. 그렇게 오직 남을 위해서만 봉사하고 있는 것이다.

지식에 대해서도 마찬가지라고 할 수 있다. 남에게 도움이 되는 일이라면 무엇이든지 알려고 하고 알고 있으나 정작 자기 자신에게 필요한 일은 무엇 한 가지도 모르는, 모른 체하는 사람이 있다. 남이 자신에게 가까이 다가오는 것은 자기 자신의 이익을 생각해서이다. 결코 상대방을 위해서가 아니다. 그들이 관심을 가지고 있는 것은 상대방이 얼마만큼 자기 자신에게 도움이 될 수 있을까 하는 점뿐이다.

인생이 거의 끝나가는 때 삶을 시작하지 말라

노력을 필요로 하는 일이나 힘이 많이 드는 일은 뒤로 미루어 놓는 사람이 있다. 그러나 가장 힘들고 중요한 일은 먼저 끝내고 그 다음에 시간이 허락하는 대로 다른 일을 해나가는 편이 좋다.

싸워보지도 않고 승리를 거두고 싶어 하는 사람이 있다. 하찮은 지식들을 쌓는데 열심이지만 명성을 가져다주는 유익한 학문을 만년이 될 때까지 뒤로 미루고 하지 않는 사람도 있다. 이제부터 한번 재산을 모아보아야겠다고 마음먹었을 때는 이미 인생의 종말에 가까워 있었다고 말하는 사람도 있다. 지식을 얻는 데에나 인생을 살아가는 데에나 순서라는 것이 있다. 그 순서를 아는 것이 무척 중요한 일이다.

누구나 빠지기 쉬운 어리석음에서 벗어나자

세상에서 누구나 흔히 하는 행위는 대부분이 습관화되었기 때문에 그것을 어리석은 짓이라고 생각하는 사람은 아무도 없다. 무식한 사람이 혼자서 저지른 일이라면 대항할 수도 있겠지만 세상 사람들 모두가 무식하다면 저항할 수가 없을 것이다.

무식한 사람은 아무리 굉장한 행운을 얻었더라도 행복하다고 생각지 못할 뿐만 아니라 지성이 남보다 뒤떨어져도 불행하다고 느끼지 않는다.

자신의 행복함에 만족할 수 없는 사람은 남의 행복을 부러워하는 것이다. 과거의 일을 그리워하며 지금 현재의 일들이 못마땅하고 시원찮게 여겨져 손에 닿지 않는 허황된 것을 추구한다. 오를 수도 없는 나무를 오르려고 하는 것이다. 무슨 일을 하던 옛날에 하던 일이 좋게만 보이고 멀리 있는 것들이 더 귀중하게 생각된다.

너무 조급하게 서둘러서는 안 된다

너무 조급하게 서둘러서는 안 된다. 행운이 다한 다음에도 아직 살아가야 할 삶이 남아 있는 것이 보통이다.

행복한 때를 다 만끽해 보지도 않고 헛되이 세월을 보내고 행운이 사라진 다음에 뒤를 돌아보고 행복했던 시절로 되돌아가고 싶다고 원해도 아무 소용이 없는 일이다.

시간이 왜 이리 더디 가느냐고 탓하며 타고난 조급한 성질 탓에 무슨 일이고 허둥지둥 정신없이 서둘러서 해버린다.

평생을 걸려도 완전히 다 소화시킬 수 없는 것을 하루 동안에 다 먹어치우려고 한다. 앞날의 성공만을 믿고 지금 막 해야 할 일이 아닌데도 손을 대고 한 발짝이라도 먼저 앞질러 가려고 한다. 이렇듯 무슨 일이든 서두르기 때문에 금방 끝나버리고 만다.

지식을 얻으려고 할 때에도 그러한 태도는 바람직하지 않다. 좀 더 절도 있고 계획성 있게 해야 한다. 그렇게 하면 보다 정확한 지식을 몸에 익힐 수가 있을 것이다.

인생살이는 운이 좋은 날보다 그렇지 않는 때가 훨씬 많다. 행동해야 할 때는 신속하게 행동하고 즐거워해야 할 때는 느긋하게 마음껏 즐기는 것이 좋다. 그렇게 하지 않으면 아무리 훌륭한 업적을 이루었다 하더라도 때가 지나가 버린 다음이어서 인생살이의 맛은 시시하고 재미없는 것이라는 생각이 들지도 모른다.

위험을 피하는 일은 용기 있는 행동이다

위험한 다리를 건너지 말라. 사물의 양쪽 끝은 큰 간격으로 벌어져 있고 그렇게 간단하게 진로를 바꿀 수가 없기 때문에 생각이 깊은 사람은 항상 중용의 입장을 지킨다. 그들이 움직이기 시작했다는 것은 생각에 생각을 거듭한 끝에 나온 행동이다. 위험을 극복하기보다는 위험을 피하여 가만히 숨어 사는 편이 쉽기 때문이다.

궁지에 몰렸을 때 올바른 판단을 할 수 있을지는 알 수 없는 일이다. 그러므로 '까마귀 싸우는 곳에 백로야 가지마라' 는 속언처럼 위험한 데에는 일체 가까이 하지 않는 편이 무난하다는 것이다.

한 번 재난에 휩쓸리면 또 다른 재난이 잇따라 덮치게 되고 마침내는 파멸의 구렁텅이에 빠지게 되어 버린다.

세상에는 앞뒤로 생각 없이 무턱대고 행동하는 무모한 사람이 있는데 그는 자신이 스스로 위험을 불러들여 자기 자신뿐만 아니라 다른 사람까지 궁지에 몰아넣는다.

그러나 도리나 사리를 찾아서 행동을 하는 사람은 그때그때의 상황을 잘 살펴본 다음 위험을 극복하기보다는 위험을 피하는 편이 더 용

기 있는 행동이라고 판단을 내린다. 이미 궁지에 빠져 있는 무모하고 어리석은 사람이 한 사람 있으니까 더 이상 희생자를 내서는 안 되겠다고 생각한 것이다.

화가 나거나 기쁘다고 자기를 잊어선 안 된다

몹시 화가 났거나 뛸 듯이 기쁘다고 해서 순간적이나마 자기 자신을 잊으면 평소의 냉정한 행동과는 아주 동떨어진 엉뚱한 짓을 저지르기가 쉽다. 한 순간의 격정에 몸을 맡겼기 때문에 평생 동안 후회의 씨앗을 품고 살아가게 될지도 모른다.

나쁜 꾀가 많은 사람은 일부러 비위에 거슬리는, 분통이 터질 것 같은 욕설과 험담을 해대고 상대방의 모습을 살펴보면서 본마음을 감지해 내려고 한다. 그리하여 훌륭한 사람들의 비밀을 밝혀내어 폭로하고 속마음까지도 엿보려고 하는 것이다.

그러한 욕설과 험담에 대항하는 데는 자제심을 기르는 수밖에 없다. 순간의 충동에 휩쓸린 행동은 아무쪼록 삼가야 한다. 감정이 야생마처럼 날뛰는 것을 억누르려면 상당한 분별력이 필요하다. '호랑이한테 열두 번 물려가도 정신만 차리면 산다' 는 속담처럼 이성을 잃지 않는 분별력이 있으면 무슨 일에나 현명하게 대처할 수가 있을 것이다.

위험을 예측하는 사람은 신중하게 일을 추진해 간다. 치밀어 오른

격렬한 감정으로 무심코 한 말은, 말한 당사자는 아무렇지 않은 말이라도 그 말을 들은 상대는 그 의미를 심각하게 생각하여 마음속에 깊은 상처를 입기도 한다.

자기만족은 어리석은 자의 행복이다

자신에게 불만을 느끼면서 살아가는 것은 좋지 않다. 그렇게 해서는 무슨 일을 하더라도 자신감을 가지고 대할 수가 없을 것이다. 그렇다고 해서 자기 자신에 만족하는 것 또한 좋지 않다. 그것은 어리석은 짓이다.

자기만족은 무지에서 나온다. 그것은 '어리석은 자의 행복' 이라고 불러야 할 말로서 당사자는 만족스럽겠지만 세상의 평판은 그렇지가 않다. 다른 사람의 아름다운 점, 좋은 점이나 뛰어난 능력, 이루어 놓은 훌륭한 업적에 대한 가치를 모르고 자신이 평범한 하찮은 인간으로서 만족하고 있기 때문이다.

자기 자신에게 만족할 것이 아니라 무슨 일이나 조심스럽게 해나가는 것이 좋다. 그 덕분에 더할 나위 없이 좋은 결과가 나올 수도 있고 설사 잘 되어 나가지 않을 때에도 위안이 된다. 실패할 경우를 미리 생각해서 대비해 놓으면 비록 실패로 끝나더라도 당황해 하거나 허둥대지 않게 될 것이다. 호메로스(고대 그리스의 서사시인)도 앉으면 꾸벅꾸벅 조는 얼간이 같은 짓을 했다. 알렉산더 대왕도 그 지위를 위협받고 자기가 꾸며 놓은 계책과 모략에 발목이 잡히고 자기가 쳐 놓은 덫에 자기가 걸린 꼴이 된 일이 있다. 일이 이루어지느냐 않느냐 하는 것은 그때그때 상황에 따라 달라진다.

그러나 구제할 수 없는 어리석은 자는 결과가 어떻게 되든 결코 걱정을 하지 않는다. 항상 자기 자신에게 만족하고 있기 때문이다. 이러한 사람은 마음속에 매우 공허한 자기만족이라는 꽃을 피우고 그 꽃에서 새로운 자기만족이라는 씨앗을 거두고 계속 그 씨앗을 뿌려 나가고 있는 것이다.

때로는 여우같은, 양같은 선량함으로 대처하라

양같이 순진하기만 해서도 안 된다. 때에 따라 여우같은 간사한 지혜를 갖거나 또는 양같은 선량함을 가지고 대처해 나가라.

호감이 가는 호인만큼 속이기 쉬운 사람도 없다. 거짓말을 할 줄 모르는 사람은 남의 말을 곧이곧대로 믿어버리고 남을 속인 적이 없는 사람은 상대방을 쉽게 신용해 버린다. 남에게 속아 넘어가는 것이 반드시 어리석은 사람이라는 증거가 아니고 사람의 됨됨이가 선량해서 그럴 수도 있다.

닥쳐올 위험을 미리 알 수 있는 방법에는 두 가지 길이 있다. 하나는 자기 자신이 직접 온갖 일을 겪음으로써 많은 것을 배우는 길이고 또 하나는 남이 겪은 경험들을 보고 들어 견문을 넓혀 많은 것을 배우는 길이다.

궁지를 벗어날 줄 아는 지혜를 갖추고 있어야 할 뿐 아니라 위급하고 어려운 경우를 미리 알고 대처하는 조심성도 몸에 배어 있지 않으면 안 된다. 너무 선량하기만 해서는 곤란하다. 호감을 주는 호인은 남에게 속이려는 못된 마음을 일으키게 하기도 하고 상대방을 나쁜 사람으로 만들어 버리는 일도 많다.

여우같은 간사한 지혜와 양같은 순진함을 아울러 지니도록 하라. 악의만 가득찬 괴물이 되어서는 안 된다. 맑고 흐린 물을 모두 삼킬 수 있는 인간이 되라.

반론을 펼치는 사람은 선불리 상대하지 마라

자신의 의견에 반론을 제기해 오는 사람이 있을 때에는 자신을 공격하려는 것인지 아니면 단순히 그의 성격이나 기질이 삐뚤어져 있기 때문인가를 판단해야 한다.

남을 공격하는 것은 완고하기 때문이라고만 할 수는 없다. 상대방을 함정에 빠뜨리려고 험담을 하고 욕을 퍼붓는 경우도 있는 것이다. 그러므로 주의 깊게 살펴보고 잘 파악하여 완고한 사람의 시시한 논쟁에 말려드는 일이나 덫에 걸려 발목이 잡히지 않도록 하자.

남의 비밀을 몰래 염탐하여 캐내는 스파이 같은 무리만큼 조심하지 않으면 안 되는 상대도 없다. 남의 마음의 문을 여는 열쇠 두 벌을 가진 사람에 대해서는 열쇠 구멍의 뒷면에 '조심' 이라는 또 하나의 열쇠를 붙여 놓는 것이 좋다.

그라시안의 첫 번째 회상

— 내 생애의 끝에 서서

1658년 8월 25일, 이 날은 내가 58세가 되는 날이다. 인생의 황혼을 맞이하는 나 발타자르 그라시안은 지금까지 내 생애에서 일어난 중요한 일들을 기록하는 것을 신성한 의무라고 생각한다. 내가 비록 지금부터 고통에 가득찬 내 인생을 쓰려고 하지만 사실 누가 읽어준다는 보장은 없다. 그러나 신은 나의 회고록을 적절한 사람에게 맡겨 보살펴 주시리라고 믿는다.

내 건강상태는 악화되고 있으며 남아 있는 내 인생은 얼마 되지 않는다. 아마 몇 개월 정도일지도 모른다. 그러나 영원히 잠들기 전에 누구나 그렇듯이 감사하는 마음으로 무언가 쓸모 있는 것을 세상에 남기고 싶을 뿐이다.

나는 '생존을 위한 핵심적 관건은 보신술이다' 라는 말로서 이 글이 후세 사람들에게 귀감이 되길 바란다. 인생은 끊임없는 투쟁이다. 특히 세상에서 재물을 쌓으려는 사람들, 그들이 마음속에 새겨 두어야 할 것들에 대해 주의를 환기시키고 싶다. 이 세상은 환상과 위험으로 가득차 있기 때문이다.

나는 가톨릭교회에 몸을 담고 있다. 교회 자체를 탓하고 싶은 생각은 추호도 없다. 하지만 교회의 내부에는 나를 파멸시키려고 호시탐탐 노리고 있는 주교가 있다. 추기경 세고비아 몬트로 주교이다. 그는 오랜 세월동안 나에 대한 복수심을 가슴에 품어왔다. 남에게 슬픔을 안겨주는 이런 일을 신께서 모른 체하고 계신 줄 아는 모양이다.

나는 일생동안 민중들에게 설교하는 일을 업으로 삼아왔지만 아무런 증거도 남기지 못한 채 황혼기를 맞이하고 있다. 이제 나는 설교도 할 수 없고, 나의 글은 금서로 지정되어 마술에 걸린 듯 사라져 버렸다. 주교가 내 책을 소지한 사람들에게 타락죄를 적용하겠다는 교서를 발표하였기 때문이다.

이제 나는 이 세상에서 존재하지 않는 꼴이 되어 버렸다. 그러나 만일 이 처벌이 나의 의지를 꺾어버릴 심산이었다면 그 목표는 달성되지 못하리라.

나는 내 인생의 발자취와 수많은 사건들에 대해 거듭 생각해 본다. 특히 교회 지도자들 가운데 일부 인사들과의 끊임없는 투쟁에 대해 회고한다. 사제들의 임무를 '성인과 같이 관용을 베푸는 일' 이라고 한다면, 이 역시 생존전략의 일환임에 틀림이 없다. 그렇지 않고서는 출세할 방도가 없기 때문이다.

나는 자발적으로 수도회에 들어왔고 진심으로 교회의 권위에 복종해 왔다. 하지만 이와 동시에 선량한 교인들을 구박하는 사이비 사제들을 고발하지 않으면 견딜 수가 없다. 이것이 과연 그리스도 교도로서 불복종죄에 해당되는지 묻고 싶다. 적어도 내 생각으로는 그렇지 않다고 본다. 그러나 현실은 그것이 아니었다. 나는 바로 그 죄로 여러 번 문초를 받고 재판에 회부되기도 하였다. 그러나 과연 내 양심을 거역할 수 있을까?

마음속 깊은 곳에 도사리고 있는 확신에 찬 소리에 나는 귀를 기울이지 않을 수 없다. 그것은 신의 목소리인 것이다. 나는 장님도 아니며 내 마음은 돌처럼 차지 않다. 예수회 형제들은 교회에 충성을 맹세하고도 왜곡되고 의심스러운 교리를 거침없이 설파하고 있다. 그들은 신을 경외하는 교구민들에게 목청을 높여 천벌을 경고하고 있다.

"자기 마음대로 가고 싶은 길을 가면 악마의 밥이 된다."

그들은 계속해서 호소한다.

"교회의 가르침에 귀를 기울여라! 신은 무엇이 바르며 무엇이 잘못된 것인가를 밝혀주기 위해 이 교회를 선택하셨다!"

나는 괴로운 심정으로 이들의 말을 부정하지 않을 수 없었다. 그리하여 교회가 허용하지 않는 발언을 하고 말았다. 만일 형제들이 전하는 말이 진실이라면 신은 왜 우리들 개개인에게 고유한 '마음' 이란 것을 주셨겠는가? 내가 추구해 온 것은 진실을 탐구하는 것이고, 이를 열심히 배우려는 사람들에게 그 진실을 전달하는 것이었다. 나는 이제 이러한 진실의 탐구가 나를 초월한 그 어느 누구로부터 나온다는 것을 확신한다.

예수회 안에는 대규모적인 포교활동으로 전 세계를 그리스도화해야 한다고 주장하는 사람들이 있다. 만일 그것이 확실히 이루어지기만 한다면 굳이 반대할 이유가 없다. 그러나 그들이 될 수도 없는 일을 약속한다면 단순한 위선자에 불과하다. 교육 현실이 가진 자에게만 혜택을 주게 되어 있고 교회의 가르침이 수신 생활만을 강조한다면, 우수한 자질을 자손들에게 전하는 것은 애당초 불가능해진다.

도대체 주교가 왜 나에게 적의를 품고 있는지 알 수가 없다. 이상스럽게도 내 생애에서 단 한번 밖에 그를 본 적이 없음에도 불구하고 내 책상에는 언제나 주교로부터 온 경고장이 수북하게 쌓여 있다. 그는 나의 일거수일투족을 알고 있다. 도대체 무엇이 그렇게 까지 주교의 분노를 자아내게 했는지 곰곰이 생각해 보지 않을 수 없다. 단순한 시기심일까? 아니면 좋은 생각에서일까?

실제로 그가 나를 교회에 해악을 끼치는 존재라고 생각했다면 그것은 단지 망상일 뿐이다. 나는 정규훈련을 받은 예수회원이고 더구나 영신 수련을 담당했던 사람이다. 내가 이렇게 살아 있는 것은 힘이 미치는 데까지 사람들의 영혼을 풍부하게 해주기 위해서이다. 그러므로 나는 주교의 잔꾀로 인해 나의 명예가 실추된 경위를 고발하고 그 평가를 이 기록을 읽는 사람들의 판단에 맡기려고 한다.

주교의 분노는 내가 인생을 우화적으로 그린 세 권의 소설 '비판자'를 발표하면서 시작되었다. 이 소설을 통해 독자들에게 전하고 싶었던 것은 비록 이 아름다운 세상이 타락과 악마의 손길에 의해 그림자를 드리우고 있다 하더라도 인간은 지력과 연민의 정에 힘입어 자신의 가능성을 낙관할 수 있다는 것이었다. 그런데 이에 대해 세고비아 몬트로 주교는 어떻게 반응했나? 상부에 나를 모함하고 이단자로 고발하겠다고 협박하였던 것이다. 나는 용서받을 수 없는 이 무시무시한 죄를 피하기 위해 4일 동안 물과 빵만으로 단식을 하라는 명령에 따를 수밖에 없었다.

고독과 굴종은 무서운 것이다. 나는 신에게 용서를 청했고 이러한 형극의 길을 걷지 않고서는 내 사명을 완수할 수 없다는 사실을 깨달았다. 그래서 나는 이 비참한 벌을 달게 받아들였다. 그러나 사태는 거기에서 끝나지 않았다. 원한을 품은 주교는 사라고사 대학에서의 내 교수직을 박탈하였다. 또 내가 탄원서를 제출하자 크게 분노한 주교는 이번에는 그라우스라는 벽지로 나를 유배시켰다. 그곳은 황량한 빈민촌으로 문화와 활기를 찾을 수 없는 곳이었다.

나의 신념과 저술활동, 그리고 진리를 듣고 싶어 하는 많은 사람들의 노력에도 불구하고 나는 책을 발표하는 기회마저 박탈당했다. 이미 발표된 내 작품을 베끼는 일까지도 엄하게 금지되었다.

신이여! 아마도 저는 교회의 일원이 되기에는 어울리지 않는가 봅니다. 아마도 내 신앙에는 무언가 빠진 것이 있나 봅니다. 만일 그러지 않다면 어찌하여 당신께서는 내게 이처럼 커다란 시련을 주시나이까? 주교는 다른 어떤 종파도 나를 받아들이지 않도록 감시하는 일로 마지막 복수를 하였다.

유감스럽게도 높은 지위에 있는 친구들, 그토록 친절을 베풀어 주었던 필립 4세까지도 나를 변호해 주지 않았다. 친구들은 궁지에 몰린 나를 두려워하기만 했다. 물에 빠져 허우적대는 사람은 건져낼 수 없다는 경구를 새삼 깨닫게 해 줄 뿐이었다. 그러나 때로는 친구대신 모르는 사람들에게서 도움을 받았다. 교구민인 브랑카 부부를 만나게 된

것을 신에게 감사드릴 뿐이다. 그들은 벌써 며칠째 나의 번거로움을 보살펴 주고 있다.

2주일 전의 일이었다. 그들은 그라우스의 쓸쓸한 수도원에서 처량한 신세가 되어 있는 나를 기적적으로 발견하고 마음을 활짝 열고 스스럼없이 방 한 칸을 내주었다. 그들의 집은 기나긴 세월동안 온갖 풍상을 겪은 낡은 주택으로 내 방은 유독 더 허름하였다. 하지만 따뜻한 우정이 깃든 이 방에서 나는 저작활동을 계속하고 있다. 끝없는 감사의 정을 품으면서…….

돌이켜 보면, 주교의 집요한 방해를 무릅쓰고 야밤에 촛불 앞에서 글을 쓴 것은 어제 오늘의 일이 아니었다. 나에겐 이미 습관이 되어 버린 지 오래였다. 희미한 곳에서 촛불 연기 때문에 눈병도 생겼고 밤이 깊어지면 쉽게 눈이 피로해졌다.

'비판자' 의 출간으로 인해 나의 인생은 완전히 뒤바뀌었다. 하지만 제일 가슴 아픈 일은 '계시' 가 압수당했을 때였다. 거기에는 선과 악, 천박한 것과 고귀한 것을 포함해서 내가 일생동안 관찰한 모든 것이 수록되어 있었다. 그 책이 어느 지하실에서 썩고 있거나 불에 타서 재로 변했을 생각을 하면 울화가 치민다. 그러나 아직도 내게는 기회가 남아 있다. 지금 내가 쓰고 있는 글을 통해서 언제, 어디서, 어떤 방법으로든지 내 목소리가 세상 사람들 뒤에 도달하리라 믿기 때문이다.

한 번 머릿속에 기억된 것은 결코 지워지지 않는다. 조용한 방과 여기 있는 펜촉, 그리고 양피지는 내게 도움을 줄 것이다. 잃어버린 '계시' 안에 수록된 '인생의 법칙' 이 다시 한 번 기록될 때까지 신은 나를 부르지 않을 것이다. 사람이 하는 일이란 예측이 가능하다. 인생의 목표는 바로 행복이기 때문이다. 그러나 생존 능력이 강한 자에게는 인생의 도정에서 최악의 사태를 직면하더라도 이는 단순이 넘어가야 할 반드시 장애물에 불과하다.

내 몸 안에서는 창작열이 새롭게 몸부림치고 있다. 내 기도를 들어주신 신에게 감사하는 순간 다시금 잃어버렸던 말들이 아주 쉽게 술술 떠오른다.

그라시안의 두 번째 회상

— 청춘기에 깃든 마음의 풍경

오늘도 내가 건강을 잃지 않고 있는 것은 전적으로 브랑카 부인 덕분이다. 부인이 요리한 수프는 밭에서 따온 채소들을 듬뿍 넣어 맛도 영양도 말할 수 없이 풍부하다. 수프 옆에는 언제나 막 구워낸 빵이 나란히 놓여 있다.

아침에 남루한 옷차림을 한 젊은 남자가 찾아왔다. 다리가 불편한 여동생을 먹여 살려야 한다면서 돈을 요구했다. 그러나 부랑카 부인은 건달인 그 남자가 부리는 잔꾀를 잘 알고 있다. 왜냐하면 그에게는 여동생이 없었기 때문이다. 그녀의 남편인 부랑카 씨가 거절을 했다. 그는 주인을 밀어붙이면서 욕지거리를 해댔다. 요즘 스페인의 젊은이들은 도대체 무슨 생각을 하고 있는지 모르겠다.

세상의 가치관은 몰락해 가고 있다. 착한 젊은이들이 무심코 범죄에 빠져드는 것을 보면 이 나라 젊은이들이 얼마나 불안정한 상태에 처해 있는가를 쉽게 알 수 있다. 이는 정치적 불안이 젊은이들의 수명을 단축시키고 있다는 것을 암시해 주고 있다. 혹시 이 때문에 젊은이들이 야만적인 행동으로 치닫는 것이 아닌지 나라의 장래가 심히 걱정

될 뿐이다.

내가 어렸을 때만 해도 몸가짐에 신경을 쓰고 이를 자랑스럽게 생각했다. 감정에 치우치지 않고 예의바르게 행동하는 것을 소중하게 여겼기 때문이다. 부친께서는 그런 나를 잘 알고 계셨기 때문에 나의 몸가짐에 대해서는 특별히 신경을 쓰지 않으셨다. 그러나 멋대로 길을 잘못 찾아들어갈 때에는 내 스스로 바로잡을 수 있도록 엄중히 꾸짖으셨다.

벨몬데의 그라시안 가家는 세인들로부터 존경을 받았다. 부친은 의사로서 부러진 뼈는 물론 정신적인 질환도 잘 치료했다. 그 당시 나는 이따금 왕진 가방을 든 아버지의 뒤를 따라다녔기 때문에 그가 환자들에게 하는 이야기를 많이 들었다.

아버지는 정직함과 선량함, 고결한 영혼 등 사람이 갖추어야 할 미덕에 대해 그때그때 생각나는 대로 환자들에게 말씀하셨다. 그는 신의 손길과도 같은 황금의 손과 부드러운 음성의 소유자로 널리 알려져 있었다. 어머니는 우리 가정을 검소하고 정숙한 분위기로 이끄셨다. 내 기억에 어머니는 항상 검정 옷을 입으시고 자주 기도를 하셨다. 어머니의 조용한 성품이 천성적인 것인지 아니면 가풍에 눌려서 나온 것인지는 알 수 없다. 어쨌든 엄하고 무거운 가풍은 아버지께서 만들어 놓은 것임에 틀림이 없다.

나는 다섯 형제의 막내로서 몸도 왜소하고 어머니를 닮아 얌전하였다. 나는 세 명의 형과 함께 예수회에 입회하였다. 누님은 수녀원에 들어갔다. 예수회에서 형들은 다른 친구들과 즐겨 어울려 놀았다. 하지만 나는 '세네카' 나 '아리스토텔레스' , 그밖에 성서 등의 고전들을 친구로 삼아 시간가는 줄을 몰랐다.

벨몬데에서는 책을 구하기가 어려웠다. 그러나 아버지는 환자들을 왕진하신 후, 빈손으로 오시는 법이 없었다. 개중에는 닭고기나 토끼고기, 옷감도 있었지만 유복한 지주를 진찰해 주고 책을 선물로 받아 오실 때도 계셨다. 특히 기억에 남는 책은 영국의 극작가 윌리엄 셰익스피어가 쓴 스페인어판 희곡이었다. '햄릿' 이라는 덴마크의 왕자를 주인공으로 한 이 희곡은 너무 재미있어서 며칠 동안 여러 차례 반복해서 읽었다. 나는 그 장중한 표현과 마술 같은 문체에 대해서 말할 수 없는 매력을 느꼈다. 그리고 그 유려한 글재주를 내 육체와 영혼 속에 불어넣어 달라고 신에게 매달렸다. 동시에 언젠가는 나도 사람들에게 이처럼 세련되고 우아한 말을 전달하겠다고 맹세했다.

1618년, 열일곱 살 때의 일이었다. 이 해는 또 다른 의미에서 기억에 남는다. 당시 스페인은 몇 차례의 재성적인 위기에 직면해 있었다. 필립3세는 젊고 건장한 병사들이 마드리드와 바르셀로나 시가지를 돌며 아버지의 표현에 의하자면, '여자들을 물색하고자' 뿌리는 돈을 아까워하지 않았다. 그래서 병사들은 급기에 인도에 파병되었고 스페인 국경을 넘어 유럽 내륙으로도 진출하였다. 그들은 정복자로서 적국의 집을 털고 식료품 등을 약탈하였다. 이러한 전리품들은 결국 호화스러운 왕궁으로 되돌아왔다. 그 당시 나는 형들과 누나가 방과 후 집에서 보내는 시간이 많아졌음을 알게 되었다. 이유는 곧 밝혀졌다. 학교의 친구들이 모두 입대하였기 때문이었다.

1618년은 모험을 즐기는 젊은이들에게 중요한 생활양식이었다. 언제나 정세에 위기의식을 갖고 계셨던 아버지는 자식들을 군에 보내기 싫었던지 어느 날 무거운 입을 여셨다. 어느 때보다 길게 느껴졌던 저녁식사가 끝나자 아버지는 우리들의 진로를 정해주셨다.

사이가 좋은 베드로와 펠리빼는 카디스의 수도원으로, 성격이 호방한 라이문또는 카타로니아로 가게 되었다. 막달레나는 코르도바의 수녀원으로, 그리고 나는 저명한 사제였던 안토니오 숙부가 계신 트레도의 상뻬드로 데 로스 리스 교회에 맡겨졌다.

어머니는 숨을 죽이고 아버지의 말씀을 듣고만 계셨으나 눈동자 속에는 깊은 슬픔이 드리워져 있었다.

그날 밤 이후, 우리 가족들은 두 번 다시 상봉할 수 없게 되었다. 하지만 아버지인들 그 사실을 예상했을 리가 없었다. 나는 트레도에 도착하자마자 잠시도 쉴 틈이 없는 빡빡한 학습 시간표를 받았다. 숙부는 나와 한 마디 상의도 없이 이미 나를 특별 선별 학생그룹에 넣으려고 마음을 결정한 상태였다.

아직 어린데도 불구하고 내가 이수해야 할 과목은 인문 과학과 철학이었다. 나는 혈육을 생각하는 숙부의 마음을 이해할 수 있었기에 아무 말 없이 숙부의 교육시간표에 순종했다. 그 당시에는 잘 몰랐지만 이 같은 수행과 학업은 모두에게 예외 없이 닥치는 역경을 헤치고 강하게 살아남을 수 있는 기초를 마련해 주었다.

1619년, 열여덟 살이 된 나는 타라고나에 있는 예수회 수사로 입회하였다. 검소한 생활을 하고 어떠한 희생을 무릅쓰고라도 장상들에게

복종하며 독신으로 살기로 맹세하였던 것이다. 이 모든 서약은 내가 자청해서 받아들인 것이다.

그 후 10년, 아니 12년 동안 계속된 수련 기간은 참을 수 없을 정도로 힘든 것은 아니었다. 그러나 장상들의 마음에 따라 수사의 가치가 정해진다는 것을 알고부터는 고뇌가 컸다.

타라고나 예수회에서 나는 독립적인 기질로 인해 궁지에 몰렸다. 확실히 장상들의 눈에는 그렇게 비쳐졌다. 물론 나는 그동안 신사적인 예의범절을 익혀왔다. 하지만 발렌시아 주교는 내게 낙제점을 주었다. 주교는 교회에 순종하는 마음가짐이 부족하다고 나를 꾸짖었다. 주교의 평점은 명예스럽지 못한 낙인이 되어 내 일생을 좌우하게 되었다.

"발타자르 그라시안은 정서가 불안정하다. 일종의 우울증에 빠져 있으며 기질은 완고하고 잔인하다."

주교는 성인처럼 행동했음에도 불구하고 내 일에 대해서만큼은 아무것도 알지 못했다. 왜 내 문제로 부친과 단 한 번의 상담조차 하지 않고 그런 결정을 내렸을까? 부친이라면 온화한 음성으로 다음과 같이 대답하셨을 것이다.

"예, 내 자식 발타자르는 무턱대고 순종할 아이는 아니죠."

그리고 현명한 부친은 단호하게 다음과 같은 말을 덧붙였을 것이다.

"특히 납득할 수 없는 일에는……."

그런 가운데 나는 다음과 같이 결심하였다. 훌륭한 품행을 몸에 지닐 것, 내 속마음을 될 수 있는 한 남에게 밝히지 않을 것, 감정적이고 어리석은 자를 대할 때에도 결코 냉정을 잃지 말 것, 내 신조를 지켜나 갈 것, 자신의 행동에 대해서 책임을 질 것, 자신에게 주어진 임무는 훌륭하게 수행할 것, 좋아하는 일에만 몰두하지 말 것, 결코 감정에 치우치지 말 것, 기억력을 단련하고 한 번 소개받은 사람의 이름은 절대로 잊지 말 것, 사람을 속이지도 말며 속임을 당하지도 말 것, 사악한 일에 즐거워하지 말 것, 극단적인 집착을 하지 말 것, 공들여 쌓은 지혜는 반드시 올바른 목적에 사용할 것, 자기 자신의 친구가 될 것.

이 시기에 나는 교회 지도자들이 천상적인 일에만 신경을 쓸 뿐, 절박한 일상의 현실은 사실상 무시하고 있다는 점을 차차 깨닫게 되었다.

나는 물질적 부귀라는 악마와 여기에 감화된 교회와 직면하게 되었다. 또한 교회 내부에서조차 지위와 권력을 장악하려는 싸움이 벌어지고 있는 현실을 보고 커다란 충격을 받았다. 당시 민중들에 대해 말하면, 국가 간의 전란에 휘말려 가진 것 모두를 공출하라는 압력을 받고 있었다. 재산뿐만 아니라 심지어 목숨까지도…….

멀지 않은 어느 날, 그 날이 오면, 나는 세상이 병리를 파헤치고 이를 전파할 수 있을 것이다. 지금은 그때를 위해 준비해야 할 때이다. 그날 나의 말을 듣는 청중들에게 경고해야 할 것들을 지금부터 차근차근 기억해 두어야 한다. 이것이 당시 내 생각이었다.

그라시안의 세 번째 회상

— 양심을 밝히는 사람이 되자

한평생 잊을 수 없는 오늘 아침 내가 책상머리에 막 앉으려는데 주홍빛 작은 새 한 마리가 열린 창문 틈새로 들어와 집안을 한 바퀴 돌고 다시 밖으로 날아가 버렸다. 상쾌한 아침이었다.

어젯밤에는 호남아인 형 라이문또에 관한 좋지 못한 꿈을 꾸고 눈을 떴다. 꿈속에서 형은 동그마한 얼굴의 평범한 농촌처녀에게 정신이 팔려 있었다. 처녀는 강론 대에 서 있는 형의 얼굴을 보려고 교회에 나왔다. 그리고 형과 그 처녀는 사랑의 도피행각을 벌였다. 이는 내가 상상했던 형의 생활과는 전혀 딴판이었다. 나는 큰소리로 형을 불렀지만 형의 귀에까지 목소리가 닿지 않았다. 물론 나는 꿈을 연구하는 사람은 아니지만 이런 도피행각은 현실 생활에서도 자주 떠오르는 상념이라는 것을 깨달았다.

나 역시 젊은 수사시절, 쉴 새 없이 계속되는 스파르타식 강의에 망치로 머리를 치는 것처럼 멍청해지는 순간들이 있었다. 그럴 때마다 도망치고 싶은 충동이 머릿속을 휘저었다. 어느 조그마한 사건이 없었더라면 계속되는 정신적 긴장감에서 도피하기 위해 경솔한 행동을 저질렀을지도 모른다.

당시 나는 타라고나에서 예수회원들과 함께 공부하던 때였다. 발도로메오 빠르세뿌레 수사의 불행한 죽음이 나에게 하나의 기회를 제공해 준 셈이 되었다. 이 탁월한 수사는 괴질로 죽었는데 고인의 송덕 사를 쓰라는 명령이 내게 떨어졌다. 내게는 처음으로 문장을 작성하게 된 사건이었다. 나는 이틀에 걸쳐서 추도문을 작성하였다.

이 글은 장례식에 참석하는 모든 사람들 앞에서 낭독하게 되었다. 장례식 당일, 다르시아 주교가 감정을 섞어가며 낭송한 이 글은 훌륭한 웅변은 되지 못하였지만 이제껏 들어본 어느 추모사와는 다른 점이 있었다.

천국의 문으로 향하는 행렬은 끊임없이 이어지고 있다. 우리들 역시 한 사람씩 그 행렬에 끼어들게 되리……. 주님은 십자가를 짊어질 수 없는 사람에게는 그것을 주시지 않으셨다.

나는 한쪽 구석에 서서 고개를 숙인 채로 마치 바람에 일렁이는 튤립처럼 사람들의 머리가 동의를 나타내고 있는 모습을 보았다. 이것이 처음으로 여러 사람들에게 나의 글 솜씨를 인정받은 글이었다. 1620년 4월 21일, 이 날은 내 생애에서 잊을 수 없는 날이 되었다.

그 후에도 나는 계속해서 글을 썼지만, 여러 사람들 앞에서 내 글이 또 다시 읽혀질 수 있었던 기회를 얻었던 것은 그로부터 4년 뒤였다. 그 역시 우연하게도 아라비아 노스승에게 바치는 추도사였다. 스승께서는 젊은 시절에 실명을 하여 주위의 협조를 얻어 성서를 완전히 암기한 덕망 있는 분이셨다. 나는 지금까지도 그 추도문의 일부를 외우고 있다.

아라비아 노스승은 어둠의 세계에서 사셨지만, 그런 까닭에 신으로부터 깨끗한 눈으로 천국의 광명을 볼 수 있는 특권을 부여받았다. 신께서 부르시기 훨씬 전부터 스승께서는 머릿속에서 그 영광을 똑똑히 보고 계셨다.

장례식에 참석한 사람들은 모두 눈물을 흘렸다. 이는 물론 내가 작성한 문장 때문이 아니라 덕망 있는 신부님을 잃은 슬픔과 아쉬운 추억을 길이 남기려는 마음 때문이었을 것이다. 하지만 나는 내 글을 통해 위대한 인물에 대한 애도하는 마음을 일시에 끄집어내었다는 점에 자부심을 느꼈다.

내가 저술가로서 데뷔한 이 기간 동안에 두 개의 중요한 사건이 일어났다. 나는 수도회에 정식으로 입회가 허용되었고, 또한 스페인 북부 카라듀스 대학에 입학하여 철학을 공부하게 되었다.

갑자기 어느 교수의 일이 생각난다. 이름은 기억이 나질 않지만 나는 강의 중에 교수가 어떤 말을 할지 대강 예측할 수 있었다. 그는 낡아빠진 평범한 싯귀절을 모아놓은 백과사전에 비유할 수 있는 사람이었다. 이따금 피로가 몰려올 때, 나는 교수의 입에 맞추어 동시에 그와 같은 말을 지껄여댔다. 이는 결과적으로 교수로 하여금 나를 사라고사 대학으로 진학시켜 달라고 탄원하는 계기가 되었다. 교수는 나 자신을 위한 조치였다고 변명했지만 멋쩍게 웃는 그의 표정 안에는 내가 다른 곳에서 신학을 공부하게 된 것에 대해 내심 기뻐하는 눈치였다.

지금까지 수많은 교수들의 지도를 받아왔지만 잊을 수 없는 스승을 꼽으라면 예수회 교수이신 뻬드로 산쯔 신부이다. 뻬드로 신부는 내가 트레도에 있을 당시 숙부 안토니오의 소개로 알게 된 분이다. 그 분은 학자다운 건조한 용모에 비해 상상할 수 없을 정도로 정열적인 기질을 가진 인물이었다. 그 분은 평소에는 조용하지만 일단 연단에 서기만 하면 마치 입에서 불을 뿜어대는 듯한 격렬한 어조로 설교를 했다.

처음 그의 연설을 들었을 때는 문자 그대로 충격이었다. 그는 여태껏 보아온 어떤 설교자와 달랐다. 그가 연단에 올라서면, 다른 청중들과 마찬가지로 나 역시도 그의 말속으로 빨려 들어가는 기분을 느꼈다. 그 분은 속삭이는 듯한 작은 음성에서부터 우레와 같이 울려 퍼지는 소리까지 자유자재로 어조를 변화시키는 재능을 가지고 있었다. 그 효과는 참으로 매혹적인 것이었다.

그 신부님은 또한 오랜 경험담에 풍부한 재치를 섞는 화술도 능수능란하였다. 그 분이 연단에 서면, 나는 막대기처럼 굳은 채로 그의 말을 경청했다. 훗날 이 분의 정열적인 설교 양식은 나의 귀감이 되었다. 산쯔신부님을 알고 있는 동료들은 내 강론을 들을 때마다 신부님을 연상한다고 말해주곤 했다.

사라고사 대학 부학장인 부라스 데 파이로 신부의 비서로 근무하면서 나는 대학에 있는 대다수의 예수회원들이 아냐시오의 이념을 실천하고 있지 않다고 느꼈다. 가령 부학장만 하더라도 그 자리를 고수하기 위해 무슨 말이라도 능히 할 수 있는 인물이었다. 되도록 문제를 일으키지 않고 업무는 시간을 끌지 않고 간단히 정리하는 것이 그의 신조였다.

일반인이나 성직자들과 대화를 나누는 그의 모습을 보거나 그의 생각을 가까이에서 알게 됨에 따라 나는 부학장이 새빨간 거짓말을 예사로 늘어놓는 모습을 보고 깜짝 놀랐다. 그럼에도 불구하고 이 철면피 예수회원은 사람들로부터 신뢰를 받고 존경을 받고 있었다.

남을 속인다는 것은 정말로 고통스러운 일이다. 더구나 천성적으로 예민한 나의 감성은 드디어 치명적인 오류를 범하고 말았다. 부학장에게 유용한 보좌관이 되려고 굳게 결심한 나는 그가 지시한 몇 가지 업무에서 모순점을 발견하고 사정없이 문책하였던 것이다. 순간 그의 둥근 얼굴은 흙빛으로 변하였다. 왜 그런 경솔한 짓을 하였을까? 상사를 우롱하는 그런 짓을! 부학장은 애당초 나 같은 녀석은 믿지 않았다고 말하면서 이렇게 외쳤다.

"자네의 불순한 행동을 더 이상 못 참겠어! 즉시 목을 자를 거야!"

이 말을 한 이후에도 도저히 입에 담을 수 없는 험담이 계속 이어졌다.

나는 입을 반쯤 연 채, 흘러내리는 안경을 올릴 생각조차 못하고 그 자리에 뻣뻣하게 굳어버렸다. 나는 손을 내밀고 용서를 청했지만 그의 험담은 끊이질 않았다. 그때 산토스 신부가 들어오지만 않았더라면 부학장의 험담은 그대로 영원히 계속되었을 것이다. 이 사건은 그날 밤

새도록 나를 괴롭혔다. 신에게 용서를 받고 잠이 들게 된 것은 새벽녘이었다.

그 일이 있은 후 몇 년 동안 나는 뼈를 깎아가며 열심히 공부했다. 그리고 어떤 천한 일을 맡더라도 부단히 영신수련을 거듭하여 마치 병사처럼 상사의 명령에 복종하였다. 덕분에 1627년 비로소 내 생애에서 귀중한 목표를 달성할 수 있었다. 성직자로서 서품을 받게 된 것이다. 그때 내 나이 스물일곱 살이었다.

이로써 나는 신과 굳건한 연대를 맺었다. 나는 정말 좋은 봉사자가 되고 싶었다. 그러나 일은 간단하지가 않았다. 예수회의 정식 선교사가 되려면 연수기간을 마치지 않으면 안 되었다. 구두시험과 숱한 필기시험에 합격해야만 최종 자격이 부여되는 것이었다. 그런데 최종 판단을 내리는 시험관이 짓궂게도 부학장인 부라스 데 파이로 신부였다.

나는 예측이 가능한 불길한 사태에 대비하여 정신무장을 단단히 하였다. 잠자는 시간 외에는 열심히 구두시험 문제를 연습하였다.

드디어 시험을 치르게 되었고 나는 합격의 영예를 조금도 의심하지 않았다. 그러나 부학장은 내게 불합격 판정을 내렸다. 이듬해 시험에서도 또 탈락되었다. 어느 친절한 신부로부터 나의 모범적인 성적을 전해 들었음에도 불구하고 또 불합격 판정을 받은 것이다. 삼 년째 구두시험에서 나는 최하점을 받고 간신히 합격했다. 이 얼마나 굴욕적인 일인가! 그러나 기필코 나는 청빈, 금욕, 순명을 맹세하고 예수회 정식 선교사가 되었다.

과거를 돌이켜 볼 때. 내가 무방비한 사람에게까지 경계심을 풀지 못하는 것도 이상한 일이 아니다. 나는 어떻게 해서든지 기만과 폭거, 사기에 대항할 수 있는 생존방법을 터득하겠다고 마음깊이 다짐했다.

남에게 말하기에 앞서 먼저 실행을 하자, 인간으로서 예의를 갖춘 사람하고만 교제를 하자, 덕을 높이 쌓자, 이성적인 지식과 식견을 갖고 토론에 임하자, 인내심을 몸에 배게 하자, 남에게 봉사함으로써 호의를 얻자, 명석한 사고력을 키우자, 누구에게서도 좋은 점을 찾아내자, 무슨 결정을 하든지 다시 한 번 숙고하자, 현자들의 발자취를 더듬어 이를 뛰어넘자, 어떠한 상황에서도 품위를 잃지 말자, 양심을 밝히는 사람이 되자.

나는 지금 이 방에서 예전에 썼던 '계시'의 내용을 별 어려움 없이 머리에 떠올리고 있다. 이에 대해 말할 수 없는 만족감을 느낀다. 신의 보살핌이 내게 닿고 있음에 틀림이 없다. 신께서는 상처투성이의 노병을 도구로 삼아 매일같이 살아남기 위해 생명을 건 싸움터에서 고군분투하고 있는 젊은 병사들에게 이 통찰의 산물을 나누어 주고자 하시는 것이다. 이것이야말로 신께서 내게 내려주신 은총인 것이다.

내가 기록하고 있는 이 글이 그들의 선택받은 생존의 길을, 또한 그들을 위해 신비적인 힘이 미치는 생존의 길을, 한층 고무시켜 줄 수 있기만을 바랄 뿐이다.

그라시안의 네 번째 회상
—인간의 본질을 알자

오늘 아침에는 기억을 되살려 써놓은 글(계시)을 다시 읽어보았다. '회고록'의 문체와 '계시'의 문체는 사뭇 다르다. 회고록은 자유스러운 맛이 있고 계시는 견고한 맛이 있다. 인생에서도 마찬가지다. 모든 것은 이중의 가치를 가지고 있다. 같은 사물을 보아도 희다는 사람이 있는 반면에 검다는 사람도 있다. 시점에 따라 다르게 보이기 때문이다. 이러한 사실이 나를 착잡하게 했다. 그 당시에 입을 다물고 있었더라면 하는 생각도 해본다.

1631년, 나는 '레리따'의 예수회 대학에 봉직했다. 신의 영광에 더욱 크게 공헌할 수 있게 된 것이다. 서른 살 때의 일이었다. 나는 목마른 탐구심으로 어떤 의무라도 받아들일 태세가 되어 있었다. 나는 면접 담당관인 연배의 예수회 수사, 산체스신부 앞에 섰다. 그는 작은 책상에 앉아서 내가 미리 보냈던 이력서를 보고 있었다.

"당신 성을 보니까 순수한 스페인인은 아닌 것 같은데?"

서두를 꺼내면서 그는 눈을 치켜뜨고 나의 반응을 살폈다.

"그래도 유태인이나 무어인의 피는 섞이지 않았다고……."

바로 이 말이 그가 하고자 했던 질문의 근거였다. 대꾸해 보았자 아무런 결론도 나오지 않을 것 같았다. 하지만 나는 더 이상 참을 수 없어서 금기를 깨고 흑과 백 사이에 있는 영역에 발을 들여놓고 말았다. 상대의 인류학 지식을 의심하고 나선 것이다.

"그러면 당신은 당신 조상에 대해서 확실히 증명할 수 있는 방법이 있나요?"

그러나 신부는 책상을 박차고 일어나 밖으로 나가버렸다. 아마도 나의 불손한 태도를 수도원장에게 고해야 한다는 의무감에서였을 것이다. 사실 신부의 반응은 예수회의 목적과 규율에 합당한 행위였다.

예수회에서는 동료들의 잘못을 장상들에게 보고하도록 되어 있었다. 또한 고발당한 수사는 불만을 토로할 수 없었다.

잠시 후, 산체스신부는 여전히 흥분한 모습으로 풍채가 좋은 성직자를 데리고 들어왔다. 그의 세련된 풍모를 보는 순간, 나는 친밀감과 호감을 느꼈다. 수도원장은 나를 차분히 훑어보더니 "새로 온 교수인가?" 하고 짤막하게 물었다. 나는 정중하게 고개를 숙였다.

"따라오시오."

집무실로 간 수도원장은 나를 껴안으며 동료로서 반겨주었다.

"산체스신부의 일은 마음에 두지 마시오. 그도 예수회의 일원이긴 하지만 그다지 우수한 편은 아니오."

그 때부터 우리는 친구가 되었다. 수도원장은 흔히 볼 수 있는 무게 잡는 상사는 아니었고 유머와 센스까지 있는 멋진 분이었다. 나중에서야 나는 수도원장이 로욜라의 직계 후손이라는 것을 알게 되었다. 로

욜라는 100년 전쯤 두 사람의 사제를 동반하고 베네치아에서 로마까지 걸어가 교황을 알현한 인물이었다. 그리고 경애하는 예수회를 창설하고 성인품에 오른 '이냐시오 로욜라' 바로 그 사람이었다. 나는 봉직 첫날부터 적과 동지, 양쪽을 다 만들었던 것이다. 이후 산체스신부는 한 번도 내게 입을 열지 않았고 일생동안 적이 되고 말았다.

수도원장은 나를 고문으로 위촉하였다. 그러나 실무적인 상담을 하다가도 어느 틈엔가 철학 문제, 특히 신의 창조사업에 대한 수수께끼로 화제가 넘어가곤 하였다. 그리고 인류는 모두 하나이고 모든 생물은 면면히 후손에게 생명을 이어가도록 되어 있다는 신념에 의기투합하였다.

수도원장과의 교분은 지적인 기쁨을 주었고 영성을 깊게 해주었다. 우리는 자주 토론을 하였지만 직무에 게을리 하지 않았다. 각종 교회 행정업무에 대해서도 한 마음으로 상담하였다.

2년 후, 수도원장은 나를 간디어 대학 언어, 철학교수로 추천해 주었고 나는 그곳에서 프랑스어와 라틴어를 강의하였다. 간디아 대학에서의 생활은 평탄하였으나 한 가지 중요한 사건이 일어났다.

1635년, 나는 저명한 인도주의자인 '돈 빈첸시오 주앙데 하스타노사' 의 뜻밖의 방문을 받았다. 그는 만나자마자 방문 목적을 다음과 같이 밝혔다.

"그라시안 신부님, 소문을 듣고 개인적으로 만나고 싶어 왔습니다."

라스타노사 신부는 온화한 면모를 지닌 예수회원으로 나이 차이는 많았지만 그의 소속 교구는 뜻밖에도 내가 그리던 '아라곤' 이었다. 아버지와 비슷한 풍모부터가 마음에 들었다. 나는 이 매력적인 인물을 보면서 아라곤에 가고 싶은 강한 충동을 느꼈다. 그러나 그렇게 하려면 먼저 그곳 대학의 교수직을 찾아보지 않으면 안 되었다. 나의 동료가 라스타노사 신부의 마음을 움직였는지 2주가 지난 후, 성루까 대학에서 마침 빈자리가 생겨 나를 받아들이기로 하였다.

아라곤에서는 라스타노사 신부와 나 사이의 사사로운 사제관계로 인해 뜻하지 않은 모함을 받았다. 그의 눈에 들고 싶어 하는 젊은 신부들 가운데는 의도적으로 나를 무시하는 자도 있었고 내가 나스타노사 신부에게 정신이 팔려 직무에 태만하고 있다고 고해바치는 자도 있었다. 이는 어처구니없는 중상이었다. 하지만 나는 사소한 다툼이 자칫하면 적대감으로 발전될 수 있다는 점을 알고 있었기 때문에 가급적 파문을 일으키지 않으려고 무척 노력하였다.

나는 라스타노사 신부의 허락으로 여러 손님을 초대하여 신부와 토론의 자리를 만들었다. 한 사람 한 사람의 말에 열심히 귀를 기울였지만 마음에 드는 것은 역시 라스타노사 신부의 말이었다. 다른 사람들은 대개 인간은 죄가 많은 생물로 천국에 들어가기 위해서는 전력을 다해 수도해야 한다는 입장이었다. 하지만 라스타노사 신부는 이와 대조적으로 인도주의자답게 따뜻하게 인간을 포용하였다.

그는 비판적이면서 동시에 현실적이었다. 그리고 해박하고 명석한 지혜로 그때그때 기억나는 것들을 유창하고 우아하게 인용하였다. 그는 진실로 나의 눈을 뜨게 해준 유일한 분이었다. 나는 신부님의 말씀을 통해 인간의 본질에 대해 눈을 떴다. 인간은 선과 악을 동시에 갖는 존재로 생존을 위해서 임기응변적으로 이에 대처한다. 하나하나의 상황에 성실히 임했을 때 완전히 다른 해결책이 나오는 것이다.

나는 친구와 경쟁자, 그리고 적과의 관계를 다시 한 번 성찰하게 되었다. 토론의 기술을 배울 것, 언제나 신뢰할 수 있는 친구를 가질 것, 남의 제안을 경청할 수 있는 귀를 가질 것, 명석한 판단을 견지하면서 결연히 행동할 것, 경쟁자를 친구로 만들려고 노력할 것, 자신의 결점을 알기 위해서 적의 말에 귀를 기울일 것, 쓸데없는 일로 소중한 사람의 시간을 빼앗지 말 것, 남과 결별할 때는 앙금을 남기지 말 것, 절제 없는 사랑과 철저한 증오를 하지 말 것.

인생의 만년을 즐기다 보면, 어디엔가 숨어 있던 수많은 기억들이 새록새록 살아난다. 살아오면서 만났던 수많은 사람들, 그들의 이름까지도 떠오른다. 비록 '계시' 는 소실되었지만, 옛 친구들은 페이지 한 장 한 장 안에서 한층 선명하게 되살아난다. '계시' 를 다시 집필하면서 다시 한 번 그들 곁에 가게 되고 그들의 됨됨이를 쓰다보면 그들의 얼굴이 선명하게 되살아난다. 모두 좋은 친구들이었고 좋은 적들이었다. 바르게 살았던 아니면 그릇된 길로 빠져들었던 간에 성의껏 개성을 발휘하고 제 멋에 겨워 살았던 사람들이 아직도 내 가슴 속에서 숨쉬고 있다. 수도원장이 표현한 대로 우리들은 모두 하나인 것이다.

그라시안의 다섯 번째 회상

—광기로 충만한 시대에 살아남기 위하여

광기로 충만한 시대에 살아남도록 브랑카부부가 내어준 방은 남향이었다.

오늘 아침은 후덥지근한 공기에 숨이 막힌다. 비록 몸은 쇠약해졌지만 펜과 양피지를 쥐는 순간 집필 의지가 되살아난다.

나는 1637년에 일어난 일부터 생각하기 시작했다. 그 해는 여러 면에서 정말 비극적인 해였다. 스페인이 구교 측에 가담하여 참전한 30년 전쟁에 8년 째 접어들었다. 젊은 병사들은 싸구려 마라카 포도주로 심기를 달래며 먼 이국땅에서 꽃처럼 스러져 갔다. 더구나 전쟁의 포화는 이제 스페인 본토까지 위협하게 되었다.

이 같은 비극은 내게도 예외가 아니었다. 내 공항인 벨몬데에서 일어난 사건은 일찍이 아버지께서 우리들을 군대에 내보내지 않으려 했던 전쟁 공포증이 올바르다는 것을 증명하였다.

트레도에서 우에스카까지 긴 여행을 했던 안토니오 삼촌에게서 들은 이야기다.

어느 날 술에 만취된 두 명의 병사가 수당을 달라는 핑계로 아버지의 집에 왔다. 그들은 숨겨놓은 포도주를 내놓으라고 윽박질렀다. 집을 샅샅이 수색해도 아무것도 나오지 않자 그들은 노기가 충천하여 총검을 휘둘러댔다. 이 와중에 사랑하는 부모님께서 목숨을 잃으셨던 것이다.

아무리 기도를 해도 위안이 되지 못했는데 글을 쓰다 보니 간신히 안정을 되찾을 수 있었다. 이렇게 완성한 처녀작에 나는 '영웅' 이라는 제목을 붙였다.

젊은 국왕 필립4세가 통치하던 스페인은 정복한 영토들을 식민지로 편입하는 과정에서 많은 문제가 생겨났다. 국가재정은 모두 군대에 쏟아 붓고 더욱 나쁜 일은 추락해 가는 국가의 위신이었다. 길거리에는 모금상자가 놓이고 악화되어 가는 국가의 재정과 대외 채무를 개선하기 위해 집집마다 돈을 거두어들였다.

세상은 영웅을 필요로 하고 있었다. 지력과 흔들리지 않는 명성을 겸비한 위대한 인물, 국가의 수호신이며 모든 장벽을 뛰어넘을 수 있는 영웅을…….

나는 '영웅' 의 등장인물을 통해 이 장벽에 대해 말했다. 강은 얕은 여울목이 나올 때까지는 물길이 거세고 사람은 그 그릇이 알려질 때가서야 존경을 받는다. 성공하기 위해서는 지력과 용기도 필요하지만 숨길 것은 숨기고 비밀로 해야 할 부분은 비밀로 해 둘 필요가 있다. 감정을 드러내면 의도가 밝혀지고 언제 술수에 걸려들지 모르는 일이다.

나는 이 책의 초판을 라스타노사 신부에게 바쳤다. 신부는 나의 필명을 보고 놀랐다. '고결한 사람 노렌죠 그라시안' 이라고 돌아가신 부친의 이름을 사용했기 때문이었다. 이름은 중요하지 않다. 이 책이 많은 사람에게 읽혀질 수만 있다면 그보다 좋은 것이 없을 것이다.

책에서 나온 조그만 수입은 교회로 들어갔다. 나는 공적을 인정받거나 명성을 얻고 싶은 마음은 조금도 없었다. 그러나 또 하나 내가 얻지 않은 것이 있었다. 책을 냈다는 기쁨에 마음을 빼앗긴 나머지 교회의 출판 허가를 얻는 일을 그만 잊고 말았다. 이 일은 신임 총대리 주교의 노여움을 샀고 '이 중대하고 반항적인 분자를 엄중히 감시하라' 는 명령이 직속 상사에게 떨어졌다.

총대리 주교는 '세고비아 몬트로' 라는 엄격한 신부였다. 이 인물은 교회의 정상에서 20년간 내게 수많은 고통을 안겨 준 사람이었다.

이 사건은 그 서막이었다. 그러나 처녀작 '영웅' 이 발표되자 세상에서의 인간의 존엄성을 역설한 나의 사상이 사람들에게 전파되었고 내 이름도 세간에 알려지게 되었다. 교회 지도자들 중에서도 나의 작품을 칭찬해 주는 사람도 있었다. 하지만 몬트로 신부의 편지는 대부분 이단을 고발하는 말투로 쓰여 있었다. 교구 내 교회장상들 모두에게 배포된 이 편지에는 다음과 같이 써져 있었다.

교회는 신의 대변자로 사람들을 교화시킬 의무가 있다. 그럼에도 불구하고 그라시안은 자신의 이름을 속였을 뿐만 아니라 자칭 고결한 사람이라고 치켜세움으로써 신의 노여움을 샀고 경건한 교구민들에게 독선적인 신념을 전파하였다.

주교는 내게 예수회에 먹칠을 했다고 주장하면서 불경죄로 문책하려고 위협하였다. 하지만 얼토당토않은 이야기였다. 양심에 따라 진실을 말한 것은 불경죄가 될 수 없었다. 나의 사명은 오직 세상을 관찰하고 쓰고 가르치는 일이었다. 이 시기에 나는 친구들과 얼굴을 마주하기조차 괴로웠지만 집필활동은 계속했다.

그 후 2년 후에 출판된 다음 작품 '정치가' 는 소설이라기보다는 수필에 가까웠다. 책의 주인공은 1452년에 태어나 1516년에 숨진 아라곤의 왕으로 가톨릭의 왕으로 알려진 '페르디난도' 였다. 1492년 유명한 콜롬부스의 대항해를 재정으로 지원했던 사람이 바로 그의 아내 '이사벨라' 왕비였다.

'정치가' 는 옛 스페인의 영화를 기리고 오늘날의 국가행정에 대한 나의 소견을 밝힌 것뿐이었다. 예상했던 대로 곧 몬트로 신부로부터 계고장이 날라들었다. 어쩌면 내가 받아야 할 당연한 대가였는지도 모른다.

1640년, 39세에 나는 마드리드를 방문했다. 그곳에서 나는 우리 사회의 또 다른 영역에서 부패한 현실을 목격하였다. 원래는 2주 동안만 대학 강의 일정이 잡혀 있었는데 2개월 동안 체류하게 되었다. 때마침 마드리드에서는 온 국민의 관심거리가 되고 있는 재판이 열리고 있었다. 나 역시 방청객들 틈에 끼어 권위 있는 법관들이 어떤 판결을 내릴지 자못 궁금했다. 하지만 재판은 날이 갈수록 노골적인 편견을 드러내었다. 나는 사악한 권위자들에 대한 분노가 일었다. 인간을 판단하는 입장에 있는 사람들이 정작 자신에 대해서는 판단하고 싶어 하지 않는 꼴이었다. 나는 법조계에 대한 항의문을 만들어 배포하였으나 그 부패를 막지는 못했다.

같은 해, 이번에는 카타로니아 대학에서 강의를 하고 있었는데 마침 그곳에서 폭동이 일어났다. 카타로니아 상인들이 독립과 면세를 주장하면서 중앙정부에 반기를 든 것이다. 그들은 민중을 선동하고 곧 시가전에 돌입하였다. 같은 국민들끼리 싸우는 광경을 보고 나는 가슴이 미어지는 듯이 아팠다. 개인적으로 나는 미약하나마 이 분쟁을 수습하려고 노력했지만 나의 탄원을 들어 줄 만한 권력자가 없었다. 그러는 가운데 사망자는 계속 늘어났다.

우에스카 교구로 돌아온 나는 방 안에 틀어박혀 카타로니아에서 목격한 현실을 기록했다. 젊은 병사들과 욕심 많은 상인들, 그리고 자신의 의지와 상관없이 전란에 휩쓸린 죄 없는 희생자들을 생각하면 가슴에 통증이 온다. 날이 갈수록 세상은 혼닥해지고 도덕은 무너져 내렸다. 여기 내 교구만 살펴보아도 지도자들 사이에 불안감이 팽배해져 갔다. 교회의 상층부에서조차 부유한 지주와 속이 시커먼 정치가들 사이에 소모적이고 이기적이며 추악한 권력투쟁이 벌어지고 있었다.

이런 세상에서 살아남는 것 자체가 절박한 문제이고 교훈과 충고가 절대로 필요하다. 신께서는 기필코 이런 광기에 찬 세상에서 얻은 교훈을 빠짐없이 기록하라고 나를 선택하신 것이다.

사람들의 마음에 호소하기 위해서는 때때로 거짓말도 필요하다. 오늘의 목격자는 내일의 증인이다. 사람을 도우려면 신중해야 한다. 남의 흉사를 함부로 얘기하지 말아야 한다. 사람들은 자신이 평범하다는 것을 인정하지 않으려 한다. 쓸데없이 장황한 말은 사람들에게 전파되지 않는다. 누구와 말을 할 때 상대를 빤히 쳐다보며 말해서는 안 된다. 익명은 때로 귀중한 것이다. 대세에는 역행하지 않는 쪽이 안전하다. 말을 높인다고 모두 호의에서 나오는 것은 아니다. 비밀은 말하지 않아도 듣지도 말 것, 취소할 수 없는 것은 공표하지도 말 것, 전성기는 누구에게나 찾아온다.

그라시안의 여섯 번째 회상

—바람이 부는 방향을 알고 있지 않으면 안 된다

맡은바 소임을 다하기 위하여 오늘 아침, 끝을 뾰족하게 갈은 여섯 자루의 깃털 달린 펜이 내 조그만 책상 위에 가지런히 놓여 있다. 또 잉크병에는 푸른색 잉크가 가득 채워져 있다. 브랑카 부인은 글을 모르지만 단순한 친절을 넘어선 배려로 내게 필요한 도구들을 제공해 주고 있다. 부인이 없었다면 나는 어떻게 되었을까?

부인의 고운 마음씨에 가슴이 훈훈해지는 기분을 느끼며 나는 1642년의 기록을 남기기 위해서 펜을 들었다. 놀랍게도 내 강론 대본이 제출되었음에도 불구하고 몬트로 주교에게서 어떤 조치도 떨어지지 않았다. 필경 바르셀로나 교구장으로 임명을 받은 나머지, 지금 내 문제까지 다룰 만큼 그렇게 한가하지는 않을 것이다. 그러나 몬트로 주교의 험상궂은 얼굴과 가늘게 뜬 눈매가 마치 단두대의 칼처럼 내 앞에 버티고 서 있는 느낌이 든다.

그 해 나의 행운은 타라고나에 있는 예수회 부속학교 부학장으로 임명을 받으면서 시작되었다. 그러나 북동부에 있는 이 작은 도시가 황혼 길에 접어든 내 인생에 중요한 의미를 띠게 되리라고는 그 당시에는 꿈에도 생각지 못했다.

브랑카 부인과 그의 남편을 처음 만난 곳은 바로 이 타라고나에서였다. 강론 대에서 눈을 떼면, 그 부부는 언제나 신도석 맨 앞줄에 앉아서 내 말에 귀를 기울였다. 다른 신부로부터 들은 바에 의하면, 이 경건한 부부는 그라우스에서 이사 온 후, 교구에서 수킬로미터 떨어진 곳에 있는 조촐하고 검소한 집을 얻어 살고 있으며 건강한 수말과 마차를 갖고 있고 주일 미사는 한 번도 빠진 적이 없다는 것이었다.

타라고나에서 봉직한 기간 동안, 나는 강론을 하던 중에 이따금 한 신부가 내 강론 내용을 적고 있는 것을 보았다. 몬트로 주교에게 보고하기 위해 필기를 하고 있는 것이 분명했다. 이런 종류의 스파이 행위는 내 직속상관에게조차 알려졌다. 내 상관인 오리빠레스 신부는 그들에게 도전이라도 하듯이 나를 보다 높은 직책인 발렌시아 수련학교 속죄 사제 및 설교자로 추천하였다.

브랑카 부부와 이별을 하게 되어 몹시 슬펐다. 그 당시 나는 마치 오늘의 일을 예견이라도 하듯이 주님의 뜻이라면 언젠가는 다시 만나게 될 것이라고 그들에게 말한 기억이 난다.

1644년, 발렌시아의 성 이냐시오 교회의 교구 내에는 난폭한 젊은이들이 있다고 들었다. 그들은 노동을 천시하고 예의를 가르치려는 사람들에게 사납게 덤벼들었다. 경건한 신도들 사이에 끼어들어 휘파람을 불고, 심지어 신부와 성가대를 향하여 야채들을 던지는 괘씸한 소행을 저지르는 것도 바로 이 흉포한 무리들이었다.

나는 이곳에서 부여받은 새로운 직책을 단순한 출세의 도구로서가 아니라 곤란한 상황에 대처하기 위한 시련으로 받아들였다. 그래서 처음 강론을 준비하면서 한 가지 꾀를 내었다. 나는 그 젊은이들 가운데 두목을 뚫어지게 쳐다보면서 강론을 시작하였다.

“발렌시아의 선량한 교구민 여러분! 지금부터 편지를 한 장 읽어드릴 테니 귀를 기울여 주시기 바랍니다. 이 편지는 지옥에서 온 것입니다.”

청중들은 숨을 죽였다. 적어도 사탄의 꾐에 빠져 사악한 짓을 저지르는 자들에 대한 찬사는 지금까지 한 번도 보지 못한 적대감을 불러일으켰다. 평상시에 온순했던 교구민들은 나의 허구에 찬 편지에 박수갈채를 보내는 작은 악당들에게 화가 나서 어쩔 줄을 몰랐다. 드디어 교구민들은 각목과 몽둥이와 주먹을 휘두르면서 문자 그대로 작은 악당들을 기습하여 교회 밖으로 쫓아내었다. 불량배들은 대부분이 피를 흘렸고 일부는 막강한 상대 앞에서 살려달라고 애원했다.

후일 나는 이 사건으로 유명한 극작가인 칼데론 데 라파르크카로부터 익살맞은 축하 편지를 받았다. 하지만 몬트로 교구장이 보낸 학장의 우울한 방문도 받지 않을 수 없었다. 그리고 내게 근신처분이 내려졌다. 나는 2주 동안 부학장으로서의 권리와 강론 의무를 박탈당했다. 또한 면담이 일체 불허되었을 뿐만 아니라 개인적인 편지도 받을 수 없게 되었다. 또한 식사는 하루에 한 끼밖에 허용되지 않았다. 나중에 들은 얘기지만, 그 이후 불량배들은 거의 교회에 나타나지 않았고 간혹 출석한 자들도 엄숙한 표정으로 조용히 앉아 있었다고 한다.

발렌시아에서의 2년간은 곤란한 일도 있었지만 수확도 많은 나날들이었다. 내가 성 이냐시오 교회를 떠날 즈음에는 교구의 질서도 완전히 회복되었고 학장은 나를 깊이 포옹해 주었다.

1646년 초, 나는 우에스카 교구로 발령 났고 집필에 몰두하여 일부 비평가들 사이에서 물의를 일으켰던 '사려 깊은 인간'을 출간하였다. 이 책은 나의 내면에 숨어 있는 공격성을 드러냈고 특히 인간 본질에 대한 피상적인 관점을 벗어나지 못했음을 부인하지 않는다. 그러나 동시에 우리 모두가 옥처럼 섬겨야 할 전통적인 가치와 영혼의 본질을 상세하게 다루었다. 나는 이 책에 대한 출판 허가를 간청하였고 그 간청이 받아들여졌지만 엄격한 조건이 붙었다. 즉 앞으로는 일체 집필을 하지 말고 따라서 출판도 할 수 없다는 것이었다. 만일 이에 불복할 경우 이에 상응하는 처벌을 감수하라는 위협이 포함되어 있는 조치였다. 그러나 그 당시 내 머릿속에는 집필이 중요하지 않았다.

아름다운 도시 레리타에 프랑스군이 진격해 온다는 소식을 듣고 나는 서둘러 종군 신부를 자원하였다. 이렇게 해서 나는 돈 디에고 페리페 데 구스만 군 휘하에 들어갔다. 나는 전투가 치열한 작전구역 안에 있었다. 나이어린 병사들의 피로 물든 얼굴, 고통으로 일그러진 그 모습은 차마 여기에서 글로 쓰기에는 지나치게 가슴 아픈 광경이었다. 이 같은 고통으로 가득한 참상 속에서는 공포심 따위도 하찮은 것이 되어 버리고 만다.

아무리 승리의 신부로 환호를 받았다 한들 조금도 명예스럽지 않았다. 죽음이란, 제 아무리 승리를 거둔 처지라 할지라도 결국 잔인하기는 마찬가지이다. 나의 종군을 대담무쌍하다고 칭송하는 사람들도 있다. 그러나 그것은 진실이 아니다. 나는 단지 나 자신의 사명감을 성실히 수행하여 부상자와 죽은 이들에게 위안거리를 주려고 한 것에 불과했다.

절망감 속에서 1646년이 저물었다. 사회불안은 커지고 예절은 땅에 떨어졌다. 폭동은 일상의 다반사가 되었고 도처에서 불길이 치솟았다. 스페인 제국의 몰락은 도대체 그 끝을 알 수 없을 지경이었다. 그럼에도 불구하고 사람들은 여느 때처럼 일상생활을 해나가고 변함없이 생업에 종사하였다. 국운이 쇠잔할수록 교구민의 숫자는 불어만 갔다. 나는 강론을 하면서 그들이 고난받을 때를 대비하여 비축해 둔 힘을 불러일으키려고 기도를 드렸다. 시에나의 성녀 카타리나에게 기도하던 중에 나는 다음과 같이 탄원하였다.

"부패한 세상에서 온전히 살아남을 수 있도록 교회에 대한 신심이 흔들리지 않게 해주시고 몸과 마음가짐을 정결하게 해주시고 모범적인 삶을 살게 하시어 항상 올바르게 사물을 보고, 거 기로 갈 수 있는 품성을 주시고, 비록 이 영혼들이 암울한 시대에 빠져 있지만 안전한 항구로 인도하는 등대가 될 수 있도록 도와주소서."

나는 계속해서 희망과 신앙, 인내와 용기에 대해서 설교했고 목숨을 부지하는데 근본적인 도구인 상식을 강조하는 일도 잊지 않았다.

항상 바람이 부는 방향을 알고 있지 않으면 안 된다. 감정의 찌꺼기를 남겨두지 말라. 반론을 즐기는 사람들에게 현혹되어서는 안 된다. 일시적인 정신 상태에 쉽게 빠져들지 말라. 나설 때와 움츠릴 때를 잘 분별하지 않으면 안 된다. 중용을 취하라. 많은 사람들에게 은혜를 베풀고 보은을 비축해 두어라. 도의심을 소요한 사람과 교제하라. 찾아갈 때와 물러설 때를 잘 알아야 한다.

본질적으로 나는 고난의 시대를 살아가는 사람들이 부디 살아남을 수 있도록 마음의 길을 밝히고 명석한 결론을 이끌어낼 수 있도록 촉구하여 왔다. 내 육체는 날이 갈수록 쇠잔하여 아지만 그 당시의 설교 주제들은 아직도 내 머릿속에 하나도 빠짐없이 생생하게 남아 있다.

인간의 두뇌란 마치 하나의 기적과도 같다.

그라시안의 일곱 번째 회상

—지성이란 인생에서 중요한 길잡이

오늘 아침은 왠지 온 몸에 기운이 돋고 상쾌하다. 빨리 이 글을 탈고해야겠다는 마음이 앞선 나머지 내심 초조해진다. 아마도 내 인생에서 가장 황금기에 대한 회고록을 쓰게 되었기 때문이리라.

1647년에 나는 우에스카에 왔다. 내 나이 마흔 여섯 살이었다. 작가로 보나 설교자로 보나 인생의 성숙기에 접어든 것이었다. 창작에 몰두하다 보니 시간이 너무 빨리 흘러 마치 하루가 20분 정도밖에 되지 않는 것 같을 때도 있었다. 창작 의욕이 되살아나게 된 것은 의심할 여지없이 새로운 후원자가 생겼기 때문이었다. 나중에 이 분은 나와 개인적인 친구가 되었다. 그의 이름은 '돈 파블로 파라다'로 이름도 매우 시적일 뿐 아니라 누구에게나 쉽게 친근감을 주는 자상한 용모를 가지고 있는 사람이었다. 그는 이름 있는 포르투갈 귀족으로 퇴역 장교이기도 한데 가족도 없었고 가난한 사람들에 대한 깊은 연민의 정을 가지고 있었다. 이 분의 도움으로 내 생활은 크게 변화하였다.

맨 처음 나를 후원해 주신 분은 정체불명의 수수께끼투성이의 한 신사였다. 나는 이 신사를 '기부자 선생님'이라고 불렀다. 처음 그의 종이 왔을 때 나는 내 강론에 공감한 한 친절한 노신사려니 했다. 그리고 단지 책의 출판을 어느 정도 후원해 줄 수 있겠거니 했다.

그 신사의 기부금은 수사들의 생활비로 들어갔다. 수사들은 나와 같은 작가들의 작품을 인쇄해 주는 대가로 생계비를 벌었다. 이 수수께끼 같은 신사는 여러 해 동안이나 기부금을 보내주었는데 어느 날 이 노신사가 돌아가셨다는 기별이 왔다. 나는 마지막까지 이 분의 정체를 알 수 없었지만 나의 인간주의적인 견해를 지지해 준 많은 사람들 가운데 한 분임에는 틀림이 없다.

파라다 씨와의 협력관계는 매우 이례적인 형태로 시작되었다. 우에스카에 살고 있던 그는 주일 미사 때마다 나의 즉흥적인 강론에 흥미를 느끼고 그 내용을 열심히 기록하였다. 그는 몇 달이 지난 다음 직접 나를 만나러 왔다. 그는 그동안 메모했던 글에 '인생법칙' 이란 제목을 달아 내게 전해 주면서 보완을 해서 책으로 엮으라고 권했다. 비록 뜻밖의 제안이었지만 한편으로는 한 번 도전해 볼 만한 좋은 기회라는 생각도 들었다. 게다가 내가 후원자 없이 작품 활동을 한다는 것을 알고 파라다 씨는 친절하게도 출자금까지 내놓겠다고 했다. 이렇게 해서 이 글은 '계시와 처세술' 이라는 제목으로 1648년에 나왔다.

내 인생에서는 정말 중요한 사건이었다. 처음 파라다 씨는 '노렌죠 그라시안' 이라는 필명에 대해 몹시 난색을 표명하였다. 그러나 나는 중요한 것은 사람들에게 책을 읽을 수 있도록 하는 것이지 작가의 이름은 그다지 중요하지 않다고 그를 설득하였다. 마침내 그는 내 얘기를 너그럽게 받아들였다.

우리가 만든 책은 대학과 교회 앞 가판대에서 날개 돋친 듯 팔려나갔다. 인쇄 속도가 구입 희망자들을 따라가지 못했다. 구입 희망자들은 순번을 정해 기다리지 않으면 안 되었다. 심지어 용케 책을 구입한 사람들은 책을 구입하지 못한 친구들을 불러놓고 함께 독서회를 열어 밤새도록 토론을 하는 일도 흔히 일어났다.

처음 협력관계가 결실을 맺자 파라다 씨와 나는 매우 기뻤다. 많은 예수회 수사들도 암암리에 격려와 찬사를 아끼지 않았다. 하지만 이 책의 성공은 몬트로 추기경에게 나를 더욱 의심스러운 존재로 만들었다. 주교는 이 책을 '무방비한 민중들을 현혹시키는 무익한 책' 이라고 비난하고 제본 중지라는 극단적인 조치를 취했다.

전쟁기간 동안 만났던 친우로 국왕 측근의 동생이었던 '돈 디에고 페리페 디 구스만' 장군의 마음 든든한 방문이 없었더라면 '계시와 처세술' 은 눈 깜짝할 사이에 시중에서 자취를 감추었을 것이다. 장군은 이 책을 읽고 주교와 심한 입씨름을 했다고 귀띔해 주었다. 게다가 장군은 내게 놀랄만한 소식을 전해 주었다. 국왕 필립4세가 나와 개인적으로 면담을 하고 싶으니 입궐하라는 전갈이었다.

그 이유는 알 수 없었다. 이러한 초대는 전대 미문한 것이었다. 나는 이를 즉석에서 받아들이고 이틀 후 웅장하고 화려한 장식으로 수놓은 대궁전으로 안내되었다. 간소한 복장을 한 젊은 국왕은 일부러 옥좌에서 몸을 일으켜 친절하게 나를 반겼다. 일생을 두고 잊을 수 없는 순간이었다.

우리는 많은 이야기를 하였다. 키가 훤칠하고 늠름한 체구의 국왕은 젊은 나이에 비해 생각이 깊고 두뇌가 명석하였다. 특히 예술분야에 조예가 깊었던 국왕은 내게 자작시를 한 줄 한 줄 읽어주면서 소감을 물었다. 더구나 놀랍게도 그는 내가 7년 전에 발표하였던 '정치가'라는 책을 소지하고 있었다. 그것은 페르디난드 왕을 예찬한 글이었다. 이어 그 내용이 화제가 되었다. 필립국왕은 특히 어떻게 하면 완벽한 지배자가 될 수 있는가에 대해 나의 소견과 충언을 듣고 싶어 했다. 이 주제는 결코 내 쪽에서 먼저 들추어낸 것이 아니었고 그럴 생각조차 하지 못했었다. 당시 나는 국왕에게 이렇게 대답한 걸로 기억한다.

"그러면 현재와 미래 세대에서 큰 스승이 되어야 한다는 점을 폐하께서도 스스로 인정하고 계시는군요."

국왕은 온화한 웃음을 지어 보였다. 나의 생각을 무례하다고 생각하지는 않는 것 같았다. 몇 시간이 흐르고 내가 일어날 시간이 되자 국왕은 '계시와 처세술' 을 들고 말했다.

"주교에게는 내가 잘 말해놓겠소."

이렇게 해서 나는 긴 세월 동안 당해 온 압박과 위협으로부터 해방되었다. 이 후에도 나는 여러 권의 책을 발표하여 비평가들과 민중들로부터 호평을 받았다. 나의 저작 의욕을 한층 고무시켜 준 것은 '계시와 처세술' 에 포함된 '인생의 법칙' 에 대해 세인의 관심이 끊이질 않았기 때문이다.

어느 날 오후, 내가 막 강의를 끝냈을 때 근처 교구의 젊은 신부가 찾아왔다. 그는 손에 '계시와 처세술' 을 들고 있었다. 그는 이 책이 그동안 자신이 풀지 못한 문제를 어느 정도 풀어 주었다고 실토했다. 거듭 그는 허영과 자기중심적인 편견을 없애는 방법을 알려달라는 것이었다. 오로지 자신한테만 관심이 쏠려 있다는 괴로움이 심한 강박관념으로 자리 잡아 그의 가슴을 짓누르고 있었다. 나는 이 신부를 다음 강의에 초대했다. 그리고 통상적인 강의 일정을 미루고 '계시와 처세술' 가운데 있는 '자부심' 이라는 항목을 가지고 토론을 벌였다.

몇 시간을 걸쳐 활발한 토론이 전개되었고 학생들은 점점 참신한 생각들을 끌어내었다. 젊은 신부는 여러 가지 각도에서 사물을 보게 되면서 자신의 고뇌를 새롭게 이해하게 되었고 내게 고마워하면서 기쁜 표정으로 돌아갔다. 나로서도 상쾌한 하루였다.

이 작은 에피소드를 기록한데에는 그럴 만한 이유가 있다. 이 '자부심' 의 경우와 같이 '계시와 처세술' 가운데 있는 항목 하나를 주제로 하여 비슷한 수준에 있는 사람들에게 토론을 시키면 누구든지 자기 자신에 대해서 느끼는 바가 많을 것이다.

지성이란 인생의 여로에서 중요한 길잡이이다. 선택 방법을 놓고 무엇이 현명하고 무엇이 어리석은가를 분별하는 일은 때때로 협소한 사고영역에 켜지는 작은 등불에 불과하다. 진짜 중요한 것은 누가 현명한 사람인가를 아는 것이고 이것이야말로 생존의 열쇠이다.

질투를 하면 마음이 넉넉해질 수 없다는 것을 아는 사람은 현명하다. 문제를 제대로 이해하고 올바른 답을 찾는 사람은 현명하다. 언제나 순리를 좋아하고 따르는 사람은 현명하다. 대세에 휩쓸려가도 자신을 잃지 않는 사람은 현명하다. 야수의 본성을 알고 있는 사람은 현명하다. 진실을 밝힐 때를 아는 사람은 현명하다. 정취가 우러나오는 마음이 몸에 밴 사람은 현명하다. 속이 알찬 사람을 돕는 사람은 현명하다. 마음을 가눌 줄 아는 사람은 현명하다. 어리석은 자가 뒤로 미루는 일을 즉시 수행하는 사람은 현명하다.

그라시안의 여덟 번째 회상

창으로 들이닥친 찬 북풍이 맨 처음 겨울소식을 싣고 왔다. 바람은 상쾌한데 숨이 막힌다. 마을 의사는 홍차에 희귀한 약초를 넣어 신비한 효력을 내는 비상약을 먹으라고 권했지만 별로 마음이 내키지 않는다. 나는 지금 오로지 회상의 세계를 여행하고 있다.

1651년, 나는 사라고나로 돌아가 성서학 교수라는 대단히 명예스러운 직함을 갖게 되었다. 어느 날 강의가 끝나자 한 학생이 다가와서 방금 게시판에 나붙은 경고문을 베껴서 나에게 전달했다.

"가르시아 데 마몬스란 가명으로 나도는 불온책자 '비판자 제1부'를 금서로 지정함. 이 금서를 읽거나 토론하거나 소지한 사람은 타락죄에 의거하여 교회에 대한 순종을 어기는 것으로 간주하고 엄중한 취조를 받게 됨. -1651년 1월 8일 바르셀로나 교구장 세고비아 몬트로 추기경"

그 날은 내가 50세가 되던 날이었다. 3부작으로 구성된 '비판자'는 편지와 대화, 풍자와 강론 등의 형식과 우화적인 방식으로 인생을 묘사한 작품이다.

필립국왕의 약속이 있은 후부터 나는 두 번 다시 주교의 경고가 없을 것이라고 순진하게 믿고 있었다. 그런데 또 다시 이런 수모를 당하다니! 도대체 이 완고한 주교는 언제까지 나를 박해할 작정인가?

파라다 씨는 교회의 조치에도 아랑곳하지 않고 '비판자 2부'를 계속 집필하라고 권했다. 또한 많은 사제들과 수사들도 누구는 돈을 벌라고, 또 누구는 신념을 버리지 말고 계속 책을 내라고 용기를 주었다. 나는 분초를 아껴가면서 계속 글을 써내려갔다. 눈이 따갑고 머리가 아프면 친구 라스타노사 신부를 만났다. 신부와의 대화는 날로 악화되어 가는 세상 문제를 잠시 동안 잊게 해주었다.

'페르디난드 왕'과 '이사벨라 여왕'의 칙령에 따라 세워진 이단 심문 재판소가 항상 나의 뇌리를 떠나지 않고 괴롭혔다. 지금도 국외 추방을 피하기 위해서는 전통적인 신앙을 고수하는 가톨릭교도로서 남아 있지 않으면 안 된다.

알마타 함대가 굴욕적으로 대패한 사건은 아직도 국민들 마음속에서 그 상처가 아물지 않았다. 네덜란드와의 전쟁에서 68척의 전함과 15,000명의 젊은 해군병사들이 영국해협에 수장된 사건은 스페인 국민들에겐 참을 수 없는 통분이었다. 게다가 수년 전에는 일 세기를 끌어온 전쟁에서 허망하게도 네덜란드의 독립을 인정해야만 했다. 이로 인해 수많은 가톨릭교도들이 반기를 들고 교회를 떠나버렸다. 그러나 국가가 빈사상태에 빠져도 민중들의 생활력은 꺾이지 않았다.

어느 날 라스타노사 신부는 내게 사촌인 마누엘 데 살리나스 ' 씨를 소개해 주었다. 살리나스 씨는 경건한 작가로 라틴어로 작품을 쓰고 있어 독자가 한정되어 있음에도 불구하고 평판이 자자한 사람이었다.

그 이후 라스타노사 신부가 외출했을 때는 살리나스 씨가 나의 말상대가 되어 주었다. 살리나스 씨와의 친교는 즐겁기도 하였지만 동시에 불만도 있었다. 우리는 서로의 작품에 경의를 표했으나 견해 차이가 있었다.

내 저서가 미덕과 악덕을 검증하고 처세를 논하고 있음에 반해 그의 저서는 교회 상층부의 철학을 그대로 반영하고 있었다. 살리나스 씨의 견해에 의하면 교회 지도자들은 신의 선택을 받은 사람들이기 때문에 전통적인 가르침을 고수하고 세속의 질서를 피할 의무가 있다는 것이었다. 이에 반해 나는 세상은 끊임없이 변하고 있기 때문에 지도자의 위치에 있는 사람들은 모든 사람들에게 시대에 맞는 교육을 실시할 의무가 있다고 반론을 폈다. 이러한 의견 차이는 갈수록 심해져서 결국 우리는 서로 서먹서먹해졌다. 나도 살리나스 씨도 우리 사이가 이런 지경까지 와 있는 모습을 몹시 아쉬워하였다.

그 후론, 이따금 얼굴을 마주치는 경우가 있더라도 서로 아픈 부분의 화제를 피하였다. 서로의 사상에 너무 깊이 파고들어 간 것이 잘못이었다.

1652년 새해 첫 손님은 파라다 씨였다. 그는 처음 외국어로 번역되어 출판된 내 작품을 건네주며 기뻐하였다. 그것은 쉐힌튼경이 번역한 영어판 '영웅'이었는데 표지도 그럴 듯하였다. 나는 너무나 흥분하여 그 귀중한 책이 어떻게 입수되었는지 조차 묻지 못했다. 내 작품이 외국에서도 인정받았다는 현실에 새로운 힘을 얻어 나는 '비판자 제2부'를 서둘러 집필하였다. 어차피 모험으로 가득한 세상에서 그 일부가 되고 싶었다.

후원자의 예측대로 금서로 지정된 '비판자 제1부'는 뜻밖에 많은 독자를 얻었다. 그 중에는 저명한 종교 극작가 '칼데론 데 라 파르카'도 포함되어 있었다. 그는 비평가들 사이에서 스페인의 셰익스피어로 불리었다. 칼데론과 나는 이전부터 편지 왕래가 있었고 몇 번인가 만난 적이 있었다.

1653년 봄 어느 날, 그는 나의 책을 코트 안에 감추고 몸소 나를 방문하였다. 그는 전통적인 교의에 어긋나는 부분에 밑줄을 긋고 나와 대화하고 싶어 했다. 이야기가 사랑하는 조국에 대한 화제로 넘어가자 그는 양 미간을 찌푸리며 낙심한 표정을 지었다. 그때서야 나는 그의 진정한 방문 목적을 파악하게 되었다. 우리 세대의 가장 큰 오점인 도덕의 붕괴가 그에게는 참을 수 없는 고통이었던 것이다. 비록 자신은 유복한 가정에서 태어났지만 그는 실로 영웅적이라 할 수 있을 정도로 가난한 사람들에게 깊은 동정심을 가지고 있었다.

동년배인 칼데론 데 라 파르카는, 어떤 경로가 되었든 대중들에게 영향력을 미치는 사람은 모두 신이 위임한 선지자들이라는 강한 신념을 가지고 있었다. 그는 나 역시 혼신의 힘을 기울여 저작활동을 계속하라고 크게 격려하였다. 그 사람은 진실이 무엇인지를 제대로 알고 있는 인물이었다.

칼데론은 언젠가 발표한 희곡 안에서 인신공격에 가까운 강론을 자주 하는 한 신부를 빗대어 비판하였다. 실제로 그 신부는 아주 오만했으나 교회 안의 영향력은 대단하였다. 결국 칼데론은 명예훼손으로 구속되고 말았다. 하지만 법률에 밝은 그는 바로 석방되었고 이 사건으로 인해 세상에 알려졌다.

예수회 수사들과 저녁 식사를 함께 한 이후에도 우리들은 여섯 시간이 넘도록 서로 의견을 교환하고 토론하는 한편, 이 시대의 병리를 진단하였다. 설사 이 비범한 인물이 방문하기 전까지는 내가 신 앞에서 죄악을 범하고 이웃에 대한 신의를 저버렸다손 치더라도 그가 방문한 그날만큼은 인간의 존엄한 가치에 대한 나의 신념은 최고조에 달해 있었다. 또한 신의 순명에 대한 나의 자부심은 웅변으로 되살아났고 인본주의적인 신조를 세상에 펴고 도덕적 양식을 소생시키려는 나의 노력을 한층 배가하기로 다짐했다.

그가 방문한 날 이후로 나는 건강을 해치면서까지 밤새도록 일만 하였다. 한번 가속도가 붙자 더 이상 뒤로 물러서는 것이 불가능했다.

마지막 장을 정리하면서 나는 이 책의 주제를 다시 성찰하였다. 그동안 나는 사람이 본래의 자신을 찾기 위해 현명한 판단을 내리고 뜻있는 인생을 쌓아올리려면 자각과 균형이 필요하다는 점을 역설해 왔다.

나날이 눈앞에 전개되는 새로운 사태는 우리에게 새로운 관찰력을 요구한다. 그리고 더욱 중요한 것은 그때그때마다 중요한 가치를 저울질 하는 능력이다. 건강한 생활을 보장하는 가치, 보다 큰 선으로 나아가는 추진력의 가치, 정신을 일신할 수 있는 가치, 항상 조심하고 위엄을 지킬 수 있는 가치, 믿고 의지하는 법을 터득할 수 있는 가치, 어떤 질문을 하느냐에 따라 그 사람을 판단할 수 있는 가치, 맹목적으로 감사해 하지 않는 가치, 공치사를 잘 분별해낼 수 있는 가치, 지나치게 사랑을 구걸하지 않을 수 있는 가치, 사람의 마음을 잘 이해할 수 있는 가치, 험한 산에서 발 디딜 곳을 찾아낼 수 있는 가치, 기운이 솟아나고 되살아난 기억들을 추스리며 펜을 옮긴다.

그라시안의 아홉 번째 회상

— 마지막 일을 마무리하기 위해

아침부터 피로가 몰려온다. 최근 들어 부쩍 기력이 약해졌는지 펜촉이 잘 나가지 않는다. 그래도 정신만은 또렷하다. 오로지 신에게 감사할 따름이다. 기억을 되살리는 일도 오늘로서 마지막이 될지 모르겠다.

지난 밤 꿈속에서 나는 커다란 흰 구름 속에 둘러싸여 있었다. 갑자기 한 줄기 햇살이 내려와서 나를 빨아들였다. 나는 몽롱한 상태에서 하늘로 올라가는 느낌을 받았다. 호흡이 빨라지고 눈물이 흘러내렸다. 마치 영혼이 육체를 이탈하는 것 같았다. 온몸을 압도하는 평생 처음 느껴보는 경험이었다.

오늘 아침은 1654년부터 시작해야 한다. 사라고사에서의 교수직은 무난했다. 만일 내가 동료 작가를 후원할 입장에 놓여 있지 않았다면, 한 귀중한 시집이 세상에 빛을 보지 못했을지도 모른다.

'호세 아루페이' 가 편집한 스페인 명시선집에는 이 시대의 도덕과 관련된 시들이 집대성되어 있다. 이 선집은 교묘하게 편집되어 있어서 한번 읽어보아서는 시어詩語들 배후에 숨은 뜻이 체제에 대한 풍자인지 아부인지 종잡을 수가 없다. 아루페이는 이 선집에서 우리나라의 참상을 고발했다. 나는 그와 행동을 같이 했고 이 시집을 발간하는 데에 도움을 주었다고 해서 상부로부터 미움을 받았다. 그뿐 아니라 선집의 기초가 된 과격한 서문을 썼다는 혐의를 받았다.

그러나 그것은 사실이 아니다. 나는 그저 책의 가치를 높이 평가하고 후원자인 파라다 씨에게 소개한 것뿐이었다. 파라다 씨는 이 작품의 기발한 착상을 높이 사서 출판비용을 선뜻 내놓게 된 것이다. 아루페이의 선집은 크게 히트를 쳤다. 그러나 우리의 친우 파블로 데 파라다 씨는 승리의 축배를 함께 들지 못했다.

스페인 명시선집에 기금을 낸 직후, 말에서 떨어져 그만 세상을 뜨고 말았다. 파라다 씨의 장례식에는 생전에 파라다 씨를 한 번도 보지 못한 사람들까지 포함하여 수백 명의 조문객들이 성황을 이루었다. 세간에 화제가 된 이 시집에 내가 연루되었다는 소문이 궁정에까지 들어가지 않을 리 없었다. 적어도 필립4세가 친서를 보내왔을 때까지만 해도 놀라지 않았다. 그러나 나는 그 내용을 읽고 경악했다. 친서의 본론은 단 한 문장뿐이었다.

4월 12일, 일요일 9시 궁전에서 열리는 축하 미사에 그라시안 신부를 초대하는 바이다. 필립4세.

라스타노사 신부에게 이 긴급 초대에 대한 의견을 구하자 신부는 다음과 같이 대답했다.

"발타자르, 자네는 정말 욕심이 없는 사람이군. 자네는 명사가 아닌가? 자네 일요미사에 신자들이 넘친다는 소문을 들으시고 직접 확인하고 싶으신 거야. 아마 틀림없을 걸."

그리고 신부는 덧붙였다.

"국왕은 지금 손님 맞을 준비를 하고 있을 거야."

일요일 아침 궁전에 도착하자 호위병들은 나를 성당으로 안내했다.

9시 정각에 나는 제단으로 올라갔다. 찬송가가 끝나자 쿵쿵 뛰는 가슴을 안고 강론대로 나갔다. 필립국왕은 두꺼운 커튼 뒤에 앉아 있었고 그 옆에는 왕비인 듯한 여자의 모습도 보였다. 나로서는 생애 최고의 무대였다. 국왕을 향하여 예를 올리고 나는 강론을 시작하였다.

나는 나라에 대한 핵심적 불만을 토로하였다. 나의 목소리는 수십만 명의 국민의 소리를 대변하는 것이었다. 나는 거의 한 시간 동안이나 강론을 하였다. 처음 입을 여는 순간부터 내 몸속에서 불길이 치솟았다. 나는 떨리는 목소리로 때로는 높이고 때로는 낮추면서 청중들의 주의를 집중시켰다. 나는 격정에 휩싸여 나 자신도 잊고 있다가 어느덧 정신을 차렸다.

나의 강론은 사회병리의 근원, 스페인에 대한 애국심, 역경에 처한 국민들의 고통과 그 결과 필연적으로 생겨나는 도덕의 붕괴에까지 이르고 있었다. 아무튼 긴 세월동안 억눌렸던 한이 마음속 깊은 곳에서 냉엄한 비판을 사정없이 쏟아내었다. 당시 강론의 끝을 장식한 다음의 말들을 아직도 생생히 기억하고 있다.

"이 세상에 존재하는 모든 사물들이 비참한 인간을 비웃고 있습니다. 사람들은 세상의 덫에 걸려 인생에 속고 운명에 우롱당하며 나이에 절망하고 피골이 상접하며 약한 일에 빠져 선을 멀리하고, 세월은 유수같이 흘러가며 끝내 만족은 찾아오지 않은 채 인생은 종말을 고합니다. 죽음에 포로가 되어 땅속에 갇히고 흙에 덮여 썩어 영원히 잊히고 사멸되어 버리고 맙니다. 어제는 사람이었지만 오늘은 쓰레기가 되고 내일은 아무것도 남지 않습니다."

강론이 끝나자 나의 몸은 땀에 젖어 완전히 파김치가 되어 버렸다. 이어 나는 접견실로 안내되었고 그곳에서 물을 한 컵 마시고 잠시 눈을 붙였다. 잠시 후 눈을 떠보니 건너편에 필립국왕이 화려한 옷을 입은 한 사람과 함께 서 있었다. 국왕은 옆 사람을 소개도 하지 않은 채 본론으로 들어갔다.

"그라시안, 훌륭한 강론이었소. 이젠 더 이상 배울 것이 없는 것 같소."

그러자 옆에 있던 신사가 나를 향해 프랑스어로 말했다.

"신부, ……교육에 대해서 어떻게 생각하시오?"

전후사정으로 미루어 교육에 대한 질문인 듯싶었다.

잠시 후, 국왕과 국빈이 나가자 곧이어 시종을 동반한 장년의 예수회 수사가 나타나 나를 마차까지 데려다 주었다. 그 예수회 수사는 내 팔을 잡고 광장을 가로지르며 주위를 살폈다. 아무도 듣는 사람이 없다는 것을 확인한 그는 똑바로 앞만 본채로 조용히 속삭였다.

"그라시안 신부, 훌륭한 강론이었소."

그리고 어깨너머로 얼굴을 돌리며 "국왕 옆에 계시던 국빈이 누구인지 아십니까" 하고 묻더니 대답을 기대하지도 않는다는 듯이 말을 이었다.

"프랑스 국왕인 루이14세입니다. 한창 전쟁 중인데도 군주들은 오찬이나 하고."

참으로 그 날은 내게 특별한 날이었다. 흥분과 피로, 그리고 경악의 하루! 그리고 12월 쌀쌀한 아침을 맞는 지금, 새삼스레 나의 생애를 돌아보면 이 역시 흥분과 피로와 경악의 반복이었다는 느낌이 든다.

오늘은 피로가 더욱 심하다. 하지만 마음은 이상할 정도로 편하다. 다행스럽게도 나의 집필도 이제 거의 완성단계에 다다르고 있다.

돌이켜보면, 내가 살아왔던 시기가 조국 스페인이 영광스러웠던 시기와 일치하지 않았다는 점이 아쉽기도 하다. 하지만 내가 이 시대에 태어난 것은 어쩌면 신의 의지일는지도 모른다. 나의 사명감은 오로지 세상 사람들의 의식을 변화시키는 것이었다. 이러한 노력이 남의 눈에 좋지 않게 비쳐졌다면, 주변에서 일어나는 일들을 그들이 제대로 파악하지 못한 탓일 것이다.

그러나 언젠가는 반드시 나의 뜻을 공감하는 시대가 올 것이다. 명석한 지도자들이 나타나 사심 없고 친절한 마음으로 불행한 백성들의 생활을 개선시켜 줄 수 있는 시대가 오길 진심으로 기대한다. 사상이 나를 움직인 것처럼 내가 남긴 글이 그들의 마음을 움직이고 백성들을 가르치고 고무시켜 주길 빈다. 사상이 살아남는 길은 그 길 뿐이다.

머지않아 주교는 내게 완전히 복수하게 될 것이다. 그렇게도 나를 이해할 수 없을까? 그는 최후의 승자이다. '비판자 제3부' 가 완성되고 파라다 씨가 남긴 자금으로 책이 출판되면 그 시기는 앞당겨질지 모른다. 그렇게 되면 나는 교회에서 추방당하고 작품은 압수될 것이며 나의 존재는 영원히 사라져 갈 것이다.

진실을 전파하는 사람들과 주교와의 싸움은 내가 사라진다 해도 결코 끝나지 않을 것이다. 이 세상에는 언제나 진실에 굶주리고 이를 전파하려는 용기 있는 사람들이 있다는 것을 모르는 것일까?

사상의 자유는 그렇게 쉽게 꺼지는 불이 아니다. 비록 나와의 싸움은 끝났지만 주교는 나보다 더 무서운 적을 상대하게 될 것이다. 내가 남기고 가는 책이 바로 그것이다.

나는 다시 복원한 이 작품이 몰수당하지 않도록 하기 위해서 모종의 계획을 세워 놓았다. 아주 간단한 방법이다. 나는 서명이 들어 있는 두 통의 서류를 준비해 두었다. 한 통은 칼데론 데 라파르크카에게, 또 한 통은 세고비아 몬트로 추기경에게 갈 것이다. 내가 죽으면 '계시와 처세론' 의 원본에 그 서류들을 동봉하여 부랑카 부부를 통해 칼데론에게 전달될 것이다. 칼데론 씨는 두 가지 일을 해주기로 이미 약속되어 있다. 우선 주교 앞으로 서류를 보내고 원고는 내 친구이며 출판 책임자인 빈첸시오 마르트타노사 신부에게 보낼 것이다.

내가 보낸 서류를 읽고 몬트로 주교는 나의 고별사를 과연 어떻게 받아들일까? 그 내용은 이렇다.

"나 발타자르 그라시안은 건강한 마음과 분명한 목적을 갖고 무조건적으로 또 깊은 존경심과 아울러 '계시와 처세술' 의 완전한 복원 원고를 전지전능하신 신과 시대의 변천에 맡긴다. 1658년 12월 2일 발타자르 그라시안."

신께서 내 혼신의 힘으로 엮어낸 이 글들을 빼앗지 않으리라 확신하기 때문에 내 마음은 지금 평온하다. 이 글들은 처음 나왔던 자리로 되돌아간다. 이 글들은 영원히 만물의 창조자의 소유이기 때문이다.

그리고 나 역시 왔던 자리로 되돌아 갈 때는 지상에서 같은 시대에 태어난 모든 사람들에게 영원한 사랑을 보낼 것이다. 또 무슨 이유 때문인지는 알 수 없지만 나를 적으로 선택한 세고비아 몬트로 추기경에게도 마음 깊이 용서를 청하고 이곳을 떠날 예정이다.

'계시와 처세술' 을 세상 사람들에게 바친다. 신과 함께 있는 사람이라면 이 책을 읽고 정신적 양식을 얻을 수 있으며 남보다 오래 살아남을 수 있고 또 이 책은 세상에 권할 가치가 있다.

이제 마지막 일을 마무리하기 위해 조금 쉬어야겠다.

용기 있는 지혜

2016년 3월 21일 초판 1쇄 인쇄
2016년 3월 25일 초판 1쇄 발행

지은이 발타자르 그라시안 | **옮긴이** 김영근
펴낸이 마복남 | **펴낸곳** 경영자료사 | **등록** 1967. 9. 14(제311-2012-000058호)
주소 서울시 은평구 신사동 18-16
전화 (02) 735-3512, 338-6165 | **팩스** (02) 352-5707
E-mail : bba666@naver.com

ISBN 978-89-88922-75-0 03840